司南

天命卷

司南

天命卷

司南
天命卷
上
側側輕寒

目錄

第四卷

天命

第一章 朔風吹雪

冷月斜照於屋簷之上，雪後的敦煌城，一片寂靜寒涼。

耳邊傳來一聲低弱貓叫，朱聿恆從御駕兵巡布防圖上抬起頭。屋內燒的炭爐有點熱，他推開窗戶，看向外面綿延的房屋。

敦煌是軍鎮，屋宇一板一眼，原本顯得太過嚴整肅穆。但此時在積雪的覆蓋下，它卻消弭掉了太過冷硬的輪廓，顯出了流暢溫柔的線條來。

對面屋頂雪中，一隻黑色的小貓正瑟瑟發抖，看著他發出「喵喵」兩聲輕叫，在這雪後清寂中聽得清楚分明。

貓，一隻突如其來闖進這個冷清世界的小黑貓。

月光和碎雪掩去了野貓亂七八糟的毛髮，只映得牠的眼睛湛然灼亮，比世間萬物都要明亮奪目。

朱聿恆默然望了許久，眼前又浮現出與黑貓異常相似的那一雙眼睛。

初見那一夜，黑暗中，火光跳動在她粲然的雙眸中。

劃著金線的蜻蜓在她周身流轉飛旋，當時的他未曾察覺，可如今想起來那個瞬間，卻時時心旌搖曳，無法自抑。

阿南，她如今身在何處？

她是否也像這隻貓一樣，在某一個地方的某一場雪中，正以格外明亮灼眼的目光，打量這個冰冷無瑕的世界？

耳聽得譙鼓二點，夜已深了。

他收斂了雜亂心緒，起身活動肩背，拿起几上一塊奶酥掰開放在窗外，向對面的小黑貓示意。

小貓警惕地看著他，見他回了桌前整理書笥，才小心翼翼地躍到屋簷下，跳上欄杆，一路踩著梅花腳印，慢慢走到了窗前。

用鼻子嗅了嗅奶酥，小貓明亮的琥珀色瞳眸抬起，謹慎地看了看他，見他並未接近，才嘗試著咬了咬奶酥。

香甜的味道讓小貓不由自主地瞇起了眼睛，舌頭一捲，叼起了奶酥立即回身，竄上對面屋脊，在起伏的雪色中跳躍，隨即於皚皚白雪之中消失了蹤跡。

這頭也不回棄他而去的模樣，可真像阿南啊……

身後傳來輕輕的叩門聲，得了回應後，韋杭之疾步進內。抬眼見他目送小貓咪的神情，只覺心口略沉。

自從阿南走後，殿下雖表面如常，卻瞞不過他這個一直跟在他身後的人。也說不好具體是改變了什麼，只是這一路的苦苦追尋，最終盡付惘然，好像一切都空落落的。

不知怎麼的，他想到在地道中阿南與殿下的親密舉止，然後又不動聲色決絕離去的身影，便覺得又惱怒又悲哀——

他心中一直奉為神明的殿下，這是被始亂終棄了嗎……

見他不說話，朱聿恆瞥了他一眼：「怎麼？」

韋杭之忙收斂心神，道：「之前，玉門關出事那口穿井上，有一塊蓋在井口的石板，殿下曾命人帶回。」

朱聿恆自然記得此事，說道：「記得。那上面依稀是青蓮托舉雙人影的痕跡，應當是取地圖時被廢棄的石材。」

「是。上次陣法雖已破解，但魔鬼城那邊坍塌的通道尚未清理完畢。後來匠人們根據上面的位置推斷，打通了一條重要路徑，剛剛那邊來人急報，在新打通的洞中發現了八塊石板。」

朱聿恆眉梢略揚。

傅靈焰所設陣法息息相連，當初在順天城下和東海、渤海水陣中都發現了其他各處陣法的線索。因此，魔鬼城挖出來的八塊石板，必定是八個陣法的揭示。

「走，看看去。」長久以來尋找的地圖終於有了下落，朱聿恆立即帶著他向前堂走去，加快步伐。

前次探索魔鬼城，因為出動了軍隊，造成了機關震盪，此時挖出來的幾塊石板，已在上次的坍塌中徹底碎裂。

諸葛嘉親自從魔鬼城護送碎片過來，正指揮士卒們將碎片外捆縛的草繩一一解開，按照順序平鋪於堂上，拼湊成圖。

朱聿恆的目光迅速在碎片上掃過，接過旁人手中的燈籠，走到一塊稍大的碎片旁邊，舉起燈籠照去。

碎片的斑駁泥痕下，依稀顯露出是一座河流南岸的繁華城池。

正是他在各處出現的地圖中，唯一無法捉摸的那一幅。

只要將其他碎片取出拼湊完成，便立即能看到圖上準確的河流走向與城市風貌，屆時，這幅地圖將徹底呈現於他面前。

「尋找碎片，先將這一幅拼出來。」朱聿恆吩咐工匠們，正要俯身端詳那塊碎片之時，卻聽得背後傳來輕輕的咳嗽聲。

他回頭看去，暗夜中，燈光下，一襲黑衣面色蒼白，肩上停著羽色斑斕孔雀的，不是傅准還能是誰？

他依舊是那副虛弱無力的模樣，靠在門扉之上，低低的聲音中氣不足：「殿下，聖上傳召，有要事相商。」

朱聿恆來到皇帝居處，才發現他並不是詢問行軍之事，反而談起了馬允知和梁壘的處置之事。

「馬允知殺良冒功，罪大惡極，朕決定將其斬首，首級傳示各邊鎮，以儆效尤。」

皇帝一向手段酷烈，做此決定也在朱聿恆意料之中。「聖上明斷。」

「此外便是那個梁壘。他在陣中被擒獲之後，聽說嘴很硬，至今無人能從他口中撬出青蓮宗的消息來。」皇帝說著，斟酌片刻，道：「朕聽說，諸葛嘉從魔鬼城回來了，他這人歷來精於審訊，號稱能令石人開口，你帶他去審一審那個梁壘吧。」

朱聿恆應了，看時間不早，正要轉身離去，卻見皇帝又從抽屜中取出一份摺子遞給他，道：「這是海客們近段時日的動向，你看看。」

朱聿恆接過翻開，先掃了一眼上面羅列的名單，發現其中不乏要害部門的地方大員，不由眉頭微皺。

「看到了麼？這些就是還心念二十年那位故主舊恩的朝臣們。」皇帝怒極反笑，神情中帶著幾絲嘲諷。「這個竺星河倒是有見地，聯絡收賣的人都還挺有用，若不是你及時查抄了永泰行、堵死了北元興風作浪的路、剿滅了青蓮宗主力，怕是朕的朝廷裡也要不得安寧了。」

說到這兒，他想起那捨生忘死要引燃地下死陣的薊承明，「嘿」一聲冷笑，道：「朕倒忘了，宮中早已不寧，這些亂臣賊子還差點成事了！」

朱聿恆道：「陛下吉人自有天相，如今天下大定，些許旁枝末節，孫兒替您斫除即可。」

「好，朕此生最為欣慰的，便是有你這樣一個好孫兒！」皇帝重重拍著他的肩膀，又想起他的病情，叮囑道：「切記不要太過勞累，審完便盡快安歇吧，好生將養身子。」

朱聿恆應了，退出後便召來諸葛嘉，一聽說梁壘負隅頑抗，諸葛嘉拍胸脯保證道：「殿下放心，審訊之事屬下最為拿手，您在堂外喝杯茶，屬下片刻間便將他嘴撬開！」

結果，朱聿恆在堂外喝了足有兩壺茶，批完了所有摺子，安排好了一切事宜，等到鼓點打了四更，諸葛嘉那邊還未傳來訊息。

他站起身走到大牢中，隔著柵欄看見梁壘正被綁在椅上，獄卒用薄刀片切開了他的腳趾甲，探入甲下傷口。

骨膜薄韌且密布神經，被尖銳的鋼針四下劃割，梁壘頭髮蓬亂，滿臉血汙，整條身軀如遭雷殛，顫抖中全身冷汗如雨，喘息深重，一如瀕死野獸。

諸葛嘉喝道：「梁壘，你還是從實招來吧，青蓮宗如今逃往何處，你們又在朝廷與各地潛伏了多少耳目？說！」

止。

梁壘喉口呵呵作響，死命地擠出幾個字：「狗官，有本事你殺了我！」

諸葛嘉冷笑一聲，正要吩咐再行刑，朱聿恆擔心梁壘會被折騰至死，上前制止。

示意閒雜人等退出後，他向梁壘開口：「梁小哥，若本王沒猜錯的話，青蓮宗要為禍作亂，又沒有能力對抗朝廷，那麼下一步要前往之處，自然是當年傅靈焰設下的死陣了。我問你，下一個陣法在何處？」

「呸，我寧死也不會吐露！」梁壘目眥欲裂，一口血水啐向他：「可惜我們一家人都瞎了眼，居然沒看出你，還有那個為虎作倀的阿南……全都是狗賊！」

阿南。

這兩個字入耳，如同揭開心口傷疤。

朱聿恆略一偏身，避開了血水，臉上神情頓時轉冷：「怎麼，是北元進攻我國後百姓有好日子過，還是前朝餘孽上臺後，你們就有清明天地了？」

梁壘怒吼：「我青蓮宗救苦救難，而你們朝廷狗官只知搜刮百姓，逼我們多少人上絕路！不將你們推翻了，難有朗朗乾坤！」

朱聿恆在椅上坐下，接過諸葛嘉遞來的茶盞，沉聲道：「至少，我與阿南共同進退，破解了敦煌的死陣，使得敦煌百姓免於流離失所，飢寒凍斃於荒野，而不是如你們這般，口口聲聲青蓮老母救苦救難，卻要發動死陣，令一地百姓再無生機！」

「住口！」

朱聿恆緩緩吹了吹杯中熱茶，問：「惱羞成怒了？既然你們青蓮宗如此救苦救難，那麼下一個地方要去何處？南下？橫斷山脈，還有哪裡？」

橫斷山脈四字入耳，梁壘的神情頓時一變。

顯然他身為青蓮宗重要人物，確實知道傅靈焰幾個陣法的所在。但隨即，他便放聲大笑出來：「想從我口中套取陣法所在？你作夢！那陣法早已消失，你們還要如何尋找！」

朱聿恆目光微冷，抬眼瞄向他：「早已消失，是什麼意思？」

「哼，天作孽，猶可為，自作孽，不可活！你們爭權奪利，為了權勢無所不用其極，現在反倒……」

話音未落，他喉口忽然卡住，只聽得喉管中傳來輕微的咕咕聲，聲音戛然而止。

朱聿恆見勢不對，將茶碗一擱，霍然起身。

諸葛嘉見多了詐死發難的囚犯，立即大步走到梁壘面前，舉起手中的刀尖抵在他的心口，低頭審視他的情況。

只見梁壘口鼻中全是黑血湧出，眼睛死死瞪著他，已經只有出氣沒有進氣了。

諸葛嘉立即扭頭，大吼：「叫郎中來！」

為防審訊時下手太重，牢中審重犯時一般都會喚來郎中以備萬一。

耳邊腳步聲響起，郎中背著藥箱匆匆趕進來，一看梁壘的臉色，再翻翻他的眼睛，當即便知道沒救了。拿根銀針扎了扎他的人中，又試了試口中黑血，搖頭站起身道：「沒救了。」

諸葛嘉臉色難看：「怎麼死的？」

「中毒身亡，想是……他被捕時口中藏了毒蠟丸，如今受刑不過，便……咬破自盡了。」

「不可能。」朱聿恆斷然道：「他是在照影雙洞中被捕的，如此間不容髮的陣法中，氣息一岔便會出事，誰會事先在口中藏著毒蠟丸？」

諸葛嘉急怒至極，命人將梁壘拖下去後用漏斗將綠豆水灌了一肚子，又一再催吐，折騰了足有半個時辰。

但，他斷了氣，終究沒能救回來。

朱聿恆看著梁壘死去，神情若冰。

梁壘最後那句話，在他心頭久久盤旋——

那陣法早已消失，你們還要如何尋找！

這是他毒發後神志不清的瘋話，還是隱藏著什麼不為人知的內幕？

堂下天井中，紅燭燒殘，匠人們還在拼湊地圖。

事關重大，地圖拼出來後，已經送到皇帝居處。此時他正捻鬚站在廊下，沉吟審視面前石板。

見朱聿恆來了，皇帝示意過來與自己一起查看。

之前的崩塌顯然威力極大，石板已碎裂成二、三十塊，小如指甲蓋，大如巴掌，被洗刷得乾乾淨淨，又精心拼湊貼好，呈現出上面的地圖。

這塊石板與他之前在高臺上見過的無異，都是藉助石頭本身的紋理，然後在其上淺刻紋路，形成地圖。只是這幅顯得格外粗糙些，非但表面坑坑窪窪不曾打磨平整，連地圖淺刻都是倉促而就，線條草草，彷彿要消失在石板本身的紋路間。

石面上，一條江河自西而來，流向東南。河流的南岸是一片繁華城市，而河流中則是一片形同草鞋的沙洲，被滾滾浪濤包圍著。

皇帝端詳著這幅地圖，問朱聿恆：「看得出是哪一帶嗎？」

朱聿恆端詳著石板上的河流，思忖道：「自海邊回來後，孫兒便一直尋找相同的地勢，可不是河流方向不對，就是沙洲形狀不對，因此……至今未有定論。」

而關係這個陣法的地圖，又總是潦草難解。

想起梁壘臨死之前所說的「消失」之語，再看看石板上那些倉促而就似要消亡的線條，他一時又陷入深思。

皇帝沉吟片刻，問：「接下來，你準備如何？」

「崑崙山闕如今冰封萬里，無法進入，再說時間也已來不及。孫兒已決定孤注一擲，南下橫斷山。」

天色尚未大亮，傅准便被人從睡夢中拖出，面色更顯蒼白憔悴。

聽說是皇帝要詢問當年陣法之事，他攜帶著傅靈焰的手劄而來，將其攤開翻到最後幾頁。

正是莽莽大山之中，六道白水橫劈開七座綿延大山，當中有瀑布自山巔而下，周圍霧氣瀰漫，一片空白，仿似迷失的幻境。

旁邊寫的註語是：青鸞乘風一朝起，鳳羽翠冠日光裡。

皇帝望向傅准：「這是何解？」

傅准道：「這兩句詩與地形毫無關聯，應該指的是機關發動時的情形了。那邊本就是深山老林，處處激流險灘、懸崖峭壁，地勢之險匪夷所思，如今看這批註，要在其中尋找青鸞，怕是更飄渺不定了。」

「既然有了具體的山脈與水道，只要一路追循而去，逢山開路，遇水架橋，必定能尋到正確的地點。」朱聿恆堅決道：「當年傅靈焰能憑著韓宋的人手辦到的事情，我們如今怎麼會辦不到？」

皇帝亦以為然，道：「既然如此艱難，那便務必請傅閣主也率領人馬，隨同皇太孫進山破陣，免得百姓受難。」

傅准露出「自作自受」的苦笑：「是。」

皇帝又指向旁邊那塊石板：「此外，還有個沙洲上的陣法，尚無法定位，傅閣主怎麼看？」

許是冬夜寒風太冷了，傅准袖手看了面前這塊石板許久，才緩緩道：「難怪我祖母留下的手箚中沒有這個陣法，這怕是個……天雷無妄之陣。」

「天雷無妄？」

這是周易第二十五卦之象。無妄之行，窮之災。若是解籤的話，這是下下籤。

「九玄門與道門術數關聯密切，因此有虛必有實、有死必有生。而這天雷無妄之陣，則是代表此陣為虛、為死、為消失不見卻又隨時隱於身旁之陣。」

皇帝不由微皺眉頭，覺得未免太過玄虛，世間哪會有這般陣法存在。

但他看向朱聿恆，卻發現他臉上無法抑制地顯出動容之色，一貫冷靜沉穩的皇太孫，竟陷入了錯愕深思。

傅准繼續道：「無妄者，不測也。此陣既已隱沒，再去尋求非當徒勞，還會陷入絕境。行有眚，無攸利，若用於出行破陣，大凶。若推斷具體方位，則不在五行之中，消失於世，無從尋覓。」

見朱聿恆皺眉，皇帝便問：「聿兒，你對這天雷無妄之陣，有何見解？」

朱聿恆道：「適才孫兒奉陛下之命，前去審訊青蓮宗梁壘。他於自盡之前吐露的下一個陣法，便是這般說辭。」
皇帝神情冷肅：「哦？青蓮宗也知曉此陣？」
「是，他說這陣法早已消失，無法尋找。」
傅准道：「青蓮宗不過憑著我祖母當年留下的隻言片語，妄測一二天機而已。不過這陣法確屬鬼神難測、無跡可尋。」
「傅閣主也沒有頭緒？」
「世間種種力量，必得先存在，而後才能擊破。如今面前一團虛空，一個消失的陣法，無從尋覓，又能如何破解？」傅准回看朱聿恆，正色道：「所以事到如今，橫斷山脈之陣，已是不得不破了。」
原本八個陣法，在其他五個依次發動後，還留存三個，牽繫著朱聿恆身上三道血脈。
但崑崙山闕大雪封山，他們已無法前往；天雷無妄之陣，地圖模糊難尋，詭異莫解；那麼他的山河社稷圖，只能牽繫在橫斷山脈的陣法之上了。
只是……
朱聿恆垂眼看著那塊石板地圖。
從高臺上模糊的痕跡，到手劄中消失的地圖，再到如今這線條若失的石板，似乎都在證明，這是一個與其他七個陣法都截然不同的、詭異怪誕的陣法。
既然有河有城，縱使它後來會消失，但在一開始，它必定是曾經設置好的，而且是有具體設置地點的。

一個消失的陣法，如何能有這些具體的情境？

大軍回京途中，大雨夾雜著雪片，劈頭蓋臉下了起來。軍衣冰涼，角弓難開。軍中雖備有蓑衣斗笠，但也無法顧及所有人，在這樣的處境中冒著雨雪行軍，其艱難可想而知。

人睏馬乏，士卒們在泥濘中深一腳淺一腳前行。冰冷的泥水凍裂了雙腳，還要急速行軍趕路，個個都是叫苦不迭。

朱聿恆騎馬沿著隊伍跑了一段，查看軍士們的情況。

馬蹄虛軟，前行阻滯，身上的油絹衣擋住了雨水，卻擋不住透進來的寒氣。眼看士氣沮喪，他抬頭看向前方一望無際的蜿蜒平原，並無任何足以遮風避雨之處。

撥馬趕到隊伍之前，他詢問前方引路的嚮導：「何處可以安營紮寨？」

「雨雪這般交加，四下沒有可供生火休整之處，就算紮下了營寨，士兵依舊只能凍餓等待。不如按照原計畫前行，讓將士們再熬一熬，翻過前面這兩道丘陵，上山脊而南行，十里開外便是宣府鎮轄下榆木川，到時候好好休整即可。」

旁邊人聽到宣府二字，都是精神大振，頓時覺得面前這區區兩道小丘陵也不算什麼了。

宣府是聖上登基之後設的九大邊鎮之一，離京城四百里，地勢極為險要，是扼住北元南下的咽喉之地。因此那裡設置了石垣壕塹，烽火煙臺，將士眾多，極為嚴正工整。

朱聿恆回馬到御駕旁，隔窗對皇帝說了此事，他點頭許可後，便命加快行程。

冬日荒原之上草木盡枯，又被雨雪覆蓋，哪還有路徑可尋，唯有辨認著前方山巒，一路前行。

翻過兩座荒丘，便看見了凸出的山脊，眾人隨即向南而行。

按嚮導所說，十里開外便是宣府。疲憊交加、凍餓相迫的士卒們滿懷期待，無需催促便紛紛加快了腳步，向著正南方而去。

然而，走了足有十數里，宣府那高大的城牆關隘久未出現，面前依舊是茫茫的雨雪荒原。

原本昂揚的眾人，腳步都漸漸沉重了起來。雖然口中銜枚，無人發聲，但難掩身體與面容的遲疑。

朱聿恆打馬到隊伍之前，正看到前方兩名斥候從濛濛雨雪之中奔來，跑到嚮導面前。

他撥馬向前，正聽到他們結結巴巴道：「宣府、宣府……不見了！」

「什麼不見了？」嚮導震驚之下又莫名其妙，正要追問，朱聿恆見斥候神情不對，怕影響士氣，示意後方隊伍停下略加休整。

他帶著嚮導與這兩個斥候一起向前再走了一段路，前方雨雪之中視野朦朧，確實只有山巒起伏，沒有任何城關痕跡，便問：「怎麼回事？這麼大一個宣府鎮，駐軍十萬，怎會不見了？」

「真……真的不見了！」年長的那個斥候結結巴巴，指著身後惶惑道：「小的就是宣府鎮的斥候，陛下五次北伐皆從宣府出，屬下隨同了三次，對此地瞭若指掌！翻過兩道山丘，過山脊而南轉，便是榆木川。過榆木川五里，便是宣府上北路，築獨石城，裡面的參將與守備小的都見過……」

朱聿恆在心中暗自計算了一下路程，他對於長短數字極為敏感，自然不會出錯，立即便道：「這麼說，按照行程，大軍本該到獨石城了？」

「是，可如今，榆木川不見了，獨石城不見了，宣府鎮……咱們也找不到了！」

「豈有此理！」嚮導惶急，怒道：「是不是你們在雨雪中認錯了方向，導致大軍迷失？」

「不可能！此間平原緩丘，一覽無遺，山脊絕不會轉移！我們兩人都是因為擅長辨認方向所以被選為斥候嚮導，而且每個人手中羅盤也準確無誤指向正南，如何會有錯誤！」

朱聿恆打斷他們爭執：「如今面臨困境，你們爭執推諉又有何用？本王問你們，如今大軍身處何處，你們有確切方位嗎？」

幾個人都是沉默吶吶，斥候結結巴巴道：「路都沒了，一路的標記物也消失了，適才我們又前行了數里，也沒探尋到任何地方……」

這意思便是，他們迷失在了雨雪交加的荒原中，連方向都無從尋起。

朱聿恆眺望前方濛濛雨雪，終於道：「既然前行無處，不若先行返回，召集所有斥候，與你們三人一起，再度尋路吧。」

聽皇太孫殿下發話，再看看迷失的前路，三人只能依言回歸隊中，跑到前方去。

數萬大軍綿延數里，調頭殊為不易。前方各將領招展旗幟，傳令官穿梭來去，發號施令。

朱聿恆騎馬在泥濘中返回，來到皇帝車駕旁，隔窗將此事稟報給皇帝聽。

皇帝神情震怒：「以朕看來，定是這些人敷衍塞責，帶錯了道路，不若先砍兩個腦袋，讓他們不敢馬虎造次，以免軍心動搖！」

朱聿恆勸解道：「孫兒隨他們去前方查看過了，確實沒有任何駐軍跡象，情形似有些古怪。事已至此，不若等大軍重新出發，去往宣府後再作定奪。」

皇帝憤然道：「大軍出征，卻迷失於沙場，成何體統！」

朱聿恆笑道：「當年飛將軍李廣亦在追擊匈奴時多次迷路，如今我軍不過是回途中小小波折，陛下但放寬心，相信休息片刻即可到宣府了。」

皇帝昨夜辛勞，擺了擺手示意他去布置，便靠在車駕中繼續闔眼養神。

大軍回頭，頂風冒雪而行。

只是此次行軍比之前更為艱難。之前向南返程是背對風向，可如今轉而向北，冰冷雨雪撲頭蓋臉直擊面門，兵士們個個苦不堪言，心裡早把嚮導和斥候們的祖宗十八代罵了個千遍萬遍。

朱聿恆越過各路隨扈軍隊，親自與嚮導們一起再朝山脊而去，在雨雪中尋路。

凍雨打在他的臉頰上，濡溼了他的眼睫與雙唇，冰冰涼地透進肌膚，生出麻木的刺痛感。

他抬頭看向陰沉的天空與寥廓模糊的遠山，心裡忽然想，阿南現在在哪兒呢？

希望她正在一處可以遮風避雨之處，烤著火、喝著酒，暖融融地看著外面交加的雨雪，然後安然睡著。

會的。她是這麼強悍能幹的阿南，離開他之後，她一定能過得很好，不必承受這般寒冷侵襲。

「殿下，出什麼事了，為何大軍要回轉？」

繪著拙巧閣團鸞標記的油壁車內，傅准推窗問他，那詢問的模樣中，透著點幸災樂禍。

朱聿恆淡淡瞥了他一眼，道：「沒什麼，嚮導們尋路出錯了，怕是要轉變一下方向。」

「喔……」傅准捂嘴輕咳，攏了攏身上黑狐裘，埋怨道：「希望能盡早到宣府，不然我這孱弱的身子，怕是要凍出病來了。」

朱聿恆一言不發，催促馬匹便要向前而去，耳聽得傅准又低低道：「只是迷路倒也不打緊，就怕目的地消失了……」

朱聿恆神情一凜，不由自主收住了胯下馬，目光轉向他。雖然沒說什麼，但顯然在等待他後面的話。

「沒什麼，我只是有感而發，想起了天雷無妄之陣……」傅准懷中抱著吉祥天，抬眼看向面前茫茫的草原，輕嘆道：「不知會於何時發動、也不知會於何地開啟，那麼陣法發動時，若我們陷落其中該多慘啊……背負陣法的人，就如中了咒術，面前的路一條條消失、重視的東西一件件破滅、追尋的線索一樁樁失去、牽掛的人一個個消逝……」

說到這，他輕擁著吉祥天，微笑凝望朱聿恆，臉上帶著些淡薄的憐憫之色：「殿下您覺得，這樣的遭遇，是不是太可怕了？」

許是落在面容上的雨雪太過冰冷，朱聿恆不由自主地打了個冷戰。

但，他絕不會在別人面前、尤其是在傅准面前透露出自己的情緒，只轉了話題，問：「傅閣主，我曾聽說竺星河有移山排海之能，不知他所用的五行決，你是否瞭解？」

傅准輕咳幾聲：「難道殿下的意思是，竺星河用五行決挪移了山河，導致咱們迷失於此？」

「不然呢？這豈不比閣主所謂的『天雷無妄』更為切實一些？」

「磐石無轉移，更何況是丘陵山脊。所謂的移山排海只是形容而已，這世上哪有人能辦得到？」傅准擁著吉祥天輕咳，一副怯弱模樣。「殿下，事到如今，連阿南都已經放棄離開了，你還不肯接受這必將來臨的命運、無可奈何的消亡嗎？」

朱聿恆瞳孔驟然收縮，射向他的目光如同針尖。

「孰是孰非，我看，還是要拿事實說話，試一下不就好了？」傅准彷彿完全不知自己觸了他的逆鱗，悠悠嘆了口氣，道：「不過，與其拿數萬大軍與聖上來冒險試探，還不如殿下自己去試試看。畢竟，一個人與數萬人的區別，可是相差甚遠、也簡單得多，對吧？」

朱聿恆目光冷峻：「若是如此，這個消失了的陣法，該關係我身上那條經脈？」

「天雷無妄，六陽為至凶，殿下身上的督脈，不是還完好無損嗎？」他的手指尖虛虛指向朱聿恆的背部，道：「這條血脈，發於會陰，顯於肩頸，收於囪門，屆時殿下便知。」

朱聿恆沒有再說什麼，一言不發地抓緊了馬韁繩，趕上了前方的嚮導們。只是他的耳邊，莫名地又想起了梁壘臨死前的話語。

遍尋不到又早已消失的陣法，難道，真的會潛伏於他的山河社稷圖中，成為天雷無妄之陣嗎？

大軍一路跋涉，退至山後，靜待軍令。

朱聿恆率領韋杭之與諸葛嘉等人，帶上嚮導與斥候，在草原上冒雨雪將路線再理了一遍。對照他們所有人的記憶驗證無誤後，一行人出發再度尋路。

翻過兩座起伏不大的山丘，在山脊之上轉向正南，朔風自北而來，他們一路背風而行。

朱聿恆一路盯著前方，似要窮盡目光所及，尋到前方道路。

身後老嚮導蜷縮著身子，在雨雪中一步步艱難前行，喃喃道：「山丘在此，山脊在此，咱們一步步踏來，連步數都沒錯，這下定然無誤！」

旁邊幾人都低聲附和，紛紛加快了腳步，心知皇帝性情暴烈，此次再尋不到路徑，怕是被軍法處置了。

然而，一路行去，越走他們臉上恐懼越甚。

所有嚮導、斥候一起認準的方向、連步數都沒有錯的這一條路，前方空無一物。

別說城高牆厚的宣府鎮、綿延不絕的烽火臺，就連近在咫尺、過了山脊就該看見的榆木川，都毫無蹤跡可尋。

「不可能……怎麼會不見呢？怎麼會找不到呢？」嚮導們惶急不已，個個面如土色。

朱聿恆往前馳了一段。雨雪交加中，大軍踏過的痕跡、踩過的泥濘都還在，可宣府就是消失了。

諸葛嘉神情冷峻道：「依我看來，這路線絕無變化，就算他們說謊，也不可能幾個人一起冒死串通，騙咱們入彀。」

可，若這是對方設的陣法，要如何才能做到將城池與駐軍全部轉移？朱聿恆思索著，勒馬回望四周，問：「或許，這是利用惡劣天氣製造出來的障眼法？」

「以屬下看來，這絕不是障眼法。」廖素亭抹著臉上的雪水，眼睛都幾乎睜不開。「障眼法只是迷了視野而已，又不是東西沒了。就算雨雪遮蔽，可只要嚮導們方向正確、距離也正確，應當是閉著眼睛也能走到宣府的。」

「你的意思是，咱們在這裡遇到了鬼打牆？」諸葛嘉警惕地望著四下，問：「你家傳的八十二，不是說能在八十一路機關之外重開一道生門嗎？鬼打牆能打得出去麼？」

「我家傳破解的是機關陣法，可不是這些神鬼難測的東西。」廖素亭苦笑，說：「嘉……諸葛提督，現下情形如此怪異，你別為難我了。」

本想脫口而出說嘉嘉，但畢竟正事要緊，他話到嘴邊還是改了口。

諸葛嘉也只瞪了他一眼，控制住怒踹他馬臀的衝動。

「這世上哪來神鬼，依本王看來，其中必定有人動手腳。」朱聿恆略加思索，問諸葛嘉：「你先祖曾於江灘設八陣圖，困住百萬敵軍，如今我們遭遇的這個陣法，與其是否有共通之處？」

「先祖武侯所創八陣圖，以改變地形道路、增設土木為手法，但如今我們小輩無能，八陣圖只能化為戰陣對敵所用，而且如今我們走的是丘陵山脊，並沒有任何分岔道路，屬下對此……毫無頭緒。」

朱聿恆回望周圍，只覺那寒氣不是從外逼進體內的，而是從心口升起蔓延全身。

數萬人馬迷失在雨雪荒野之上，明知宣府就在不遠處，可這麼大的一個軍鎮，這麼短的距離，他們無論如何也搜尋不到，簡直是匪夷所思。

正在此時，皇帝身旁的近身侍衛奔來，對朱聿恆傳令道：「陛下見士卒凍餓，不耐久候，吩咐殿下即刻回轉。」

一無頭緒，眾人也只能先回到大軍近旁。

皇帝正立於車駕之上，一見他們回來，當即對侍立於旁的中軍將領們吼道：「傳令，大軍行進！」

朱聿恆知道大軍困在這般境地之中，確實危機重重，更何況皇帝本就性情暴烈，如何能在這兒盤桓太久。

他立即上前，低聲勸解皇帝道：「陛下少安勿躁，此間道路——」

皇帝咆哮著打斷他的話：「哪有找不到的道路？用刀子抵著他們走！錯一步，殺一個！兩個時辰內到不了榆木川，留他們何用，統統殺光！」

朱聿恆抬頭看晦暗的天色下，花白的鬍子讓暴怒的祖父顯得憔悴蒼老，心下不由暗嘆，閉口不再說話。

皇帝又抬手示意他：「聿兒，你進來，朕有話問你。」

車馬轆轆，大軍再度啟程。

有了前次教訓，中軍重甲披掛，齊聚於御駕旁，謹慎圍護。車駕平穩，翻過平原，上了山脊，車身只是微微起伏而已。

朱聿恆陪著皇帝坐於車內，只是目光一直透過車窗雨雪，注視前方動靜。

交加的雨雪嚴重阻礙了視線，即使他目力極好，可見的範圍亦不過一、二十丈。

油絹衣擋不住橫飛的雨雪，他通身早已溼透。幸好車內寬敞，皇帝囑咐他擦乾頭臉，在火盆邊烤烤火，讓凍僵的身子恢復過來。

朱聿恆依言坐下，將自己的手攏在火爐上，讓僵直通紅的手逐漸恢復成原本靈活有力的狀態。

他下意識地舉起自己的手，放在眼前端詳著，神情略帶恍惚。

卻聽祖父道：「聿兒，自那個阿南走後，朕看你整個人都變了。你是我朝國本，日後當延我國祚，安我天下，切不可有自暴自棄的念頭，更不可為區區一個女人，而心生頹喪！」

朱聿恆應道：「是孫兒對前途患得患失，與阿南無關。」

然而，看他的神情，皇帝知道他並未將生死置於心上。

這個他一日日帶在身邊，悉心教導、親手撫養的孩子，即將在風雨中毀於一旦。

「聿兒，此次回去後，你陪朕一同南下，去祭拜太祖陵墓吧。」皇帝嘆了口氣，道：「明年三月便是太祖二十四年忌辰，朕也老了，該回去看看了。」

又或許，人生至此，他終於明白了當年先帝的心境與考量，懂得了他做一切決策的原因。

朱聿恆應了，皇帝拍著他的手背，想說什麼，卻一時難以出口。

前方隊伍已經下了山脊，車駕周圍重甲護衛，兵馬擁簇，正要護著皇帝翻越山脊之際，猛聽得轟然聲響，周圍大地劇烈動盪。

御駕車身一沉，猛然向著下方塌陷。

車身頓時顛倒側轉，向下摔去，坐於車上的皇帝身子陡然失控，肩膀重重撞向車壁。

朱聿恆飛身撲向祖父，將其護住。

就在此時，破空聲忽響，銳聲震得人耳膜發顫，四下倏地一暗，車駕猛然震盪倒地，頓時被擠得變形。

劇烈晃動中，朱聿恆抱住祖父，心知車駕已經墜入陷阱。

這陷阱應該是早已設下，之前大軍兩次進退，因為下方的支撐力量，並未發現任何異樣。而如今因為眾多人馬全副武裝重甲護衛，因為壓力驟增，頓時陷於埋伏之中。

他護住祖父，身體倒轉，足後跟向上急踹，狠劈向車壁與車頂相接處。漆木斷裂聲中，車頂霍然裂開大洞。

他立即將皇帝托起，讓他踩住自己肩膀，從裂隙處爬上去。

皇帝雖已有了年紀，但常年征戰身強體健，踏著他的肩翻身而起，趴住車頂蹬上去之際，立即回身伸手給他：「聿兒，走！」

朱聿恆牢牢握住他的手，正要翻身而上，卻見皇帝身後異狀閃現，巨大的黑影隨著風聲驟然籠罩而下。

「小心！」驚呼脫口而出，朱聿恆日月猛然出手，向那黑影襲去。

然而出手之際他才看清，這黑影並不是活物，而是一截粗大的斷木——

而他的日月是機巧之物，如何能抵擋這傾軋而下的巨力？

他身軀在車壁上一點，狠命向上撲去，要以自己的身體將那倒下的巨木抵住。

上頭的侍衛們亦飛撲而來，企圖將巨木攔住。

可已經來不及了。

巨木重擊於皇帝的背上，猛衝而上的朱聿恆死死抵住斷木之際，一口溫熱的血噴在了他的肩頸間，祖父的頭垂了下來。

朱聿恆只覺大腦嗡的一聲，整個世界驟然暗了下去。

垮塌下的巨木將他破開的缺口嚴實封住，車駕內頓時陷入黑暗。他意識一片空白，摔坐在車內，只來得及緊抱住跌下來的祖父。

模糊中他聽到上方的急促聲響，是眾人正在齊力清理陷阱，馬車也在救援中震動不已。

顧不上其他，朱聿恆迅速扯開祖父的衣服查看傷勢。

陰暗中辨不清晰，只依稀可見皇帝的後背迅速腫脹青紫。

朱聿恆以顫抖的手輕按試探。幸好，他當時的衝擊替祖父卸掉了大部分的重擊力量，至少他脊椎骨與肩胛骨都無大礙。

只是頸項受擊後，皇帝神智暈眩，眼前的黑暗與耳畔的轟鳴讓他靠在朱聿恆懷中，呼吸艱難。

朱聿恆扶住他，嗓音微顫：「陛下，您怎麼樣？」

「聿兒……朕怕是不行了……」

他聲音斷續，氣息已然接續不上。

「陛下養精蓄銳，切莫說這種喪氣話！」朱聿恒打斷他的話，讓他靠在自己身上，倉皇道：「孫兒查看過了，陛下雖有傷勢，但並未傷及筋骨。您一向身康體健，只要及時救助，必無大礙！」

皇帝喘息甚急，眼前金星亂冒，讓他意識模糊，再難出聲。

上方的人奮力搶險，斜插進斷口的木頭被合力起出，天光透了進來。

眾人急切地圍於陷阱旁，懸下縛輦。

朱聿恒小心地托舉著祖父，將他平放於縛輦之上。

彷彿此時他才察覺，在他記憶中威嚴雄壯的祖父，如今已確實是個老人了。滿是血汙的鬢髮與面容擊碎了他一貫的強硬威儀，他虛弱無力地倚靠在已屆盛年的孫兒身上，如風中之燭。

朱聿恒示意上面的人將祖父拉上去，命他們務必小心謹慎，勿使筋骨挪位。

他護著祖父，讓縛輦安然穩妥地緩緩抬上地面。

就在抬升出地面之際，御駕車身陡然一震，無數鋒銳亮光驟然自四下射來。

御駕實陷，周圍的埋伏趁機發動，弓箭齊射，向著被圍攏在正中的皇帝而去。

侍衛們立即防護，然而對方用的是重箭，箭頭以鉛製成，比一般的羽箭要重許多，弓手將其高射向空中，箭身劃出一道長長的弧線，越過四周防護的士卒們，隨即，下垂的箭頭直衝向了包圍中的皇帝。

在驚呼聲中，日月蓬然飛射，飛旋之際早將皇帝周身護得嚴嚴實實，設下了密不可透的防衛。

鋒利絢爛的光彩在縛輦周圍飛轉，如彩徹區明，無論箭頭以何種刁鑽角度射來，都被日月的氣流捲襲裹挾，混亂零散地撞擊於一起，在嘈雜的叮叮噹噹聲中紛紛墜落。

而氣流翻捲間，所有懸繫縛輦的繩索又被完美避過，毫髮無損。

待重箭落盡，朱聿恆手中日月乍收。眾人尚未鬆一口氣，埋伏的亂軍放完了暗箭之後，已紛紛躍出藏身之處，向著大軍圍剿過來。

數萬大軍排成長隊行軍，正處於兩座山脊之間，前後兵力被埋伏截斷，中間頓時陷入包圍。

隨行御駕的都是弓馬諳熟的將領，眼見中軍陷進了埋伏，當下迅捷發號，後方士兵立即趕上，意圖翻越山脊反包圍陷阱。

然而亂軍有備而來，山脊之上早設了陷阱，士兵們尚未來得及反應，前鋒已在一輪震盪中被迅速擊潰。

在混亂聲中，腳下大地陡然劇震。上方救援的人立足不穩，縛輦驟然鬆脫傾覆，安放於其上的皇帝眼看著便從上方墜落下來。

在驚呼聲中，馬車在震盪中再度下墜，四面斷木從車外擠壓扎入，眼看著皇帝和太孫都要硬生生被擠成肉泥。

朱聿恆立即伸臂，將祖父護在懷中，緊緊護住。

撞在車壁上的後背傳來劇痛——是斷口鋒利的木刺與折斷的銅鐵，深深扎進了他的脊背。

溫熱的血迅速湧出，可情勢緊急，已經容不得他細加思索。他強行直起自己的身軀，不顧後背淋漓的鮮血與劇痛，竭力將祖父托起。

他顫抖的身軀讓重傷的皇帝都察覺到了。皇帝勉強動了動脣，只是氣力衰竭無法出聲也無法動彈，只用手指勾了勾他的手臂。

朱聿恆向他點了一下頭，聲音嘶啞：「皇爺爺，別擔心。」

自受封為皇太孫後，他已有十來年未曾這樣稱呼過祖父。但此時危境之中，他脫口而出，而皇帝也未覺得不妥，只收緊了握著他的手。

只聽得喀嚓聲響，承重的車架將下方的木頭又壓斷了兩根。搖搖欲墜間眼看馬車又要向下陷落。

「杭之！」聽到朱聿恆的呼喚，韋杭之會意，立即命人將縛輦展開，擺好兜住皇帝的姿勢。

緊急之中，朱聿恆雙腳重重踩在下方車座上，攜著祖父向上猛然躍起。

轟隆聲中，車駕再度下落。而他終於將祖父堪堪抵到了韋杭之的面前，落在他展開的縛輦中。

隨即，他自己也終於抓住了諸葛嘉的手，借力一個翻身躍出了陷阱。周邊的敵軍也已經殺到了他們面前。

對方馬上功夫了得，個個剽悍無比，顯然與北元脫不了關係。

三大營中，皇帝近身護衛是神機營。然而雨雪之中，火槍濡溼無法發射，諸葛嘉唯有一聲令下，眾人以火銃替代短棍，結陣拒敵。但這般情況下突遇強敵，亦只能勉強抵擋。

前後軍隊均已被阻斷，如今他們被困於兩條山脊的谷底，左右箝制，四面無援。

眾人都抱定了必死的決心，決心奮力拚殺以死報國。

朱聿恆不顧自己背後的傷口，脫去已滿是血汙的外衣，抓過韋杭之遞來的披風遮住自己的傷口，倉促道：「諸葛嘉！」

諸葛嘉立即上前，聽候他的吩咐。

「率領神機營士兵封鎖北谷口，阻斷後方攻勢。八陣圖結成後牢不可破，你務必阻住一段時間！」

八陣圖專擅圍剿防守，進擊確是稍弱。如今聽說只負責把守谷口，諸葛嘉當即道：「屬下誓當全力拒敵，絕不讓他們進擊半步！」

「廖素亭，你率一隊人上山脊，搜尋陷阱通道，盡快引入大軍助力！」

「是！」

「杭之，清點人手，隨我往前方突擊破圍。」

韋杭之雖然應了，但望著朱聿恆帶傷艱難起身的模樣，心下不由捏了一把汗：「殿下，您身上的傷……」

朱聿恆沒有回答，只示意他立即整頓隊伍，向前方出口迎戰。

背後傷勢傳來抽痛，但他已無暇顧及。敵軍已經殺到面前，所幸後方諸葛嘉不辱使命，擋住了背後來襲的那一波，讓他們只需撕破前方攻擊。

命精銳護衛好皇帝所臥的縛輦，朱聿恆飛身上馬，當先在前殺出重圍。

背後傷口崩裂，流下來的血在這般雨雪交加的天氣中顯得格外熱燙，溫熱的生命力彷彿正點點流失。

但此時此刻，他早已顧不上這些。日月光華暴起，紛繁迅捷的光芒直刺對方眼目。

對面的敵人正在衝殺之中，哪能顧及他的突襲，只聽得慘叫聲與落馬聲相繼響起，砰砰不斷中，對方當先數人紛紛墜馬，捂著眼睛慘叫出來。

後方趕到的敵軍無法看到前面的情景，收勢不及，馬腿在衝擊中有絆到前方人馬的、也有及時撥馬避開而亂了陣形的，原本堅不可摧的進擊之勢頓時崩潰。

趁著對方陣腳不穩，韋杭之立即率人衝殺。

刀劍交鳴，冰冷的雪與溫熱的血交錯，韋杭之身上也添了數道傷口，但硬生生將對方的包圍撕開了一條口子。

朱聿恆坐於馬上，緊抓著馬韁，護衛著皇帝的縛輦。

後方的諸葛嘉忠實履行了自己的承諾，八陣圖緊緊封住了谷口，未曾讓後方增兵來援。

最擅長機關漏隙的廖素亭，也已經找到了翻越山脊的路線，大軍即將在指引下突入。

只要前方的攻勢崩潰，他們便能衝殺出這片埋伏。

然而就在這勝負將決之刻，斜刺裡忽然傳來異常騷亂，原本步步推進的隊形突被遏制，進擊混亂。

朱聿恆知道必定是出了什麼事，而韋杭之身先士卒，早已衝到前方。

他是皇帝於萬軍之中挑選出來護衛皇太孫的，身手自然極為出眾，即使局勢混亂，依舊幾下便衝到了騷亂中心。

正待他穩定己方陣容之時，忽聽得周圍士卒驚呼聲響起，風雪中血花迸射，如同六瓣花朵。

銀白色的光華穿透人群，在鮮血之花的簇擁中，直取被圍於中心的皇帝。

儘管來人身上穿著厚重布甲，頭盔也遮住了大半個面龐，但僅憑這春風與六瓣血花，朱聿恆立即便知道了這個僅憑一己之力衝破了他們陣腳的人是誰。

竺星河。

一直隱在幕後的他，終於在此地此刻現身，正面向他們襲擊。

朱聿恆看見了竺星河冰冷的目光，向著他轉來，兩人目光交會之際，彼此都繃緊了神經，握緊了手中的武器。

日月。春風。

出自一人之手的兩柄殺器，卻令這段恩怨愈發激烈，終究走到生死相搏的這一刻。

事到如今，他們再沒有避讓的可能，兩人不約而同地越過廝殺的戰場與呼嘯的雨雪，向著對方撲擊。

局勢緊急，無暇多顧。兩匹烈馬越來越近之際，他們都向著彼此奮力發出全力一擊。

日月是遠程且多點攻擊的武器，在直面相擊之時本該占據上風，可面前雨雪勁急，背後的傷勢劇痛，朱聿恆的手僵硬脫力，一時竟無法如常掌控手中那六十四道光點。

冰冷迅疾的寒風令日月的攻勢變得虛軟，而就在它即將接近竺星河之際，只聽得一陣清空勻和的聲音響起——

是春風。風從它管身上的鏤空穿過，發出類似笙簫管笛的樂聲。在這殺戮血海之中，顯得格外纏綿詭異。

春風來勢急遽，與凜冽寒風相和，氣流在山谷間呼嘯迴旋。

利用應聲而擴展攻擊的日月，此時頹然失去了相和擴散之力，別說準確攻向笁星河，就連控制都顯得吃力。

而笁星河則仗著自己那驚世駭俗的身法，撥馬迅速穿過面前混亂的日月輝光與局勢，在兩匹馬高高躍起擦身而過之際，春風穿透日月光華，直刺向朱聿恆的胸口。

眼看那細如葦管的武器就要刺入朱聿恆的胸前，開出殷紅的六瓣花朵時，斜刺裡一條身影衝出，橫擋在春風之前。

隨即，如蘆葦般細長瑩白的春風已經刺穿了他的身軀，六瓣血花盛綻於朱聿恆與笁星河之間。

在千鈞一髮之際，替朱聿恆爭取了最後一瞬機會的，是韋杭之。

急促噴湧的鮮血迅速帶走了他的意識，他眼前世界顛倒旋轉，重重撲倒於地。

但只憑這一瞬間的阻隔，朱聿恆的日月已急速回轉，籠罩了笁星河的背心。

儘管日月攻勢凌亂，但後背受襲，笁星河不得不救，身形一閃而過，衝出了日月的籠罩。

而朱聿恆也趁著這一瞬間的機會，向前疾仰，春風在朱聿恆胸前劈過，鋒利的氣勁將披風繫帶一劃而斷。

濺落在朱聿恆臉頰上的血滴尚且溫熱，這是屬於韋杭之的鮮血。

剎那間的交錯，只是短短一瞬間，卻已是生死一個輪迴。

竺星河脫離了日月，朱聿恆避過了春風。

玄黑色的披風墜落，顯露出朱聿恆背後鮮血淋漓的傷口。

而竺星河目的明確，已向著縛輦上的皇帝撲去。

眾人立即上前圍護，即使對面敵人來勢凶猛異常，依舊用身軀鑄出鐵桶陣營，誓死護衛皇帝。

但，血花飛濺中，面前人紛紛倒下，竺星河的面容上卻並無快意，只有目光中閃著冰冷恨意。

二十年血仇，千萬人頭落地，在父母去世那一日、他於懸崖上撕心裂肺所發的誓言，這一刻終究得以實現。

這漫長的復仇之路，走到如今，不可謂不艱難。但，他終究抓住了這稍縱即逝的一瞬。

在這漫天風雪中，他將自己一路的艱辛灌注於春風之上，只需要一朵血花迸綻的時間，便能以血洗血，徹底了結這段血海深仇，從纏縛了他二十年的噩夢中掙脫。

然而，就在他的春風落下之際，眼前卻忽然有萬千輝光驟然閃出。

日月橫斜交織，數枚弧形彎月嵌入管身的鏤空處，將它牢牢扣住，讓他那必中的一擊，竟被遏住了去勢，無法再進一寸。

是朱聿恆回馬，在千鈞一髮之際，阻止了他刺向皇帝的必殺一擊。

背後傷口在猛烈動作下被牽動，痛徹骨髓。但明知自己的傷勢嚴重，朱聿恆依舊死死困住了春風，不肯放開。

竺星河見他如此情況下居然還能阻擋自己的殺伐，臉上寒意更盛。春風斜揮絞纏，日月是玉石薄脆之物，只聽得金石相擊之聲尖厲，珠玉薄片頓時被震飛，氣流紊亂間散亂而不可收拾。

「中路防守，左翼迎擊，防禦西南方來襲！」

背後的疼痛讓朱聿恆呼吸凌亂，但寒風暴雪與緊急局勢卻讓他心海更為清明，指揮下令的聲音依舊沉穩有力。

十指收束混亂的日月，散亂糾纏的光點被他操控，於半空中鬆解紊亂路線，六十四個光點穿插迴旋，日月再度飛回精銅底座，等待下一場殺戮。

聽到殿下的命令，侍衛們立即結陣，護住皇帝身側。

而正如他所料，竺星河的身形自西南方而來，正向著縛輦上的皇帝殺去，幾乎是撞向了防衛最為堅實之處。

饒是他身法飄忽如神，但面對密集的刀叢，也只能勉強躍出，以避鋒芒。

「西北半丈開外，圍剿！」

未等他的身形落下，朱聿恆的聲音已再度響起。

五行決最擅藉助山形地勢而施展，竺星河藉此身形變幻，神出鬼沒，往往在眾人最難預料的地方縱橫來去，不可捉摸。

但，朱聿恆的棋九步，卻最擅長審時度勢、預斷後手。

憑著對竺星河動作的捕捉與拆解，朱聿恆當即便喝破了他的下一步應變。

話音未落，侍衛們的刀鋒已齊齊圍擊向西北半丈處，竺星河在下落的途中早知不妙，但他的身形已老，又如何能再度轉折，竟直接衝進了包圍圈之中。

他身形疾閃，但終究避免不了刀尖在身上劃過，擦擦聲中，白衣上血痕陡現，已受了數道刀傷。

春風迅疾，在森冷刀尖上急撥，劇烈的顫動與尖利的聲音讓眾人虎口發麻，手中武器差點撒手。

眾人不約而同握緊刀柄，下意識後仰以免脫手，竺星河的身旁瞬間空出一圈縫隙來。

朱聿恆卻似早已料到這場景，日月凌空，疾風驟雨般補上了侍衛們退開的空檔。

竺星河隨意撥開進襲到自己身旁的幾片薄刃，不管日月的凌厲攻勢，猛撲向了皇帝所在的縛輦，顯然是拚卻自己遍體鱗傷，也要先奪了皇帝的性命。

見他這副豁出一切的模樣，朱聿恆正在錯愕，耳聽得山脊上的呼吼聲，抬頭一看，是廖素亭已經引領大軍穿越了陷阱機關，向下邊撲來。

難怪竺星河不顧自身，也要對皇帝下手，因為時間稍縱即逝，這已是他必須要抓住的僅剩機會了。

「護駕，結陣！」他立即發令，身隨語動，率先向著竺星河撲了過去，手中日月隨之籠罩對方的身影。

竺星河的身法早已盡在他的計算中，而人的動作再快也快不過日月的飛速彈射。在他的春風刺向皇帝之際，日月已經封鎖了他的周身，在清空的相擊聲中，光點收緊，眼看便要將他捆縛住。

竺星河周身殺意瀰漫，回身春風斜劈，樂聲詭譎，直抵日月。

六十四片薄刃本就因為朱聿恆的傷勢而無法達到最勁急的力度，此時在這陣凌厲的風聲之中，頓時飄搖歪斜，再度陷入散亂。

但也因為這一瞬間的阻滯，竺星河的攻勢被打斷，縛輦周邊的人早已重新組好了陣容，湧上前來，將皇帝緊緊包圍。

山脊之上，忽然傳來巨大的聲響。

是陷阱已暴然發作，廖素亭率領解圍的隊伍身後，出現了圍攏的刺客亂軍，前有陷阱後有追殺，眼看即將聚攏於皇帝身邊的防衛再度崩潰，局勢瞬間顛倒。

唯一欣慰的是，谷口的諸葛嘉忠實地履行了自己的承諾，八陣圖死死護住了入口。

而竺星河見事不可為，已經棄了皇帝，向著朱聿恆襲來。

冰涼的雪花飄飛於朱聿恆的臉頰之上，而比冰雪更為寒冷的，是一點春風的寒光，直刺向他的心口。

日月飛速迴旋，卻已經來不及救護他。

六瓣血花與星星點點的日月光華在昏暗雨雪之中同時綻放。

竺星河來不及理會襲擊自己的日月，只一意要將春風刺入他的心臟，不死不休。

朱聿恆也沒有顧及刺入心口的春風，只執著地要以日月摧毀他的力量，保住祖父最後的生機。

日月飛旋過竺星河的手足關節，銳痛中他再也握不緊春風，那刺在朱聿恆心口的力道，也驟然間脫了力，只一劃而過。

但，氣勁已經衝破了朱聿恆的衣服與肌膚，飛濺的鮮血開出一朵歪斜的六瓣花，隨即，他的身體向後墜落，從馬上重重摔下。

身後便是坍塌的陷阱，裡面的御駕早已扭曲破碎。

他墜落於下方的劇烈震盪中，砸在車駕之上，在轟然倒塌聲中，向著下方黑暗重重跌落。

在鋪天蓋地的轟然聲響中，黑暗淹沒了下方一切。

第二章 素履冰霜

劇烈震動中，車駕撞到了底部，跳撞了兩下後便再無動靜。

朱聿恆已無法控制自己負傷的身軀，他奄奄一息地蜷在黑暗中，辨不出自己身在何處。

上方隱約的廝殺聲還在繼續，但局勢太過緊急，一時未能迅速探入陷阱營救。

黑暗中，朱聿恆握緊手中日月，夜明珠的幽光淡淡，蒙在周身。

全身的血脈都在突突跳動，那血脈深處的痛楚讓他身體猛然抽搐，恍惚間想起傅准所說的一切。

天雷無妄……

無聲無息間陷入的迷陣，無從尋覓的第八個陣法，真的這般詭祕莫測，竟會隨著他的行動而隨時發作，不分時間、不分地點，突如其來地降臨？

可，如果這也是傅靈焰所設的陣法，她又如何設置、如何發動？阿南說過，縱然才智絕頂，可這世上，畢竟沒人擁有這般鬼怪神魔之力，就算是九玄門不世出的天女傅靈焰，也絕不可能。

黑暗中，想到阿南，他將手中的日月又握緊了一分，彷彿抓緊了它，阿南的氣息便永遠不會離開。

他聽到士卒們躍下搜尋他的聲音，但他已是強弩之末，無力發出聲響呼喚他們到來。

但他可以聽出，下來尋他的人並不多，看來，上面的局勢堪憂。再拖下去，祖父怕是沒有生還希望，數萬大軍亦將陷入動亂。

既然如此……若傅准猜測是真，那麼這世上，他還有一個辦法，可以徹底扭轉戰局——

他的肩背之上，那條關係著天雷無妄之陣的督脈。

那裡，隱藏著一枚毒刺，足以引動陣心中的母刺，繼而啟動陣法。

屆時，面前這迷失方向的鬼打牆陣法會被突破，大軍終能走出這片雨雪絕境，大軍與皇爺爺終能安全凱旋。

所付出的代價，不過是他再損毀一條血脈，又有何不可。

他顫抖著抬起左手，摸向自己後背跳動的血脈，右手執起了日月。

黑暗恍惚中，僅存的意識也開始散逸。

若人生確實已走到最後時刻，在這個絕境裡，他真想再抱一抱阿南，親一親她的雙脣。

可惜，或許今生今世，他們的緣分，只到此為止了。

黑暗中，他反手彈出日月，便要控制它劃開自己的後背，付出損毀督脈的代價，剜出毒刺。

就在刃尖扎入他的後脊之際，身處的馬車忽然劇震。

車壁豁然被人破開一個大洞，黑暗中垮塌聲不斷，斷木碎石不斷下墜。

耳後風聲響起，從後方撲來的人將他的手腕一把握住，俐落地一擰，讓他手中的日月脫手。

隨即，對方一把拉起他，帶著他向外撲去。

這突如其來的變故，打斷了朱聿恆剜經脈破陣的舉動。他下意識甩開對方的手，啞聲喝問：「誰？」

對方沒有回答，只再度拉住他的胳膊，將虛弱的他架起，向外走去。

他察覺到對方的手上戴著一雙薄薄的皮手套，入手柔軟微涼。黑暗中不可視物，但狹窄的陷阱中，突然冒出一個人來，這詭異的感覺令他下意識縮手防護。

然而剛一動作，背後的傷口便劇烈作痛，肌肉痙攣抽搐。他的身軀不由自主地顫動著，倒向了面前的人。

那人默不作聲地將他攬住，艱難地拖他出了已經被擠扁的馬車，繞過木樁，鑽進了旁邊木頭的夾縫中。

他這才發現，這山脊下是很大的空洞，下方架著木梁防止坍塌。這麼大的一個陣法工程，顯然要動用不少人工。

一種怪異的感覺便湧上朱聿恆的心頭——

不對。

這陣法不可能是傅靈焰當年所設。

他可以聞到地下還有新鮮松木的味道，這說明，這陣法絕沒有六十年，而是不久之前，剛剛設置的。

只是，既然他們已經準確計算好了御駕墜落的力道，本該在陷阱之處多動手腳，又何須多費人力，設置如此大的地下架構？

尚未等他理出頭緒，對方已停下了腳步。

那人放開了他的手，隨即在黑暗中撿起石塊，迅速敲擊下方橫七豎八的木樁，似在尋找出路。

朱聿恆靠在木樁上，背後的血將衣服糊在了肌膚上，疼痛漸轉麻木，從尖銳的抽痛變成了大片的鈍痛。

聽著對方有節奏的敲擊聲，他模糊的意識忽然跳出一種難以言喻的激蕩。

那敲擊的力道與節奏感，彷彿深烙於他的魂魄中。即使看不見、觸不到對方，他也依然可以用知覺來感知到，那熟悉的意味。

朱聿恆的呼吸不自覺顫抖粗重起來。在這伸手不見五指的黑暗地底，他一時不知是真是幻——

是她真的來帶他出絕境了，還是……這只是他昏迷抑或是臨死前的幻覺？

敲擊聲還在耳邊響起，那人傾聽著木頭相搭交聯處的聲音，謹慎地尋找著機竅匯聚處。

朱聿恆靠在木架上聽著，艱難開口提醒：「右斜上一尺三寸處……有薄弱點。」

那人對他的話毫不懷疑，話音剛落，洞內便傳來嘩啦聲響，她已抬腳直踹向朱聿恆所言之處。

泥土簌簌落下，那人鑽探了兩下後，應當是尋到了關竅，隨即在周圍打了三個點，形成一個標準的正三角。

風聲響動，對方抓住了上方的橫柱，高高躍起，向著三角中心狠狠蹬去。

朱聿恆的眼前，恍惚出現了剛認識不久時，阿南與他同在困樓中的情形。

那時她的身影，也是這般矯健俐落，帶著一種不講理的莽撞堅決，狠狠破開了能擠死蠻牛的困樓。

嘩啦聲響中，上方橫架的木頭滾落，連同大堆的土石一起向下轟然坍塌。

天光伴隨著雨雪傾瀉而下，瞬間照亮了下方那條身影。

雖然對方穿著青藍布甲，頭盔布罩嚴嚴實實地遮住了面容；雖然天色朦朧，旋轉下落的雪花讓那條身影顯得無比虛妄，可他依然脫口而出：「阿南！」

不顧背後的傷勢，他奮力起身，向著那條身影衝去。

動作太過劇烈，背後的傷口猛然崩裂，溫熱的血噴湧而出，撕心裂肺的痛楚。

可他不管不顧，恍如衝向人生中唯一的光亮，向著她猛衝過去。

然而他的傷勢終究阻礙了他奮不顧身的動作。

在震動的陷阱之中，那條如雨燕般輕捷的身軀已拔身而起，足尖踏上坍塌的原木，點著無序翻滾落下的木石，抬手抓住上方洞沿，迅速躍了上去。

朱聿恆追到下方，卻只來得及看見她躍上洞口，回頭看了他最後一眼。

但也只是一瞬間、一眼而已。

陰暗的天色顯得眼前的一切虛妄無比，他尚不知道她的出現是真是假，她便已奔向了蒼茫雨雪之中，而他在下方，再也尋不到她的蹤跡。

阿南臨去時搗毀了陣法，在劇烈的震盪中，地下陷阱徹底坍塌，轟隆悶響聲不斷，眼看整條山脊都塌陷了一大塊下去。

但因為雨雪泥濘，倒並沒有激起太大的灰土，只像是山脊平空地矮了一截。

在劇烈的震盪中，強撐最後一口氣的朱聿恆終於堅持不住，陷入了茫茫的黑暗中。

醒來時，他已是在平穩行駛的馬車中。

御駕損毀後，中軍匆匆騰出馬車，將昏迷的皇帝與太孫抬到了上面，向著前方繼續行進。

見朱聿恆艱難睜開了眼，在車中伺候的廖素亭立即湊上來，急問：「殿下感覺如何？身上可還自如？」

朱聿恆強忍身上劇痛，竭盡全力抬起自己的手，屈伸了幾下確認依舊控制自如後，才長長地呼吸著，遏制全身的疼痛，撫摸著自己已被草草包裹的傷處。

他透過車窗向外看去。敵軍已被殺退，嚮導正順著山脊向南而行，引領著瀕臨潰散的大軍沿著原路前行。

在迷濛的雪霧之中，他勉強辨認出，走的依舊是之前他們走過的那條迷失之路。

昏迷前的一切歷歷在目，他艱難開口，聲音嘶啞：「阿南她……回來了嗎？」

「南姑娘？」廖素亭詫異茫然，問：「殿下是……」

是在夢裡見到了嗎？

他沒有問出口，但朱聿恆看到他臉上的神情，便知道阿南的到來與離開，除了他之外，無人察覺。

於是他又問：「杌之……如何了？」

廖素亭抿脣低首，默然搖了搖頭。

誰謂河廣，一葦杭之。

曾在皇帝面前立下誓約，會在危急之時做皇太孫腳下渡河依憑的韋杭之，履行了自己的誓言。

他曾多次見過春風出手，深知它的可怕之處，可在它來襲之時，卻不曾有片刻猶豫，替他的殿下擋下了那致命一擊，翻轉了戰局。

——即使代價是，他的性命。

朱聿恆抬起手，捂住自己滾燙的雙眼，這一刻恨意翻湧於他的胸口，再難抑制。

他嘶聲問：「竺星河呢？」

「他受了殿下一擊後，看情勢無法得手，帶傷逃走了。」

朱聿恆沒再說話，廖素亭只聽到他氣息急促，許久，彷彿是自言自語，又彷彿是發誓，朱聿恆低聲道：「下次，他絕不會再有機會逃脫。」

話音未落，車外傳來了前軍遠遠的歡呼聲。

朱聿恆抬起恍惚的雙眼，透過呼嘯的雪風，看見了呈現在面前的宣府鎮。

數萬大軍迷失於雨雪的情形，遙遠得彷彿已是前世的事情。若不是身上的傷痛還令他無法起身，幾乎要懷疑，那只是一場迷亂噩夢。

宣府囤兵十萬，是邊關重鎮，一切事務井井有條。

太醫們替朱聿恆挑出木刺、包紮好傷口。他身體一向極為康健，此次遇險並未傷及根骨，因此除了疼痛未退之外，不過行動略顯遲緩而已。

敷好傷藥後，他被廖素亭攙扶著，慢慢走去探望聖駕。

房間內送水的、送藥的、送湯的進出頻繁。門外的眾人垂手肅立，屋內的太醫們惶惑驚恐，急著替聖上化瘀止血、正骨療傷。

朱聿恆親自在旁守候，直到祖父胸中瘀血稍清，氣息也略微沉緩，確定已經沒有了性命之憂，他胸中一直提著的那口氣才緩緩舒了出來。

見他來了，皇帝恍惚睜眼，聲音啞澀地喚他：「聿兒……」

「孫兒在。」他在榻前跪下，等候祖父的吩咐。

「你很好，皇爺爺很欣慰……」皇帝聲音嘶啞，語氣卻十分柔和：「朕記得，第一次帶你北伐時，你還是個被北元圍困的莽撞少年，如今……卻已能挽救大軍於危難之中，如此艱難的戰局亦能指揮若定，一舉掙脫對方箝制，就算是朕……怕是也只能這般行動，無法比你調度得更好了。」

朱聿恆靠在床頭，啞聲道：「全憑陛下栽培，孫兒要學的還有很多。」

「當時你為了朕而摔入地下，朕還以為……」皇帝拉著他的手上下打量，見他除了蒼白憔悴外似乎並無其他，才鬆了一口氣：「幸好列祖列宗庇佑……你如今這般手掌日月，守護山河的模樣，皇爺爺真是……欣慰歡喜。」

朱聿恆眼睛灼熱，輕聲道：「皇爺爺……您安心休息吧，等一覺醒來，休整進補，身體便大好了。孫兒和天下人都在等著您執掌朝綱，大定天下。」

祖父勉強以鼻息「嗯」了一聲。肩背傷勢太過沉重，他確實疲憊交加，須臾便闔眼沉沉睡去，聲息輕微。

朱聿恆靜聽著祖父的呼吸聲，確定了一時半刻應無大礙後，才慢慢走出了暖閣。

朔風吹雪，鵝毛大的雪片籠罩了整個天地，縱使他向著阿南消失的方向極力遙望，依舊看不穿迷濛繚亂的世界。

可縱然看到了，他也已沒有餘力去追趕了。

攤在他面前的，是太過沉重的朝廷動亂、天下紛爭。十年東宮皇太孫，他有必須扛起的責任，也有不得不放棄的夢想。

命運皆是，人生如此。

皇帝身子骨一向健朗，但畢竟已屆老年，一路南下病勢雖漸漸大好，但路途顛簸也讓他大損元氣。

臨近年關，皇帝降臨，應天府大小官吏不敢怠慢，個個打起精神，戰戰兢兢應卯當差。

至宮中向皇帝問安完畢，太子與太子妃終於領著皇太孫回到了東宮。

看著久別的兒子，兩人都是喜不自勝又心疼不已，噓寒問暖之際兩人又查看了他背上的傷勢，見太醫們處理得妥貼，已經連血痂都快掉完了，傷痕看著也並不明顯，才放下心來。

一家人難得又坐在一起吃了頓飯。雖然擔心皇帝身體，但兒子安然無恙，一家子心下都是喜大於憂。

太子夾起個羊腿，被太子妃一瞟，筷子拐了個彎立即放到了朱聿恆碗中：「聿兒，多吃點肉，你看你又瘦了。」

朱聿恆不由笑了：「父王看著也清減了不少。難得今日開心，母妃就別拘束父王了，眼看就要過年，也該吃頓飽飯了。」

「可不是，這一年到頭的，還是兒子孝順，知道疼爹。」太子笑道，見太子妃一臉無奈，趕緊夾了兩根羊排吃著。

太子妃當作沒看見，問朱聿恆：「那位阿南姑娘呢？怎麼你們沒一起回來？」

見母親發問，朱聿恆略停了停，垂眼道：「她另有要事。」

太子妃見他神情微沉，心知不對，笑道：「可上次我看天氣冷了，又想著你會與她一起回來過年的，已經讓人將你們的衣服都裁好了。都是選的豔色料子，她保準喜歡的。」

「先留著吧，下次總有機會穿的。」

見兒子這般神情，太子妃朝埋頭啃羊排的太子丟了個眼色。

太子也沒了大快朵頤的心思，放下羊排問：「聿兒，那山河社稷圖，聖上如何安排？」

「西南橫斷山脈，怕是孩兒最大的指望了。」朱聿恆將他與皇帝的商量與父母簡略講了講，又道：「三大營的人是我一貫熟用的，這次也會帶著諸葛嘉他們一起過去。此外還有一些江湖上高手，西南這個陣法，此次務必得一舉成功。」

太子妃望著兒子的面容，心如刀絞，眼睛不由便紅了。只是她秉性剛強，不肯讓眼淚掉落，因此只哽咽道：「好，你此去西南責任重大，務必做好一切準備，免得出岔子……」

太子則思忖片刻，問：「那位拙巧閣主傅准也隨你到應天了吧？明日父王與他見個面，詳細詢問一下具體情況。」

朱聿恆不料父親要親自會見傅准，略帶詫異道：「聖上雖命傅准隨我破陣，但此人心境難辨，之前他曾隨邯王到渤海擒拿阿南，我看他與二皇叔多有合作，關係怕是不尋常。」

太子道：「無妨，正好探探底。畢竟這是與你合作的人，爹總得去確定下他是否可靠。」

朱聿恆點頭，想告訴父親，自己與阿南的傷勢總是一起發作，他推斷傅准大有嫌疑，因為阿南手足的傷勢，是傅准造成的。

但思忖片刻，他又放棄了告訴父親此事的打算，免得他太過思慮，因此只道：「明日我陪父王一起去吧，正好我也有話要問傅准。」

世事總有些方面出人意料。

比如說，第二日朱聿恆安排好手頭事宜，轉到工部時，看見父親與傅准正一邊說話一邊進內，兩人之間的模樣，熟稔得如同早已相識。

朱聿恆心下升起怪異的感覺，迎上去見過父王，詢問他們到工部有何要事。

「父王與傅先生適才商談了陣法之事，傅先生認為九玄門陣法必是依地勢而設，因此我們一起到工部來查閱西南山脈，研究下那邊的地形山勢。」太子笑呵呵道：「傅先生雖只比你大上五、六歲，但他博通古今、技藝超神，聿兒，你可要向傅先生多多討教，必定大有裨益。」

朱聿恆看向傅准，見他神情如常地撫著肩上孔雀微微而笑，便道：「剛好我也有熟人舊事要問傅閣主，還望傅閣主不吝賜教。」

傅准依舊是那副皮笑肉不笑的模樣：「殿下何必客氣，但有吩咐，我自然知無不言，言無不盡。」

南京六部歷來事少，此時工部尚書已親自率領眾人出迎。

趁著太子與工部尚書寒暄之際，傅准袖著手似不耐應天溼寒，問：「殿下所言的熟人舊事，指的是……」

「自然便是阿南。」朱聿恆道。

這一路顛簸勞累，他與皇帝都有傷在身，傅准又著意隔避，因此竟難找機會。

「阿南離開後，殿下鬱鬱寡歡，我等都看在眼裡。」傅准一臉感傷，道：「正所謂世間萬事有聚必有散，尤其阿南是江湖兒女，說走就走亦是尋常事，我這個無辜旁觀者，唯有替殿下心懷淒惻了……」

朱聿恆不理會他慣常的陰陽怪氣，只單刀直入問：「阿南手腳的傷勢，是傅閣主所造成，卻為何與我的山河社稷圖息息相關，連動發作？」

傅准捂嘴輕咳，清瘦的身軀似不勝寒氣，可望著他的目光中，卻染上了一層憐憫悲愴之色：「殿下，你不該問我的。」

朱聿恆雙眉一揚，正要追問，卻聽他又道：「原本，此事我該當明示殿下，好好給你一個解釋。可惜……殿下身負的天雷無妄之陣已發動，你背後的力量遮天蔽日，你如今，已將我捲入陣中了。」

朱聿恆冷冷道：「此等怪力亂神之說，本王不會信服！」

「如何能叫怪力亂神呢？既有陣法，便有守陣之力。看不到的陣法，自是有某種看不見的力量在守護著它，使其永保機密，不可破解……」傅准凝望著他，緩緩地往後退了一步，似是畏懼他身上的力量。「我早已對殿下明言，天雷無妄之陣已經啟動，不論時間，不管地點，從此後你將面臨一次又一次的失去，與你有關的人會一個個離開，與你有關的事會一樁樁消亡……」

朱聿恆目光一凜，正要追問，卻見太子已與工部尚書一起過來了。

「走，聿兒，傅先生，工部所存地圖中，正有當年橫斷山脈的詳細圖樣，咱們一起看看吧。」

他只能中止了追問的意圖，任由傅准跟隨父親而去。

在傅准越過他身邊時，他聽到傅准幽怨的嘆息：「殿下，您這下可算給我惹上大麻煩了，不知道天雷無妄的可怕後果，會不會也落在我的身上呢……」

南京六部中，唯有工部的規模比京師的工部更大，裡面存的檔案浩如煙海。原本一排七間的闊大庫房，因為實在堆放不下卷帙，便又在後方緊挨之處蓋了一模一樣的另一排七間房，資料卷宗分列其中。

管庫房的小吏恭敬領路，介紹道：「西南的地圖，便置於庫房西南之處。除了這邊的十幾排櫃架之外，隔窗對面後屋尚有幾排。」

太子看看天色，便對傅准道：「煩請先生去對面查找，兩邊若有發現，互相知照一聲。」

朱聿恆陪著父親在前庫，眼看傅准在小吏的引領下進了後庫。見兒子關注傅准，太子便問：「前次聖上親自召傅先生隨同你西行破陣，你與他合作得可好？」

「傅閣主能力非凡，深藏不露，這世上能駕馭他的人怕是屈指可數。」

太子的手指在書架陳設的卷軸與圖冊上一一劃過，查看著上面標注的字跡，笑道：「別人我不知，但聿兒你想必遊刃有餘？」

朱聿恆略一沉吟，尚不知如何對父親談起自己對傅准的猜忌，卻聽傅准的聲音從後排屋內傳來：「太子殿下，在下已尋到一卷地圖，看來應有用處。」

「好，你拿過來給本王吧。」

傅准手中拿著卷軸，正要繞過前後屋之際，又道：「殿下稍候，這邊還有個東西，我先看看。」

見他一時半會兒過不來的模樣，這邊庫吏殷勤提醒：「前後庫房窗戶相對，若是傳遞卷軸的話，小人們平日都在窗板上滾過來的。」

南方民間鋪面，門檻多挖出中間凹槽，關門時以一塊塊木板從門檻上推入，依次拼接封閉。待開門之時，將木板一塊塊卸下，鋪子洞開，毫無阻滯。窗板也是同理。

這前後兩排庫房，相距不過半丈，兩邊窗戶正好相對。兩邊的門板卸下後，光滑的木板搭在兩邊窗戶中間，就如一座木橋般。

「有勞傅先生。」太子向那邊示意，抬頭瞥見斜右方的一個架子最頂上有一冊西南群山圖冊，抬手一指道：「聿兒，你將那冊子取下來給我瞧瞧。」

朱聿恆已經比常人高了一頭，但伸手去搆最頂上的還是差了一點。庫吏趕緊去挪凳子，說道：「殿下稍等，小人先將腳凳安好，這就為您取來。」

正在忙亂間，忽聽得嘩啦一聲響，朱聿恆轉頭一看，庫吏著急忙慌間沒拿穩腳凳，掉下來砸到了他的腳掌，頓時痛得臉都扭曲了。

他強撐著將凳子撿起，一瘸一拐地搬到書架面前擺好。

朱聿恆看他那模樣，便親自踏上了凳子，抬手將父親指示的那厚厚一本西南群山圖冊取了下來。

尚未下腳凳，他便聽到父親失聲叫了一句：「傅先生？」

那聲音倉皇急促，顯然十分震驚。朱聿恆立即抬頭看去，卻見父親站在窗口，抬手抓住了骨碌碌滾到他面前的卷軸，隨即對著後庫大喊：「快，快去看看傅先生！」

朱聿恆從腳凳上躍下，奔到太子身後，朝著對面看去。

只見窗板相接的對面窗口空空如也，只有那只羽色輝煌鮮亮的吉祥天，正從他們的面前掠過，直衝上雲霄，在天空久久盤旋。

聽到太子的聲音，候在門口的書吏們立即向後庫快步走去，查看傅准的情況。

朱聿恆見父親臉上滿是震驚之色，便問：「怎麼了？傅准呢？」

「你們快去看看，對面有刺客！」太子指著對面的窗臺，臉上滿是震驚之色。「傅先生在對面將卷軸滾過來之際，身後忽然出現了一個青衣人，將他一把抓住，往書架後面拖去。你不是說他手段非凡嗎？怎麼我看傅先生在對方面前一聲不吭，也未曾有半分反抗，便被擒住了呢？」

朱聿恆心下錯愕，抬頭見那邊的人奔到樓內面面相覷，直覺這事不對，立即朝對面問：「傅先生呢？」

「傅先生……不見了。」

朱聿恆立即繞出前庫大門，邁入後庫中。

後面本就是增設的庫房，與前庫的格局幾乎一模一樣。一排排整齊豎立的書架，高過人頭。

手中日月疾射，勾住房梁，朱聿恆躍上書架頂端，向前尋去。

居高臨下，一排排書架一覽無遺。別說裡面有傅准與青衣人，就算是一頭鼠、一翅蠅，怕是也難以遁形。

但，他從庫房最前面一直掠到最後，並未發現任何蹤跡。

耳邊傅准曾說過的話又隱約迴盪——

不知道天雷無妄的可怕後果，會不會也落在我的身上呢……

「不可能……」望著面前空蕩蕩的庫房，朱聿恆下意識喃喃。

畢竟，卷軸順著窗板滾到前庫，其間頂多兩、三息時間。隨即，因為太子殿下的示警聲，庫吏們便奔進了後樓搜尋，而他也立即趕到這邊。

在這短短的瞬息之間，青衣人如何挾持傅准這樣一個高手，剎那消失在這庫房內？

兩三息時間，絕對不足以令他們逃出去，兩人必定還躲在其中。

工部的門房衛吏已奔跑聚集，朱聿恆示意侍衛們將前後庫房緊緊包圍，又對庫房內所有人下令道：「收起窗戶，緊閉門窗，細細搜索庫房所有角落，不得有任何遺漏！」

一聲令下，眾人立即分頭合作。一部分人負責屋頂屋梁、一部分負責屋內室外、一部分人負責檢查地道地窖，各有專人率隊。

見眾人以毫釐之分搜尋著，應該不至於有什麼紕漏，朱聿恆才回到父親身邊，見他手中兀自握著傅准傳給他的卷軸，神情未曾平靜。

「當時那青衣人的具體形貌，父王可曾看清？」

太子搖頭道：「事起倉促，而且他們又在窗內暗處，只一瞬間便一起消失了蹤跡，我只隱約瞥見是個青衣人，何曾注意到其他？」

當時情形確實倉促，朱聿恆默然間目光落在父親手中的卷軸上，問：「這是傅准找到的西部山脈圖？」

太子點了一下頭，抬手將貼著「西南山脈圖樣」的長圓竹筒打開，倒出裡面的地圖畫卷。

朱聿恆將其展開，見裡面果然是橫斷山脈的地圖。

六條白水劈開七座大山，山峰橫阻，怒濤不絕，果然是奇險無比的地勢。僅只是地形圖，便已讓人感覺到那深溝峽谷、猿猴難度的艱險。

但，也不過是張普通的地圖而已，並沒有任何特異之處。

朱聿恆轉過頭，看見身後庫吏在揉著他被書凳砸到的腳，縮著頭不敢吭聲，便問：「腳沒事吧？」

「沒，沒事，不敢有勞殿下過問。」庫吏惶恐應道：「小人也不知怎的，當時手忽然抽筋了，才一時拿不住凳子……」

朱聿恆目光在他手上一瞥，看見他虎口處小小一個血珠，不由略一皺眉，目光轉向後庫。

他記得，傅准的萬象便是如此，無聲無影，一點微光穿透關節，傷人於無形之中。

這個被襲擊挾持的傅閣主，在離去之前，還有閒暇對著小吏放出攻擊，不知是為了什麼？

前後庫房細密搜索了一輪，從上至下，一無所獲。

諸葛嘉率神機營眾人無功而返，過來稟報時聲音也帶著遲疑：「啟稟太子殿下、皇太孫殿下，目前暫未發現傅閣主蹤跡。」

太子頗為震驚，問：「那，是否有找到挾持傅閣主的青衣人？」

「沒有。既沒有傅閣主，也未發現任何可疑人等。」

「讓工部和刑部多調派人手，徹查庫房及整個工部衙門，務必要查到傅閣主的下落。」

朱聿恆想了想，示意廖素亭與自己同往後庫。

在傅准消失的窗口，他們將窗板放平相搭成橋，廖素亭拿一個差不多大小的卷軸，向朱聿恆這邊滾過來。

卷軸外的護套是竹筒打通所製，又打磨得渾圓光滑，因此只需要廖素亭稍稍用力一推，便骨碌碌地沿著窗板滾了過來。

前後庫房相距不過半丈，朱聿恆在口中默數，一，二，僅僅兩息時間，卷軸便滾到了他的面前。

朱聿恆將卷軸拿在手中，又示意他：「慢一點。」

這一次，廖素亭用的力減少了一些，但也在三、四息之間便到了面前。若推動力度再小的話，卷軸便會停在窗板上，無法順利滾過來。

朱聿恆記得，傅准出事之時，正將手中卷軸滾過窗板，而太子拿到卷軸後，抬頭看見他背後青衣人，於是立即喝破。

當時他立即跳下腳凳，到窗口看向對面，卻已經沒了傅准及青衣人的蹤跡。

也就是說，傅准消失的時間，至長也就在三、四息之內。

三、四息，如此短暫的時間，兩個大活人怎麼可能在眾目睽睽之下徹底消失？

臘月嚴寒中，南京工部刑部兩大衙門出動了上百個人手，在庫房中搜索了一遍又一遍，連十幾年前的蟑螂臭蟲都掃撮乾淨了，可上頭要找的人，他們卻連個影子都未曾瞄到過一眼。

眼看天色已晚，朱聿恆見一無進展，只能下令封閉庫房，畢竟耗下去已無任何意義。

他起身帶人走出庫房，在走過院落時，臉頰微微一涼。

抬頭看去，高燒的燈燭照亮了夜空，漆黑的夜色中，有細碎的雪花如同棉絮一般輕飄飄地落了下來。

白色的雪花被燈光照亮，在漆黑的夜空中顯得尤為顯目。

而被雪花籠罩的屋頂，他看到傅准那只碧色輝煌的孔雀。它正站在飛簷翹角上，機械地拍著翅膀，卻又因為缺乏力量，無法再飛起來。

工部的人見皇太孫殿下注意它，忙招呼人：「趕緊搬個梯子，把它取下來。」

朱聿恆示意不必了，手中日月旋轉飛揚，六十四個光點迎向簷角，在空中攪動夜風氣流。

雪花輕颺中，吉祥天翅膀隨風輕招，在氣旋托舉下緩緩滑翔而下，順著日月的光芒飛向朱聿恆。

朱聿恆抬起手，讓它停在自己臂上。

為了在空中飛行，吉祥天內部被掏空，裡面的機括也多由空心竹木與天蠶絲所製，因此舉在他的手上並不沉重，那輕揚的尾羽在夜風中顯得飄逸輕盈。

朱聿恆抬眼看著臂上的吉祥天，拂去落在它黑曜石眼睛上的雪花，心想，傅准到底是出了什麼事，連吉祥天都無法帶走？

在這嚴密防守間，父親看到的青衣人，又會是誰？

他帶著吉祥天上了馬，在風雪中向著東宮而去。耳邊傳來梆子聲響，已是初更了。

他仰頭看向空中不斷下落的雪花，攏緊了狐裘遮擋寒風，心中不由又浮現出阿南散漫狡黠的笑靨。

她若知曉了此事，那雙異常深黑的眸子必定會更亮，歡呼著惡人還有惡人磨，傅准這個混蛋終於遭報應了。

但，她也一定會竭力探究其中的祕密，不讓任何人遮蔽自己的目光吧。

細雪下在南京，也下在杭州。

錢塘自古繁華，時近年關，杭州更是解了宵禁，即使下雪也未能阻住百姓遊玩，熱鬧非凡。

尤其清河坊一帶，夜市人群摩肩擦踵。賣花燈的、捏糖人的、耍把式的、擺果點攤的……街衢巷陌無不上了燈，滿城亭臺樓閣都如玉宇瓊樓，通透明亮。

街口酒肆中，圍攏了最多的閒人。見今日生意熱鬧，說書先生精神見長，清了清嗓子，一拍醒木，開口：「上回書說到，那董超和薛霸收受了銀兩，要在途中加害林沖……」

酒肆外，抱著書本的楚北淮趴在窗口等了半天，見說書先生終於講起了他要聽的《水滸》，正在精神一振之際，耳朵忽然一痛，被人揪著提溜了回來。

他捂著耳朵轉頭一看，面前這個小腹隆起還扠腰做茶壺狀的凶孕婦，不是綺霞還能有誰？

他齜牙咧嘴，趕緊從她的爪下掙脫：「霞姨妳都懷小寶寶了，怎麼還大晚上出來溜達？」

「我就知道，你大晚上的跑出來，肯定有問題。果然，來這裡蹭書聽了！」綺霞一邊揪著他往回走，一邊訓斥道：「你爹也就算了，要是被你娘知道你不好好學習，跑來聽閒書，又要背著人偷偷抹眼淚了。」

楚北淮最怵他娘，聽她這麼說，只能把書往懷中一塞，縮起肩膀：「我不想回家，家裡太壓抑了……」

綺霞扶著腰，一巴掌拍在他的後腦杓上：「得了，你爹娘這麼疼你，你壓抑什麼，還嫌他們管得多？」

「不是啊，從敦煌回來後，他們……他們就不對勁了。」

「怎麼個不對勁法，拋下孩子去娘舅家盡情玩了這麼大一圈，還不開心？」綺霞琢磨著，這兩人一個雙手廢了，一個身體虛弱，怎麼看都不像能打起來的樣子。「吵架還是打架啊？」

「那倒沒有，就是……」楚北淮吞吞吐吐，似乎有點難以啟齒。「就是晚上都、都不在一個房間裡睡覺了……」

「是嗎？」綺霞心道這可是出了大事啊，這對恩愛夫妻居然鬧彆扭還分房睡，簡直比太陽打西邊出來了還令她不敢相信。

「那……你等我一下，我回家把東西放下就去看看。」

楚北湉忙不迭點頭，正要跟她進門，綺霞卻將他一拉，示意他站門口等著，說：「你稍等，我馬上出來。」

楚北湉心裡有些詫異，綺霞個性大剌剌，他一向進她家跟自己家似的，今天怎麼不許他進門了？

按捺不住好奇心，等她進去後，楚北湉便輕手輕腳地轉到牆上窗邊，墊塊石頭隔窗朝裡面看去。

只見綺霞穿過小院，推門進入室內。屋門才推開一條縫，綺霞就慌裡慌張趕緊掩了門，彷彿做了虧心事似的。

但就在這短短時間內，楚北湉已經看見了油燈昏暗的屋內，盤腿蜷在椅中的一條身影。

門縫中看不見那人的臉，可這癱在椅子上的姿勢太過熟悉，讓楚北湉一瞬間差點叫出來——

這不是那個女煞星阿南嘛！

她怎麼會在這兒，還偷偷摸摸躲在霞姨家中？

他正在詫異間，不防腳下墊的石頭一滑，他一頭磕在牆上，忍不住「啊」的一聲叫了出來。

尚未關嚴實的門被一把推開，阿南從屋內幾步衝出，旋身躍上牆頭，向下看去。

見她身形俐落，黑暗也擋不住射向自己的銳利目光，楚北淮嚇得一個激靈，怯怯出聲：「南姨……」

阿南見是他，又打量四下無人，才鬆懈了下來，仰身躍回院內，開了門示意他進來。

綺霞幫楚北淮揉著額頭，嗔怪道：「小北你可真不聽話！叫你在外面乖乖等著，好嘛，現在都敢偷看了！」

楚北淮顧不上回答，揪住阿南的衣袖急道：「快來我家啊！妳肯定知道我爹娘怎麼了！今天妳要是不把我爹娘勸好了，妳……妳就對不起我家被妳燒掉的後院！」

阿南啼笑皆非：「你爹娘還沒和好啊？」

看來楚先生在感情方面真的是塊榆木疙瘩，敦煌回應天這一路上居然都沒把老婆哄好。

但再一想，她又覺得唏噓。別說這一路了，二十年了，楚元知也沒把自己當年的事情處理好，搞得人生一團糟，堂堂六極雷傳人混成那副模樣。

「那走吧，快過年了，我也得給楚先生和金姊姊拜個年。」阿南說著，順手拎了兩封紅棗桂圓，出門就拐進了楚家。

一進楚家，便看到金璧兒坐在堂上繡著枕套。她用了阿南給的藥膏後，如今臉上的疤痕差不多已褪盡，燈光照在她的身上，替她蒙上一層淡淡輝光，依稀映出當年河坊街第一美人的綽約風姿。

楚元知坐在院外井旁搗著硝石，目光一直落在金璧兒身上。

兩人在屋內屋外各自做事，卻都默默無聲，不肯戳破寂靜。

「爹，娘，來客人啦！」楚北淮推門跑進來，身後跟著的阿南笑嘻嘻地邁進院子，把手中紅封包送上：「楚先生，金姊姊，敦煌一別，有沒有想我呀？」

「南姑娘，妳怎麼來了？」金璧兒驚喜不已，忙拉著她到屋內坐下，自己跑去灶間給她備茶點。

楚元知則感覺不對，給阿南斟了茶水，思忖著問她：「妳何時來到杭州府的？殿下呢？」

阿南捧著茶，漫不經心道：「哦，他那邊又是皇帝又是國公的，規矩太多了，我一個人遊山玩水多自在。」

楚元知明知她在睜著眼睛說瞎話，但見她渾若無事的模樣，也只能稍稍勸解道：「自妳走後，殿下的情緒一直不太好。我們雖是局外人，但也可看出……他心心念念著南姑娘妳。」

阿南笑了笑，沒有回答，只轉著手中茶杯問：「那你呢？你和金姊姊如今怎樣了？」

楚元知頓時語塞，迷惘又惶惑地看看廚房，說不出話。

阿南見他如此，便給了他一個「讓我來吧」的眼神，放下茶杯進了廚房。

金璧兒正從鍋內端出蒸好的定勝糕，粉粉嫩嫩的煞是可愛。阿南這個饞貓「哇」了一聲，抄起筷子夾了一塊吹了吹，一口咬下。

拌了玫瑰醬的糯米又香又軟，裡面夾的豆沙餡兒飽滿甜糯，讓阿南眉開眼笑，燙了舌頭都顧不上了：「金姊姊，妳的手藝可太好了，楚先生也不知道上輩子積了多少福，才能娶到妳！」

金璧兒卻只勉強笑了笑，黯然垂眼不說話。

阿南見她這樣，便抱著她的手臂坐下，問：「怎麼，妳還沒問他嗎？」

「我……我不敢問。」金璧兒喉口哽住，眼圈一下子就紅了。「南姑娘，其實、其實這些年來，我心中一直都有個可怕的猜測，只是我這些年來，一直在做縮頭烏龜……直到那日在敦煌，梁鷺喝破了之後，我才終於意識到，我這輩子，不能這樣躲藏下去了……」

阿南幫她壓小了爐膛內的火，與她一起坐在灶臺前：「可那也是早晚的事。」

「是，可……等過了年吧。小北學業還可以，書院的先生說，今年開始小北可以隨他住在書院，言傳身教，希望能讓小北將以前荒廢的時間補回來。」金璧兒將臉靠在膝上，茫然聽著柴火的劈啪聲，聲音低弱：「到時無論我與元知發生什麼，也總能讓孩子少受點影響。」

她素日所有心思都在丈夫與孩子身上，即使面臨這般大事，也先想著孩子。

阿南眼中映著星點火光，凝望著她道：「金姊姊，楚先生與妳一起生活了二十年，在這世上，妳該是最懂他的人。當年他奉拙巧閣之命而在徐州驛站設下六極雷，誰知卻因錯估了葛稚雅的能力，意外失控殃及無辜，這二十年來，他時刻生活在追悔中，而且也一直在努力彌補——雖然委屈了妳和小北這些年。」

「嗯，我知道……」金璧兒回過頭，望著院子內楚元知已經略顯傴僂的身軀，卻彷彿望著二十年前那個意氣風發的少年，眼圈也微微紅了。「元知他……他本該有大作為的，如今卻捨棄一切守在我這個毀容的廢人身旁，為了彌補自己的過錯而奔波勞碌……南姑娘，我知道元知絕不會傷害無辜的人，只是我父母畢竟因他而出事，他又欺瞞我二十年，心裡這道坎，我……實在無法輕易跨過去。」

阿南輕拍著她的背撫慰她，而金璧兒靠在她的肩上，啜泣道：「南姑娘，我和他的人生走到如今這步田地，罪魁禍首是誰，起因在哪裡，我真想知曉個水落石出……」

「何必追究呢？就算楚先生瞞了妳二十年，但只要他出發點是好的，我覺得，就算過程中有些欺騙與手段，那也沒有什麼。畢竟，無論他曾做過什麼，這些年來他對妳的疼愛與呵護，是毋庸置疑的……」

說到這裡，阿南忽然停了下來，望著灶膛中漸滅的火光，心中不由想，那麼阿琰呢？

他對她傾心相護的同時，也一直伴隨著欺哄瞞騙，他對她所做的一切，她又該如何跨過去？

安慰勸解別人時，她什麼都懂，可事情真的臨到自己頭上，她卻先陷入了迷惘。

望著面前竭力忍淚的金璧兒，阿南苦笑搖頭，沒料到自己竟引火焚身，也黯然神傷起來。

不願多加感傷，她起身道：「綺霞肯定也愛吃金姊姊這定勝糕，走，咱們端出去給她也嘗嘗。」

金璧兒擦乾眼淚收拾好情緒，細細撒了糖霜在上面，阿南端著盤出去，笑道：「綺霞，快來嘗嘗……」

話音未落，她一抬頭，卻看見楚元知正候在門口，院子中已經有數個侍衛進來，一條頎長身影正跨過門檻。

這條身影如此熟悉，阿南只需晃一眼，心口便怦怦跳了起來。

這般雪夜，他怎麼會來這裡？

放下糕點，阿南立即轉身，溜向了後院。

可後方院牆外已傳來了人馬聲，顯然護衛們為了確保安全，包圍了整座楚宅。

阿南實在不願與朱聿恆碰面，她恨恨地一咬牙，對綺霞和楚北淮做了個「禁聲」的手勢，鑽進了後堂雜物間，將門一把鎖上。

兩人面面相覷，卻見侍衛們已魚貫進入後院把守，領頭的諸葛嘉神情冷肅：「皇太孫殿下降臨，按例清巡場地，你等不必慌亂，如常即可。」

皇太孫殿下大駕光臨，阿南居然跑了？

綺霞和楚北淮摸不著頭腦，瞠目結舌看看對方，一時都懷疑自己是不是在作夢。

「本王今日至杭州辦事，順便來看看楚先生與夫人。」朱聿恆說著，示意身後侍衛奉上節禮。「以賀祥年吉慶，歲歲安康。」

楚元知與金璧兒也不敢問怎麼入夜來送年禮，忙深深致謝，將他請到正堂上座。

雖然太孫殿下對於飲食並不特別在意，但身邊人如今比之前更為謹慎，從宮中帶了茶葉過來，又打了水就地煮茶。

楚北淮乖乖蹲在簷下扇爐子，偷偷打量著這位殿下，思忖著他以前和阿南總是形影不離的，為什麼現在阿南看見他的影子，跑得比兔子還快？

見他偷看自己，朱聿恆便問：「怎麼，小北不認得我了？」

「不……不是。」楚北淮趕緊否認，目光卻止不住往後堂看去，心想，我家這破板壁，阿南躲在後面，應該能透過縫隙看到殿下吧？

真是古怪的，阿南這個天不怕地不怕的女煞星，居然躲起來不敢跟人碰面……

楚北淮不由得抬頭看了看天空，難道是半夜西邊出了個綠太陽？

耳聽得泉水已經滾開，他趕緊提壺煮茶，給殿下奉上。

朱聿恆吹著浮沫剛啜了一口茶，卻聽面前的楚北淮偷偷問：「殿下，您……和阿南吵架了？」

他一臉單純無知，楚元知卻已嚇了一跳，趕緊將楚北淮一把拉回自己身邊，對朱聿恆躬身道：「殿下恕罪，小北年幼，尚不知輕重……」

「無妨，小北也是率真無忌，頗為難得。」朱聿恆卻只微微一笑，道：「我和阿南沒有吵架，只是我們都有自己要走的路，而這一段剛好分開了。」

小北迷惘地「哦」了一聲，偷偷又看向後堂板壁。

朱聿恆看到了他的目光，卻什麼也沒說，只向廖素亭看了一眼。

廖素亭給楚北淮塞了兩個小金錁子，帶著他離開，金璧兒見狀也趕緊退下了，堂上只剩了朱聿恆與楚元知。

楚元知心下忐忑，卻聽朱聿恆道：「楚先生，今日我來拜訪你，實則是為了一樁異事。」

楚元知忙道：「殿下請說。」

本以為會是阿南的事，沒想到朱聿恆卻道：「是關於拙巧閣主傅准之事。」
楚元知正茫然間，又聽他道：「傅閣主在工部庫房，怪異消失了。」
楚元知錯愕：「怎會如此？是出什麼事了？」
朱聿恆將當日情形詳細說了一遍，種種細節清晰明瞭，讓楚元知大為忐忑，心道自己又不是重要的人，為何殿下特地從應天趕來這邊，跟他探討此事呢？
總覺得……這話不應該拿來跟他商量，那切切相商的口吻，倒像應該去找那個女煞星……
朱聿恆將事情來龍去脈詳細講解了一遍，楚元知陷入沉思，安靜的堂上，只剩下皇太孫手中茶杯蓋撥動杯中浮沫的輕敲聲。
「楚先生，你當年曾是拙巧閣的堂主，不知對傅准瞭解多少？」
「屬下離開拙巧閣時，閣主還是傅廣露，傅准當時年方八歲，與我自然沒有交往，是以我也並不知曉，傅准居然是這般天縱奇才，十三歲便重奪閣主之位，為父母復仇的同時，也清洗了閣中異己——」楚元知抬起自己那雙兀自顫抖無力的手，苦笑道：「而我也是其中一個。」
朱聿恆略一沉吟，又問：「二十年前拙巧閣那場動亂因何而起，楚先生可知道？」
楚元知當時是離火堂主，對閣中重大事務自然有記憶，道：「如今想起來，一切似乎都是道衍法師到訪之後，才開始一系列動盪的。」

聽到「道衍法師」四字，朱聿恆不覺詫異：「他曾去過拙巧閣？」

道衍法師，便是襄助當今聖上靖難的黑衣宰相姚孝廣。

他審時度勢，料事如神，當年聖上為燕王時，面臨削藩覆滅之難，他卻表示要送燕王一頂白帽子。王上加白便是皇，此後他出謀劃策，一力促成了天下大局，可以說是靖難第一功臣。

「是。他是出家人，因此也是私下到訪。我因為久仰其名，所以從附近趕回來，一睹法顏。」楚元知記憶猶新，對道衍法師的印象也是十分深刻。「不過，雖然我久仰法師神通，但先閣主與他交談時多將我們屏退在外，又因我很快便被閣主遣去葛家取竹笛，因此與道衍法師也只匆匆兩面之晤，未曾深談。」

朱聿恆默然點頭，心中思忖著，道衍法師到來不久，楚元知便被派去取那柄與山河社稷圖關聯甚大的竹笛，又引動拙巧閣巨變，怕是絕非巧合。

他自幼被祖父帶在身邊撫養，與這位黑衣宰相曾多次見面，年少時聽很多人說過法師有神異之能。只是道衍法師去世時，他身上的山河社稷圖未顯，又不曾與阿南相識，更未被她帶入這個神祕莫測的世界，因此從未將道衍法師與拙巧閣及一應江湖中人聯繫起來。」

「既然他到訪拙巧閣，想必也是江湖中人，不知道衍法師精通的，是何術法？」

「拙巧閣當年聚攏了三山五嶽的能人，眾人皆因研討技藝而相聚，但道衍法師之能，我平生僅見，他的技法五行決玄妙無比，有搬山填海、挪移乾坤之能。」

朱聿恆微皺眉頭，自然想到了竺星河的五行決。

他在海外所繼承的軒轅門絕技，為何會與靖難第一功臣道衍法師同出一轍？道衍法師、拙巧閣、竺星河與號稱天雷無妄的詭祕陣法，必定存在重大關聯，只是面前迷霧混沌，尚無法追尋到謎底。

目光微側，在後堂的木板壁上輕輕掠過，他放下茶杯，道：「時候不早，不叨擾楚先生一家了。本王還要趕回應天，這便告辭了。」

楚元知趕緊應了，擱茶起身。

皇太孫殿下沉吟了片刻，忽然邁步向著分隔前後堂的板壁走去。

小門虛掩著，薄薄的木板隔開前後堂，陳舊的木頭年久收縮，中間甚至有了細細的縫隙。

朱聿恆抬起手，輕輕地按在了木板之上，靜靜站了一會兒。

楚元知正在茫然之際，卻聽殿下低低的聲音傳來：「楚先生，若你見到阿南的話，請你轉告她……」

楚元知心下一緊，心道難道阿南剛剛過來，被殿下發現了？這兩人之間發生了什麼他還不知道，怎麼就要替殿下傳話了？

卻見朱聿恆站在板壁前，聲音低得如同耳語叮嚀：「阿南，妳留下的口信我已問過傅准，只是茲事體大，尚未得到答案，傅准便已消失。我們久尋不獲的那第八個陣法，傅准說是天雷無妄之陣，無時無地、無影無形，背負於我身，如疽附骨，不可擺脫。我所踏之地、所追索之人，已相繼消失，或許……妳離開我，也算是件好事。」

楚元知呆站在原地，心說自己都不明白殿下在說什麼，又怎麼記得住、傳達得了？

朱聿恆靜靜地在後堂的板壁前站了片刻，周圍始終一片安靜，沒有任何回音。

「過往種種，我虧欠妳甚多，如今我決意繼續前行，此中謎團，我也會拚盡全力一一解除。至少，我絕不允許我所重視的東西，一件件在我面前消失離去。」

按在木壁上的手略略收緊。這薄薄的木板怎能擋得住他的力量，只要他願意，輕易便能破開。

可，他終於未能破開這層障礙，只是聲音更低了半分：「阿南，我知道妳也放不下我，不然，我不可能活著從榆木川出來。知道妳心裡有我，妳還願意捨命護我，這便夠了。」

「過往種種過錯，望妳能夠寬容……阿南，我知道妳要回海上去了，而我不日也要出發前往橫斷山。此後山高海闊，若今生我們還能有緣再見，此生此世……我絕不再利用妳，欺瞞妳。我朱聿恆，立此為誓。」

暗夜中寂寂無聲，只有風雪過庭的窸窸窣窣聲。

楚元知目瞪口呆，腦中一片混亂，不知道這些話要如何傳達。

而隔著板壁的那一端黑暗中，朱聿恆彷彿聽到一聲嘆息，但很快便消散了。

她沒有回應。

於是，他也慢慢收回了按在板壁上的手，垂下眼轉身向外走去，再無任何言語。

楚元知與金璧兒惶惑地送皇太孫出門，看著一行侍衛護送殿下離去，兩人正在默然相望之際，卻見楚北淮推開後堂的門，從裡面拉了一個人出來。

「南姑娘？」金璧兒發現她原來躲在此處，錯愕不已。

而楚元知則終於明白，為什麼皇太孫殿下會忽然對他講那些古怪的話語，並讓他轉告阿南。

他表情複雜地看向被風雪湮沒的太孫車駕，心想，現在看來，應該是不需要轉告了吧……

第三章　寒雨連江

行蹤既已洩漏，阿南與楚元知略談了談，立刻回綺霞處收拾東西，準備離開。

她回歸時帶的東西並不多，如今輾轉三年，手中也不過幾件貼身衣物，幾個路上練手的物事，幾包日常急用的藥粉。

唯一與來時不一樣的，是那一串青鸞金環。

綺霞摸著這精巧至極的金環，嘖嘖讚嘆：「殿下送給妳的呀？」

阿南點頭，在燈下轉側著它，讓那些流轉的光華照在自己身上，就像當初與阿琰攜手相伴的璀璨日子還圍繞在自己身旁般。

「可能我來陸上走這一趟，失去了很多，但也不是沒有收穫吧。」阿南撫摸著金環上的青鸞，笑容不無傷感。「至少，我的生命裡有了一段獨一無二的日子，遇到了舉世無雙的一個人，還握過了這世上最好看的一雙手……」

那雙手，曾抱過她、牽過她、與她十指交纏。手的主人，還曾緊緊抓著她，不顧一切地深深親吻她。

她輕嘆了一口氣，竭力將傷感驅出胸臆。

和阿琰在一起歡歡喜喜，那她走的時候，也不許以傷心告終。

「阿南，別走行不行？」綺霞挽著她的手，眼中盡是不捨。

阿南摸了摸她的小腹，說道：「放心吧，乾媽這個名額給我留著，我肯定會回來看妳和孩子的！」

「那妳可得說話算數啊！」綺霞噘著嘴，嘟囔道：「最好、最好是別走，我一個人生孩子，真的有點怕怕的……」

她也已經懂得，江白漣永遠不可能回來了。

輕拍著她的背，阿南眼圈終於還是紅了：「別擔心，金姊姊養孩子有經驗，會幫妳的。再說了，這孩子這麼乖，當初咱們死裡逃生時多艱難啊，他都一直好好的，肯定是個省心的好孩子。」

「嗯……大夫們也這樣說。」綺霞摸著微凸的肚子，含淚而笑。「哎，阿南妳就不能跟我的娃學學，妳就不省心，大雪天都要走。」

「我從小在海上生活，沒經歷過冬天，這三年在這邊可凍壞了。」阿南捏著身上厚厚的衣服，苦不堪言。

「可是那邊日頭大啊！妳看妳變白了不少呢，在海上晒得黑乎乎的，哪有如今水靈啊！」

阿南抬手看看手背，不由笑了：「真是有得有失。」

「留在這裡有什麼不好？有我有阿晏有小北還有楚先生、金姊姊！而且我真覺得，皇太孫殿下心裡有妳！我在教坊司混了這麼多年，什麼人沒見過，殿下看妳那眼神我一看就懂！他對妳，和別人不一樣的！」

阿南笑了笑：「一樣不一樣，又有什麼意義呢？他是站在朝堂最高處的人，見過的骯髒手段比我們多千倍萬倍。雖然我可以理解他，但我接受不了他將這手段用在我身上，把我當成他隨手借用的工具。」

綺霞瞪大眼，不敢置信：「不可能吧？殿下居然……會如此？」

阿南自嘲一笑：「他對聖上親口坦承，我親耳所聞，親眼所見。他對皇帝承認，是因為我一身本事，所以他想要馴服我，用來幫他破陣！」

綺霞震驚了：「他……他真的這麼說？」

阿南點了點頭，將青鸞金環用錦緞包好，壓到了包袱最底下。

綺霞呆呆思索著，又猛然按住她的手：「可是阿南！妳覺得他對妳是假的，難道他對皇帝說的，就是真的了？」

阿南怔了怔：「他對皇帝祖父說的話，還能是假的？」

「就算是真的，可殿下說不定有苦衷呀！之前我聽說，朝廷在各地追緝海客，一直擔心妳因此受牽連，畢竟，在西湖劫走要犯被海捕通緝的那個女匪，我一想就是妳呀！但朝廷很快就撤掉了妳的罪名，妳現在過得好好的，還能跟著皇太孫殿下自由行動，妳說是為什麼？」

為什麼……

這些日子以來，阿南也一直想問為什麼。

阿琰啊……願意為她豁出性命的阿琰，想要馴服她為己用的皇太孫，這兩個為什麼會是同一人呢？

而她又為什麼，明明已經下定決心割捨情愛，拋卻一切回到海上繼續做那個一往無前的阿南，可每每午夜夢迴，撫摸著自己的舊傷，想像著阿琰身上正一條條侵吞他生機的山河社稷圖，她又覺得心口鈍痛，萬般難捨。

「妳想，也許殿下欺騙的，不只是妳呢？或許他欺騙的，還有皇帝，還有朝廷，甚至還有……」

他自己。

她是海客，是劫獄的女犯，也是前朝餘孽的得力幹將。

阿琰究竟是用什麼辦法、做了多大努力，讓朝廷接納了她，赦免了她所有的罪狀，甚至重用她，讓她成為破陣的領頭隊長呢？

甚至，他是怎麼說服了暴戾的皇帝，讓本來要將所有與皇太孫的病情有關的人——首當其衝就是她，全都要一律清除的皇帝罷手，容忍她留在皇太孫的身邊，得到了自由自主的機會？

無數個夜裡，她曾因為溫暖與冰涼、打擊與包容、殘酷與溫柔的複雜交織，從夢中醒來，久久難以入眠。

而如今，她才釋然地呼出胸口那口氣：「要是這樣，那我可以稍微原諒他了。」

綺霞急道：「所以，妳去找他好好問清楚呀！如果妳因為誤會而一個人遠走海外，剩殿下一人在這邊，那該多遺憾啊！」

阿南搖了搖頭，說道：「他無論對我做什麼，我都能算了，但他不應該在調查到我父母身分後，為了更好地控制我，移花接木給我弄了假父母。妳說，這事我怎能原諒他？」

綺霞暗吸了一口冷氣，心說不愧是皇太孫殿下啊，這種事情居然也能不動聲色幹得出來？阿南從小就沒有了爹娘，她娘更是她心中最重要的人，結果他竟然剜了阿南最重要的逆鱗。

「那……我想這其中必定也有理由的，比如說，比如……」綺霞絞盡腦汁，可也無法想出藉口替朱聿恆辯解，只能固執道：「哎呀總之，殿下真的喜歡妳！只要是見過妳與殿下的人，都知道殿下對妳的心意！」

見她這急吼吼的模樣，阿南不由笑了出來：「是吧，不愧是我，阿琰利用著、利用著，終究還是喜歡上我了！」

綺霞揪住她的包袱：「所以，妳會留下來的，對不對？」

「不會。」阿南行雲流水般將包袱打好，放到枕邊。「妳知道剛剛我和楚先生聊了些什麼嗎？」

綺霞迷惑地搖搖頭，阿南朝她神祕一笑，道：「我搞到了一條拙巧閣的祕密通道，雖然二十年了不知道還能不能用，但試一下總沒關係的。」

綺霞傻了眼：「什麼？妳不是回海上，而是去拙巧閣？」

「對呀，傅准那個混蛋，在我身上埋下了些可怕的東西，所以我得趁著他不在，好好去搜尋搜尋，最好能徹查到結果。」

「什麼可怕的東西？那個混蛋對妳做了什麼？」雖然算是救命恩人，但綺霞一想起傅准那陰陽怪氣的模樣就氣不打一處來。「可是阿南，拙巧閣那邊人多勢眾，妳一個人過去會不會有危險啊？要不，還是先找皇太孫殿下商量一下？」

阿南抬手輕撫著自己臂彎的舊傷，默然搖了搖頭。

「不用，我現在離他遠點比較好。等我把傅准的老巢掀個底朝天，或許我們能有碰頭的機會。」

拙巧閣位於長江入海口，比中原要溫暖許多，但冬天依舊不可避免地降臨到這座海陸交界處的島嶼。

夏日爛漫的野花早已枯萎凋謝，柳樹也落盡了樹葉，但玉醴泉還在傾瀉噴湧，一路的亭臺掩映在常青樹木之間。

當年的祕密通道，二十年後居然還存在。阿南順江而下，悄悄在島後偏僻處尋到路徑，順高大的假山而繞，從婆娑的海桐樹蔭之中穿過，來到了律風樓東北側旁挑出的那座小小廂房之前。

這座被她和朱聿恆沖毀的藏寶閣已經整修完畢，外表看起來似乎沒有什麼變化。

謹慎起見，為免像上次一樣被困在其中，阿南先在後方窗口處將鐵質柵欄動了點手腳，確保自己在需要的時候隨時能從中脫出，不會再像之前那樣困於其中。

尋了兩塊木頭踩在腳下，她小心翼翼地潛入。

畢竟傅准這人心機深沉，在上次出事之後，說不定會專門增設針對她的機關。

然而步步行去，經過輕拂她頭頂的帳幔安然縮回卡槽，傅靈焰的畫像經過重新裝裱修復後依舊掛在後堂帳幔後，除了顏色更顯鮮亮之外沒有任何改變。

奇怪，難道傅准太忙了，在失蹤前還沒來得及更改這座密室的機關設置？

還是說，他料定了她以後不可能再來到這邊，所以才會安心讓這邊維持原樣？

心下雖然疑惑，但阿南向來不怕事，有問題等出了再隨機應變也行。她遇事向來急智，每每能在千變萬化的機關之中化險為夷，亦是這行的傳奇，三千階的名號絕不僅僅只因她親手所製的武器及機關之出神入化。

一步步行去，她深入房內，繞過重重書架，先走到傅靈焰的畫像面前，向她行了一禮。

畫像上的傅靈焰正當綺年盛貌，手持那管韓凌兒親手替她所製的金色竹笛，靜靜地坐在宮苑之中，目光似穿透了六十年的時光，與她深深對望。

她是如何脫出金繩玉鎖，掙開情愛糾葛，從當年在九州各處布下絕殺死陣的凶戾女殺神，蛻變為後來她所見的慈祥老婆婆呢？

而自己呢……阿南站在傅靈焰面前，心下湧起難抑的傷感。

她又究竟有沒有機會，能與傅靈焰一樣，最終找到自己，看清自己該走的路，探索到自己該前進的方向？

深吸一口氣，將所有一切暫時先拋諸腦後。

如今最重要的，還是先查清楚，傅准究竟在她身上設下了什麼東西，導致她的舊傷竟與阿琰的山河社稷圖相連，成為傷痛同命的兩個人。

她垂下眼，避開傅靈焰那雙彷彿能洞穿她的眸子，轉而走向旁邊的書架，查看起架上卷軸來。

傅准神祕失蹤，她壓力大減，手下也加快。調暗了手中的火摺，拆開一個個卷軸冊頁，她飛速掃一眼便立即收好，尋找下一個。

一個架子看完，裡面不過是些各門各派的陣法布置、絕技法例、機關圖示之類的。若是平時，阿南自然有興趣坐下來慢慢研究，但此時她心繫自己的傷勢，只想先找到與自己有關的內容再說。

換了一個書架，上面全是書冊，她隨意翻了翻，蹲下來時看到一堆正待修復的卷帙。

而在卷帙之間，正有一個卷軸壓在最下面。

她握住這個卷軸，小心將其抽出來，迅速打開。

入目是海岸曲折，遠山層疊，赫然是一幅九州疆域圖。

原本無甚稀奇的畫卷，但因為她上次引水沖毀了藏寶閣，使這幅畫的主要畫面雖存，但畫卷邊緣被水浸消融，模糊露出了下方的痕跡。

山河之下，還有一幅隱約的潦草勾畫。

她立即將畫卷舉起，對著窗口的光亮處一照。

只見底層果然藏有另一幅圖，是四肢俱全的人體描畫，只是身軀倒臥，頭下腳上，手腳蜷曲，姿態怪異。

但，那古怪的手腳擱置，卻恰好與上方的山河相合，她一眼便看到了那人的左腿膝蓋處，正與山河圖中的玉門關一點重合。

而她深深記得，自己在玉門關的陣中發作的，正是左腿膕彎舊傷。

她迅速掃過其他的地方，確證了四肢舊傷對應的確是之前破過的陣法，目光立即移下。

人形倒仰的額頭眉心，赫然便是橫斷山脈處。

玉門關的照影地道之前，傅准曾經告訴過她，她身上的六極雷，除了四肢之外，一個在心，一個在腦。

「那個王八蛋，居然還不承認我身上的舊傷與阿琰的山河社稷圖有關！」阿南憤憤地捏著畫卷，立即在上面尋找第八個陣法的蹤跡。

她四肢舊傷對應的陣法都已相繼發作過，眉心的傷處在西南，既然傅准說還有一根毒刺埋在心臟，所以她立即看向那人形的心口處。

但因為形體扭曲怪異，而且畫卷中心處沒有遭受水淹侵蝕，所以厚實的表面紙張之下，她一時竟看不出下方那具人體的心口所在。

阿南急躁皺眉，想要將上下兩張疊裱在一起的畫卷分開，但這東西是個細緻活兒，上次朱聿恆拆傅靈焰的笛子都花了不少時間，她現在哪有辦法靜下心來慢慢劈畫。

一急之下，她取出隨身火摺子，將其點燃，將畫卷放置在火光之前，映照下方的圖案。

她的火摺由精銅反射，光亮無比，在卷軸下方映照出粲然一團圓光。

刺目的光亮順著軀體而上，她沿著心口看去。

那是江浙一帶最為繁華之處，順著長江而下，她看到有幾個字壓在長江之上，不偏不倚正好擋住了陣法所在的詳細地點。

位。

她心下湧起急躁，火摺子略微再往前湊了湊，想要分辨出字跡下方的具體方位。

然而就在火摺的光聚攏之際，一道火光忽然從畫卷上迅速冒出，濃煙烈焰立即籠罩住了她手中的畫卷，整張紙迅速被火舌舔舐成焦黑。

阿南立即收攏畫卷，同時抓過旁邊的氈布，迅猛拍打畫卷之上的火焰。

那火不知是由何物所燃，頑固無比，她的拍打竟全無用處，火焰還是逕自向著中心蔓延，眼看整個卷軸即將化為灰燼。

阿南一咬牙，臂環中的小刀彈出，在卷軸最中心處飛速劃過。

從四周向中間聚攏的火苗，雖然延伸得飛快，但終究沒有她下手快，中間殘存的那一塊被她迅速截取，緊握於手心。

阿南心知這定是傅准在畫卷上動了手腳，寧可將其毀去也不讓人得手，心中正在暗罵之際，忽聽得外面有聲音傳來。

她立即閃身縮在黑暗中，屏息靜氣一動不動。

腳步聲在門外停下，有人遲疑問：「不會是你看錯了吧，裡面哪有火光？」

「怎麼可能！我真的看到窗間透出來的光了，絕對是火焰，一跳一跳在晃動！」

幾個弟子說著，貼近窗戶看了看。

這藏寶閣是重地，顯然一向是嚴密閉鎖的，因此兩人一時間也未曾想到來檢查門戶。

阿南藏身架子後，正在思索遁逃之法，誰知她今天走背運，一個女子的聲音在外響起，問：「怎麼了，你們不是坤土堂的弟子嗎？圍在這兒幹什麼？」

「見過瀅堂主！」過來那女子顯然是薛瀅光，幾人忙答：「適才我們經過此處，從窗戶間看到了一點火光，因此過來瞧瞧，以免水淹之後又遭火災……」

「火光？」薛瀅光有點不相信。「閣主離開之時，這邊關門落鎖一切妥當才走的，怎會忽然冒出火光？」

說著，她順手在門上一推，誰知吱呀一聲，被阿南打開鎖後虛掩著的門應聲而開。

在眾人的驚呼聲中，薛瀅光站在門口看向室內，一聲冷笑：「青天白日的，居然有宵小敢闖拙巧閣？傳令，結陣，封鎖所有出入口，封閉碼頭！」

藏寶閣內機關複雜，傅准又不在閣中，他們自然不敢入內。阿南躲在角落中，倒想看他們準備如何應對。

須臾，擱置重物的聲音傳來，一個大爐子抵在門口，熊熊火焰之上加了溼柴，頓時煙霧滾滾。

弟子們揮著扇子，將濃濃煙霧扇向室內，窗戶緊閉的室內頓時煙薰火燎。

阿南捂著口鼻，心下暗道，薛瀅光，算妳狠，這是要把我當老鼠，活活熏死在裡面？

再一辨認煙霧中的異味，她心下更是把薛澄光罵了一百遍——煙霧裡面還摻了黑煙曼陀羅。

也就是說，外面的人雖不敢進來，但她若抵死不肯出去，也會吸入迷藥，倒在裡面失去所有力量，無法做任何抵抗。

濃煙已讓她眼睛無法睜開，屏息閉眼間，她捏著鼻子摸到那扇動過手腳的窗戶旁邊，然後猛然提縱，躍上窗臺，一腳踹開了鐵窗柵，直撲向外。

窗外的弟子們聽到破窗的聲音，頓時衝來圍堵，企圖將她擋住。

阿南深吸一口氣，早已飛撲向下，順著玉醴泉傾瀉的方向，直落在下方一棵高大的海桐樹上。

海桐樹四季常青，枝繁葉茂，她踩踏在粗壯的枝條上，藉著彈力向前疾衝，在枯黃的草叢中打了個滾，隨即起身奔向前方，扎入了蘆葦叢中。

「給我追！」薛澄光率先追了上去。「碼頭已經封鎖，我看這賊子能逃到哪兒去！」

阿南越過枯萎的蘆葦叢，急奔向島後的祕密路徑。

踏著埋在地上的管筒，她向前飛奔，以最短的直線距離奔逃。

然而，就在拐過一個轉彎時，對面竟有另一個人奔來。

兩人都在埋頭急速狂奔，哪料到拐彎處會有另外的人出現，此時已收不住腳步，眼看便要撞在一起。

還好阿南反應極快，硬生生瞬間轉側過了身軀，只與對方斜斜擦過，避免了同時撞個頭破血流。

饒是如此，對方也已摔倒在地，打了個滾後，才顫抖著手撐起身子。

正要繼續奔逃的阿南一瞥到他的手，停下了腳步，失聲問：「楚先生，你怎麼也來了？」

來人正是楚元知。他喘息未定，啞聲道：「南姑娘，我……我來找璧兒。」

阿南錯愕不已：「金姊姊？她怎麼會來這裡？」

楚元知面如死灰，從懷中掏出一張紙，倉促遞給她。

阿南接過來一看，上面寫著一行字，倉促的行筆難掩娟秀字跡，顯然是金璧兒所寫——

我已知該去往何處，待解疑釋惑後即回。小北若問起，便說我出門急事。

阿南皺眉還給他，問：「那你怎麼知道，她來這邊了？」

「我見她出走，便趕緊去碼頭驛站處打聽，才知道今日早時，她上了一艘船離開了杭州，那船，正是拙巧閣僱的……」

阿南想了想，眉頭一揚，問：「她來拙巧閣打探了？」

楚元知有些茫然：「打探？打探什麼？」

阿南怕後面的人追上來發現她，當下示意楚元知往蘆葦叢深處走了十餘步，才壓低聲音道：「昨晚我到你家，與金姊姊聊了些事情。她已經知道是你的六極雷失控，導致了徐州驛站那場大火。但她與你二十年夫妻，深知你的為人，我們都認為背後肯定還另有一個動手腳的人。看來，金姊姊說的已知去哪裡尋找，應該就是拙巧閣了。」

楚元知不敢置信：「可她一個弱女子，又常年不出家門，如何能來得了拙巧閣？」

「金姊姊表面柔弱，內裡堅韌，比你想像的可要能幹許多。我們先找到她，再詢問細節吧。」阿南示意他貓下腰，小心點跟自己走，以免驚動搜尋她的人。

兩人都是熟悉拙巧閣的人，在蘆葦叢中也未迷路，逐漸接近了碼頭。

枯柳衰陽，碼頭果然停著一艘外來的船。

薛瀅光帶著眾弟子搜尋到了這邊，正站在碼頭查看。

船老大招呼著船上乘客下來，只見一個兩個都是提著包袱的中年男女，顯然是年關將至，拙巧閣尋來做短工的。

隱在蘆葦叢中的楚元知一眼便看到，陸續下來的人中，赫然就有金璧兒。她混在一群膚色黧黑、一看便做慣了粗活的人中間，頗有些格格不入。

薛瀅光自然也注意到了她，多看了兩眼。

她們之前曾一起去過玉門關。但金璧兒當時臉上毀容的疤痕未褪，在人前一直戴著帷帽，拙巧閣的人並未見過她的長相，自然也認不出她來。

薛澄光草草詢問，知道她是繡娘，來織補閣中布幔帷帳類活計的，又看她一雙手確是幹慣了家務活、擅長針黹的模樣，便也轉移了注意力，率人又去別處搜尋刺客去了。

阿南與楚元知悄悄跟著金璧兒一行人，沿著拙巧閣蜿蜒的路行去。一路上，一群工人陸續被分派到各個地方，最後只剩下金璧兒和幾個婆子。

再往前走，路徑盡頭出現了一座荒僻的小院。

小樓顯然空置已久，婆子帶著金璧兒等人進入，說這邊帷幕蟲吃鼠咬，顯然是要全換新的了。如今新的布匹已經送到，她們得趕緊把布匹裁剪縫紉好，趕在年前掛上去。

幾個人進內又是量尺寸又是對花色，正在忙亂間，金璧兒抬眼看見院外花窗處，有個人向她招了一招手。

她依稀看出那是阿南，一時不相信她會出現在這裡，手中下意識整理著布匹，正不知如何是好之際，卻見婆子走到她身邊，一指旁邊的耳室道：「金娘子，妳去隔壁量一量門簾尺寸，看看哪種花色合襯。」

金璧兒忙應了，拿著尺子過去耳室。

小小屋內只有一扇支摘小窗，顯得暗暗的。她量著門框大小，心神不定地望著門外，果然看見阿南溜了過來，觀察四周無人，又揮手示意後方。

院垣後，楚元知的身影隨之出現。金璧兒手一顫，木尺差點掉在地上。

兩人擠進耳室，阿南回身掩了門，壓低聲音問：「金姊姊，妳怎麼到這裡來了？」

「我……」金璧兒神情有些慌亂地避開楚元知的目光，死死抓著手中木尺不說話。

阿南打量她的模樣，說道：「金姊姊，我知道妳自己肯定來不了這裡，說吧，妳究竟是怎麼來的？」

楚元知卻沒說話，只抬手握住金璧兒的手，示意她跟自己回去。

他那雙受損後一直顫抖的手，握著她的力道，一如這些年來的不離不棄。見丈夫甘冒大險至此尋她，金璧兒眼淚不禁奪眶而出，終於敞開了道明一切：「南姑娘，我跟妳說過，元知與我這輩子的錯，可能永遠也找不到罪魁禍首了。但是……」

就在阿南向楚元知打聽拙巧閣暗道之時，她也在屋內關注著，想著要不要趁阿南潛入拙巧閣時，託她順便查一查當年徐州驛站的事情。

就在此時，她一回頭，卻發現身後站了一個隱在黑暗中的青衣人。

她驚慌之下正要呼喊，那人卻已俐落捂住了她的嘴巴，將她拖到了角落。

他聲音腔調低沉古怪，在她耳邊問：「妳想知道，當年妳丈夫設的火陣，為何失效殃及無辜嗎？」

對方如此準確地將她盤繞於心頭多年的疑竇與重壓說了出來，金璧兒慌亂震驚之下，一時竟無法做出任何反應。

而對方見她如此，便說了聲「明日早些帶上戶籍文書去松亭口，拙巧閣在找女工」，隨即放開了她，退開了一步。

金璧兒驚疑不定，尚未反應之時，那人已經轉身向窗外躍去，轉瞬之間無聲無息消失。

就如他來時一般，別說金璧兒，就連屋外的阿南與楚元知都未曾察覺。

她輾轉難眠，思慮一夜。第二天一早，終於還是鼓起勇氣，去了松亭口。

松亭口在僻靜的街道交叉處，涼亭中正有牙婆帶著十餘個女人過來。她假裝進內歇腳，注意對方，果然是拙巧閣要找繡娘，正在此處挑選手腳勤快能幹活的女人。

在家中畏畏縮縮生活了四十來年的金璧兒，此時鼓起最大的勇氣，強自鎮定上前詢問，說自己家中貧困，想著尋一份工來做做，補貼家用。

拙巧閣的人聽她確是本地口音，又讓她與繡娘們一起試了活計，便讓她過來，年前做一個月短工。

可她沒想到的是，剛下碼頭，自己的丈夫居然已經潛入了這邊來尋她，到得比她還早。

「那個指引妳來這邊的青衣人，究竟是誰，又為了什麼原因？」聽完金璧兒的講述，楚元知喃喃。

「為了引我們入陷阱！」阿南心中一凜，立即跳了起來。「楚先生，快帶金姊姊走！」

楚元知自然也明白過來，這定是拙巧閣利用金璧兒設的陷阱。他拉起金璧兒，向外奔去。

然而對方既已將他們引入拙巧閣，在重重機關中，哪還有他們逃跑的機會？耳室狹窄，門口轟然聲響，頭頂安裝的鐵閘早已落下，眼看便要以泰山壓頂之勢向他們壓下。

楚元知立即帶著金璧兒後撤，免得被鐵閘一夾兩段。

但，就在他們後退之際，卻聽得風聲呼嘯，楚元知眼睛一瞥後方，頓時臉色大變。

後方磚地已經旋轉變換，下面無數鐵刺突出，只要他們一回身，便要踏入鐵刺之中，腳掌必被穿個通透不可。

此時前有鐵閘後有鐵刺，三人已呈進退兩難之勢。

楚元知一咬牙，抬腳一勾面前的凳子，將鐵閘抵住，同時將金璧兒一把推了出去。

金璧兒在驚慌失措之中，打著滾撲了出去。

就在她滾出鐵閘之際，凳子被軋得粉碎，僅僅停滯了半刻的鐵閘再度落下。

金璧兒的身體已經大部分鑽出了鐵閘，但右腿還卡在閘內，眼看要被鐵閘硬生生截斷。

楚元知一個箭步撲上去，抵住金璧兒的右腿往前疾推，要拚了自己的脊背粉碎，換得金璧兒逃出生天。

金璧兒被他一把推出鐵閘之外，倉皇地回頭看向他，見鐵閘正向著他身軀落下，眼看要將他壓得粉身碎骨。

她頓時嚇得肝膽欲裂，大叫出來：「元知！」

話音未落，只聽得軋軋聲響，鐵閘已如泰山壓頂。

楚元知緊緊閉上了眼睛。

死生訣別之際，他用盡最後的力氣，只向金璧兒抬了一下手，示意她快跑，別回頭看慘死的自己。

但，壓在他脊背上的鐵閘忽然停止了下落的力度，懸停在了離地不到一尺的地方。

他錯愕不已，腳尖倉促在壁上一蹬，快速滾出了鐵閘，回頭看向後方的阿南。

阿南已經根據牆面的震動與地面的痕跡，趕在鐵閘落地前鎖定了操控中心。

此時，她已掀開了耳室的桌板，露出了下方的鐵扳手，一腳蹬在上面，竭力要將它控制住。

可是鐵閘沉重無比，怕不有千斤之力，即使用盡了最後的力量，她也只是稍微緩了一緩下落的力量，無法讓它再度抬升。

楚元知隔著那只剩了一尺不到的鐵閘口，看向阿南。

電光石火間，楚元知只看到她一抬下巴，示意他立即帶上金璧兒，逃出險境。

未待他猶豫遲疑，只一剎那，鐵閘便再度重重落下。

阿南手中的鐵扳手忽然一沉，對方顯然早已料到他們三人逃離時，她可能會尋到鐵閘的控制處而啟動這個扳手，因此旁邊早已設下了後手。

扳手連接處忽然旋轉，數道鋼爪探出，將她的右手緊緊扣住，鎖在了扳手之上。

阿南當即抬腳蹬在扳手下方，竭力縮手，意圖抽出禁錮。

但已經來不及了，扳手轟然下墜，直接陷進了地下。

眼前一黑，精光閃動，下方數道鋼箍彈出，驟然收緊，她的手尚未抽出，眼看整個人即將被緊緊縛住。

陡然面臨絕境，阿南卻毫無懼色。她一向最擅機變，此時足尖在扳手上一點，左右腳掌纏在鐵杆之上，整個身子忽然之間便橫了過來，險之又險地避過了那原本必中的鋼箍，從間隙中穿插了過去。

身後有人輕微地「咦」了一聲，顯然對方並沒料到她在這般間不容髮的困境之中，居然還能順利脫出樊籠。

阿南右手被制，但左手立即抄向臂環，上面的鉤子彈出，被她一把抓住，探入了鋼爪機竅之中。

後方的人自然不會任由她脫逃，身後呼嘯聲傳來，勁風將她籠罩於內。

阿南右臂被鎖，身體無法脫離扳手，唯有雙腿可以自由活動，她倒提身子，向後疾踢，黑暗中只聽風聲驟急，對方被她踢個正著，趔趄退後惱羞成怒，刷一聲輕響，手中長刀已向她襲來。

阿南整個人藉著鋼爪的力量，倒懸於半空，聽風辨聲躲避淩厲刀鋒，幾次險險從刀口上越過，避開對方攻勢。

但她也知道，自己這樣堅持不了多久。畢竟，對方可以從四面來襲，而她被鋼爪困於方寸之間，完全陷入了被動局面。

更何況，她的四肢受過重傷，一時騰挪閃移雖然撐得住，但大幅度的動作已使關節隱隱作痛，時間一久必定反應不及。

因此，她一面藉助靈活走位躲避對方，一邊分心二用，左手持著小鉤子插入扳手內部，直探鋼爪的銜接處。

可那鋼爪嵌在扳手之內，銜接處深藏於鋼塊之中，她一時根本無法觸及內部。

對方顯然也已不耐，抓住一個空隙，手中刀尖進擊，狠狠向著她的胸口刺了進去。

阿南雙手在機關處，唯有藉助雙腳拆解躲避他的攻勢，此時對方已經進擊至胸口門戶，她的雙腿顯然無法回護。

萬急之中，她足跟在扳手上一抵，膝蓋上頂，拚著自己的膝蓋被刀尖割出一道血口子，身體蜷縮著凌空上翻，整個人倒立翻上了鐵扳手。

對方的刀擦過她的膝蓋，在鐵扳手上劃出一道火花，隨即噹的一聲，死死卡在了鐵扳手與下方機括的相接處。

而阿南因為動作太過迅猛，被制住的右手腕也在瞬間喀的一聲脫臼，劇痛襲來。

但伴隨著劇痛傳來的，還有輕微的「喀答」一聲，讓她在絕望中精神一振——是她左手中的鉤子，已探到了連接處。

她顧不上脫臼的右手，身子倒下一旋，狠狠踹向對方。

對方手中的刀子卡在機括中，尚在彎腰拔出，此時被她這重重一撞，後背劇痛，手中刀子撒手，趔趄後退摔倒於地。

聽到對方倒地聲，阿南知道自己已爭取到一瞬喘息，立即加快了手下動作。

鉤子在鋼爪底部摸索著掏挖，終於觸到了相接處。她狠命撬動關節，直到輕微的叮一聲傳來，右手驟然一鬆，那死咬著她的鋼爪終於彈脫開來。

就在她的手陡然得脫的剎那，黑暗中伏擊她的人也已再度撲擊上前。

阿南自然不願與他纏鬥，強忍疼痛將自己脫臼的右手腕接上，隨即躍上扳手，掏出火摺子「嚓」一聲點亮。

黑暗瞬間被驅散，她來不及注意對手，看到上面封閉機關的是木質板材，便向上狠狠一撞，試探厚度。

如她所料，這種耳室中的機關布置因為無法提供支撐，自然不可能太過沉重繁雜，上面的板材並不太過厚實。

因此她不假思索，拔起下方卡住的那柄厚實大刀，狠狠戳進上頭木板，隨即抓緊刀柄，身體倒懸，雙腳向上狠命一踹。

嘩啦聲響中，木板斷裂，光線投下。

她抓著刀柄掛在半空中，抬腳將正衝上來的人重重踢開，借力蕩身向上。

就在她身軀倒仰破洞而出之際，她胸口氣息一岔，整個身子一軟。

她心中暗叫不好——薛澄光扇入藏寶閣那個煙霧中的黑煙曼陀羅，她雖然反應迅速，可還是難以避免地吸進了一些。

在這緊急時刻，藥性竟然發作了。

她狠狠一咬下脣，翻上地面，向著耳室小窗撲去，拚命維持神志清明，不讓迷藥吞噬自己。

但，就在破窗而出之際，她才發現腳下竟然是水池，她一個不察，差點栽入了冰水中。

扣住窗戶，她抬起頭，看見面前的情形，瞳孔猛然驟縮——

玉醴泉中有巨大的波浪衝擊而起，向著她撲來。

阿南反應已經遲鈍，但也知道回到室內便是再入龍潭，下意識身子後傾，反手勾住窗櫺，掛在牆上避開波浪當頭衝擊。

一波尚未遠去，隨即有如雷的聲響轟然，第二波潮水直沖而來。

驟急的水浪直沖而來，這下就連她扣住的窗櫺也無法倖免，在轟鳴聲中，她連人帶窗重重摔了下來。

就在墜落之時，阿南一腳蹬住身下的牆壁，脫開正在失控墜落的窗櫺，一手趴住了窗沿。

尚未等她穩住身形，身後陡然一暗，遮天蔽日的水花第三次激蕩，瞬間籠罩了她的全身。

阿南抬頭看去，巨浪排空，水花高濺，被激上半空的水波映著日暈，拙巧閣中虹霓四垂，如數條彩帶橫斜圍繞這個梅花開遍的東海瀛洲，絢爛得令人心驚。

阿琰不是說，傅准失蹤了嗎？

那麼這世上，還有什麼人能有如此能耐，不動聲色設下這般陣法擒拿她？

未等她理出頭緒，水面上波浪狂湧，已重重拍向了她。

阿南收斂心神，正要破水迎上，猛然間身體一軟，全身頓時失去了力氣，整個人重重跌在了水中。

傾瀉而下的水浪，挾帶著巨大的力量，撲頭蓋臉地壓在她的身軀之上。而她的手抬了抬，想要掙扎之際，冰冷的水已灌入了她的口鼻。

內外交困中，她失去了所有的意識，沉入了眼前的漫漫黑暗。

濛濛細雪籠罩著應天，金陵這座帝王州，在皚皚白雪的覆蓋下，更顯肅穆莊嚴。

朱聿恆處理完手頭的事務，覺得肩頸略帶了些酸麻。他直起身子，轉頭看向窗外風雪。

庭中一竿竿鳳尾竹細細直立，竹葉梢上略積了些薄雪，壓得枝條微彎。

外間傳來一陣急促的腳步聲。隨即，瀚泓快步進來，稟報道：「殿下，神機營那位楚先生，忽然過來求見……」

按理，楚元知區區一個神機營監造官，是沒有資格見皇太孫殿下的，但瀚泓因常見他在殿下左右出現，於是便進來通報了一聲。

朱聿恆心知楚元知來見自己，必定是有要事，心下再一想，又不覺微驚，難道是和阿南有關？

他來不及召見，逕自起身向外走去，看見站在外間的楚元知，立即便問：

「楚先生有何要事？」

「殿下，南姑娘她……出事了！」

楚元知將拙巧閣之事倉皇說了一遍，又急道：「南姑娘將我們救出後，我與璧兒在祕密水道邊等待了許久，因拙巧閣搜尋甚急，於是我們又將船撐到了回杭州的必經水路等待，但一直未曾見到南姑娘回來……」

朱聿恆神情微變，轉頭吩咐瀚泓：「我寫一封信，以南直隸工部的名義，安排人到拙巧閣去一趟。若阿南真的失陷，就出示信件，說……咱們這邊工部重修長江水利，需要南姑娘相助。」

瀚泓拿著他的手書，趕緊轉去工部蓋印。

但過不多久，他便臉色難看地回來了：「工部辦事的人說……聖上最近在整頓南直隸事務，嚴令不得借公事名義來辦私事，殿下此舉，怕是不妥。」

朱聿恆微皺眉頭，將書信拿回來，略一思忖，便起身向著宮中而去。

畢竟，二十年來，這是他的祖父第一次敲打他。

到宮中之時，皇帝正與南直隸戶部的人在殿內查看帳冊，高壑請他在殿外等候。

朱聿恆站在階下，將那封手書揣在懷中，靜靜等待著。

夜深人靜，雪下得急了，他的髮上與肩上都落了一層雪。饒是他穿得厚實，也覺得穿透狐裘而入的風如針刺般寒冷。

吏部的官員們陸續出來，看到站在階下落了滿身雪片的皇太孫殿下，都吃了一驚，面面相覷又不敢開口，只向他拱手行禮，便趕緊出宮去了。

皇帝也終於踱到了殿門口，見他還等在下面，終是輕聲一嘆，招手示意道：「聿兒，進來吧。」

朱聿恆邁開僵硬的腳，上了積雪的臺階，走到皇帝面前。

皇帝拉住了他，抬手將他頭肩的落雪拂去，望著這個比自己已更為高大的長孫，責怪道：「怎麼不及早進殿來？」

「皇爺爺有公事相商，孫兒找您是私事，不敢擅入。」

皇帝聽出他話裡有話，瞪了他一眼，道：「公事私事，都是咱老朱家的事。過來，你看看這兩年南直隸的帳，問題出在哪裡。」

朱聿恆走到案前，將歷年帳冊迅速翻了一遍。

他有棋九步的能力，心算自然極強，將帳冊翻到底後掩好，道：「以孫兒看來，問題出在九江。邯王府中出了個能人，預提了費用後延遞繳納，同時在各項支出上分攤比例最終拉低稅賦，這幾年也不知有多少款項因此被截留在邯王府上了。」

皇帝顯然對九江的賦稅早有懷疑，但戶部的人有所顧忌，哪敢如他這般一口說破，自然都是有所保留。

拍了拍他的背，皇帝將帳冊丟回龍案，然後拉他坐下，問：「怎麼，不讓你假公濟私，你這傻孩子還深夜冒雪，來皇爺爺這邊討說法了？」

「孫兒這不算假公濟私。拙巧閣既然與朝廷合作，便該知曉阿南如今對我們的重要之處。只送一封信去，是孫兒為了不傷和氣，找個託詞給他們面子而已。」

皇帝瞥了他一眼，拉開抽屜取出一封書信，向他推去。

朱聿恆接過一看，居然是拙巧閣送來的。

他打開一看，見上面寫的是，拙巧閣擒獲了閣中積怨已久的仇敵。該仇敵當年曾殺入閣中，親手屠殺了長老畢正輝，後畢正輝之弟畢陽輝奉朝廷之命看守海外大盜，又於放生池捐軀。該女匪已於日前落網，為昭報兩位兄弟在天之靈，洗雪當日拙巧閣所蒙之羞恥，特向朝廷請示，斬妖女於二位兄弟靈前，以奠英靈。

朱聿恆放下信函：「如此看來，拙巧閣是明知朝廷對阿南有庇護之意，才提前上書，阻塞咱們救護之路？」

「你看這信上所說，朝廷有什麼理由阻止他們殺人復仇？司南的罪行已經被他們總結出來了——其一，她殺了拙巧閣二位要人，如今拙巧閣要以命償命，這是江湖恩怨，朝廷不便插手；其二，拙巧閣的畢堂主是在替朝廷辦公務之時喪生的，從朝廷角度來說，也沒有任何可以阻止或者反對的理由。」

這滴水不漏的一封信，寫得如此到位，顯然，對方早已將一切都計算在內，斷了後路。

朱聿恆盯著那封信，神情漸冷：「傅准失蹤，拙巧閣如今主事的人是誰？」

「聽說是傅准出發前往玉門關之前託付的代閣主，至於是誰，朝廷沒時間關心。」皇帝漫不經心，只拍了拍他的手，說道：「誠然，司南對朝廷確曾有功，但功過相抵，她幫你破解過幾個陣法，朝廷也已經赦免了她劫囚、殺人等各樁大罪，就連謀逆重罪，因你保證她已與海客們決裂，朝廷也不再追究了。聿兒，你若再以朝廷之力施壓救人，是為不理不智，置皇太孫身分於何處？」

朱聿恆深吸一口氣，心口濃重的鬱積下，面前的抉擇卻越發清晰起來。

他將拙巧閣的信件交還到皇帝手中，說道：「是，孫兒知道了。」

見他神情淡然，已恢復如常，皇帝頗為欣慰：「聿兒，此等無知海客，與你有雲泥之別，及早抽身，方為明智之舉。」

朱聿恆脣角微抿，朝皇帝點了一下頭，說道：「孫兒告退。」

他出了東宮正殿，向著自己所居的東院而去。

瀚泓跟在他的身後，卻見他迎著風雪，原本遲緩的腳步忽然越來越快，最後似是想通了什麼，大步向前，他幾乎要小跑著才能跟上。

瀚泓心下微驚，想到阿南如今身陷拙巧閣，而殿下又迫於聖上施壓，無法去救她，不知殿下要作何打算……

邁入東宮，楚元知還等在殿中，見他無功而返，立即迎上來問：「殿下，不然……讓諸葛提督他們去交涉交涉，或者，讓墨先生說說情？」

「拙巧閣與阿南的恩怨，沒有這麼簡單。」朱聿恆卻只朝他們一抬手，便進入了殿中。

他扯開了自己領口的珊瑚鈕珠，將朱紅團金龍的緙絲錦袍一把脫掉，抓了一件玄黑暗雲紋的圓領曳撒套上，摘了玉冠，束緊了腰身，換了快靴。

瀚泓心下大驚，伸手想要攔住他：「殿下……」

朱聿恆卻斷然推開了他的阻攔，向外走去。

楚元知見他大步穿過風雪，神情決絕，一時錯愕。

而一旁的廖素亭立即便知道了殿下的用意，立即跟上，急道：「屬下跟殿下一起去！就算拚了這條命，也一定將南姑娘安然帶回到殿下身邊！」

「拙巧閣不是你能對付的，而阿南和它的恩怨，也總得有個了結——如今對方人多勢眾，阿南陷落包圍，這世上，唯一可能助她一臂之力的人……」

他沒有再說下去，下了臺階，出門拉過馬匹，便立即翻身上馬。

瀚泓撲上來抓緊他的轡繩，急道：「可是殿下，您不能去！聖上的意思您難道不懂嗎？朝廷如今與拙巧閣合作破陣，不能插手干涉江湖恩怨……」

「誰說朝廷要插手？」朱聿恆說著，抬手取過旁邊小攤上一個面具，罩在自己的臉上。

消失……

他追索的一切，他執著的一切，都會一一失去。

他尋找的陣法已消失；他的目的地在風雪中迷失；與他形影不離的人已死

去；掌握他祕密的人失蹤……

如今，他心上的、夢裡的那個人，也面臨著從這個世上消失的危機。可，縱然天雷無妄之陣將張開深淵巨口，要把他重視的一切都吞吃殆盡，他也必定要劈開那無敵黑暗，將他要守護的一切，拚命搶奪回來。

他握緊了馬韁，抬頭看細雪依舊不緊不慢地下著。

他身邊的人呆呆看著馬背上戴著蚩尤面具的黑衣殿下，一時只覺天高地迥，全身寒氣都從毛孔鑽了進來。

也不知道是激動，還是悲傷。

而他再不說一句話，撥轉馬頭，衝入了風雪交加的暗夜之中，頭也不回。

第四章　死生契闊

長江入海口，東海瀛洲上，拙巧閣依舊佇立於海天盡頭。

今日的斬妖大會早已傳遍了江湖。阿南之前奉師命拜會各個江湖門派，卻是直接打上人家山門，揍得滿江湖的高手灰頭土臉，無人能攖其鋒芒，被各大門派引為恥辱。

如今這欺人太甚的妖女被拙巧閣擒拿，又要當眾處決，聽到風聲的門派紛紛過來共襄盛舉，祝賀拙巧閣兩位長老堂主大仇得報，洗雪冤仇。

朱聿恆混在三教九流一條船中，跟著眾人踏上碼頭，看向面前那熟悉的樓閣。

東風入律閣下，玉醴泉依舊噴湧。沿臺階而種的梅花正在盛開，一樹樹朱砂色與宮粉色塗抹於仙山樓閣之中，人間天上，影綽不明。

玉醴泉上方，水花噴濺匯聚處，是一條被捆縛在泉中假山上的身影。

她手腳被鎖，五花大綁捆縛於「玉醴」二字之下，垂頭昏迷，讓朱聿恆的心一下便揪了起來。

阿南，這世上他至為珍視、願意豁出性命、賭上前程的人，怎麼可以受到這般對待。

這一路憋在心中的擔憂焦慮全都湧了上來，讓他心口湧起前所未有的灼熱憤怒。

見他久久凝望上方的阿南，臉上還戴著面具遮掩真容，身後的拙巧閣弟子立即上來盤查：「請問這位客人，自何門何派而來，可有攜帶請柬？」

為了不顯露自己的身分，朱聿恆連日月都解下了，不曾攜帶。在弟子們圍攏上來之際，他亦是一言不發，彷彿沒看見似的，抽身便往裡面走去。

見他如此，拙巧閣的弟子們哪還不知道他是來鬧事的，立即呼喝著結陣，上前阻攔。

拙巧閣雖是江湖門派，又在江河交會、朝廷難管之處，但也並不用管制的刀劍，而是棍棒執法。

眼看無數棍頭聚集，一起向著朱聿恆壓下，旁邊眾人紛紛退開，碼頭頓時露出一片空地。

在弟子們結陣的呼喝聲中，朱聿恆抓住了距離自己最近的一根木棍，側身迎上去，一腳狠狠地朝那個持棍的弟子踢了過去。

對方哪料到此人在陣中居然不進反退，胸口被他踢個正著，頓時摔在了地上。

旁邊人立即趕到，向著朱聿恆的後背一起擊落。

背後風聲驟急，朱聿恆卻置若罔聞，只逕自向那個拙巧閣弟子的手腕踩下去。

慘叫聲中，那弟子手中的木棍吃痛脫落。

朱聿恆足尖一偏，勾起木棍，一把抓住了它。

一個圓弧輪轉，他手持長棍，風聲驟急，避開了迫近自己的所有人。

弟子們收勢不住，以他為圓心，周圍跌了一圈人，不約而同地驚呼大喝。

掛在玉醴泉上神志昏沉的阿南，也被這邊的聲響所驚動，慢慢地抬起頭，看了過來。

她中了黑煙曼陀羅，被鎖在海島高處，而朱聿恆在碼頭上，別說他戴著面具的臉了，就連他的身影在她眼中都是朦朦朧朧。

但，不等看清對方，阿南便已經知道，是阿琰來了。

她一時恍惚，不知自己是否還沉在夢魘中。

真沒想到，在她離開他後，他居然還會殺入拙巧閣中，出現在自己的面前。

而且，孤身前來，蒙著面具。

雖然意識模糊，但她在朦朧間也能猜到，必是皇帝不允他前來，可他卻一意孤行，瞞著所有人殺上了瀛洲島。

他與她來過這裡，自然知道拙巧閣殺機重重。她當年逃離此處已是千難萬難，更何況，他還要當眾救下她，護她殺出一條血路，以他初涉機關陣法之術不到一年的新手，簡直是不可能的任務。

可他還是來了，義無反顧，決絕如此。

冰冷的泉水凍僵了阿南的身軀，卻阻不住她的眼圈灼熱，死死盯著阿琰的身影，急促的白氣喘息於她臉頰邊。

朱聿恆暫時逼退身邊眾人，抓住奪來的木棍，便劈開血路，奔赴向阿南。

呼喝聲中，身後人尚未趕到，他前方已有人身形微動，是薛澄光擋在了他的面前。

之前在玉門關破陣，薛澄光受了重傷，如今還是氣色不佳的模樣。

朱聿恆自然也不下重手，手肘一抖，手中的長棍撥開她的身形，只搶過路徑而去。

薛澄光趔趄，直起身子，擦身而過的瞬間瞥到他那雙手，便已經看出了他是誰。

她不敢置信地回頭，張了張口想要叫出聲，卻又緊閉上了雙脣。

眼看她止住了腳步，任由朱聿恆越過阻攔的人群，上方傳來一聲冷笑，一個聲音在假山小亭中冷冷響起：「如此盛會，何方宵小竟敢擅闖入島，未免太不將拙巧閣放在眼裡！」

朱聿恆抬頭一看，梅影掩映的小亭中，正有人站在貝母門窗之前，俯視下方戰局。

身後的水波光芒將他的身影映在了透明窗格之上，依稀是一條清瘦身影，立於扶疏梅枝間，宛如松柏，絕非俗人。

朱聿恆料想他應該便是那個代理閣主，但，此時就算傅准出面，也已無法阻攔他。

他毫無懼色，足尖一點便要沿泉上的各座竹橋上山，誰知身形剛一動，青衣人已抬起手，直擊亭畔機關。

耳聽得軋軋聲響，流泉飛瀑之上相通的橋梁已如斗轉星移，全部被截斷。

隨即，沉悶聲響軋軋傳來。圍觀眾人只覺得腳下大地動盪，趕緊退到外邊，無人再敢接近通往玉醴泉的上山之路。

而朱聿恆抬頭看去，面前拱橋河道皆已轉換，原本曲折向下流瀉的泉道已徹底封住。

上方水流一斷，下方河道斷流，頓時顯露出藏在水下的機關來。

只見萬千利刃在機關的操縱之下，翻滾縱橫，將上山的道路遮掩得水洩不通，殺機重重。

拙巧閣地勢排布奇險巧妙，水上橋梁一經挪移，想要上山便只能順著這條遍布刀刃的水道而上，否則，無任何辦法上到玉醴泉。

但朱聿恆卻並不在意這凶險水道，目光只沿著刀鋒迅速上移。

上方水池封閉，可管筒中的泉水依舊在汩汩奔流，水位正在緩慢上漲，洶湧的泉水眼看要淹沒被綁在泉中的阿南。

見他身形微滯，青衣人一聲冷笑，肅立於亭內，開口問：「貴客降臨，何不顯露身分？」

朱聿恆冷冷道：「我只為阿南而來，誰若阻攔，休怪我手下無情。」

「這個司南，當初重重羞辱了我們拙巧閣，更欠了我們兩條人命，如今閣下當著這麼多江湖同道之面大剌剌搶人，豈非當眾打我拙巧閣的臉麼？」那人聲音冷峻，斬釘截鐵道：「江湖之事，江湖了斷。閣下莫非要當著諸多江湖同道之面，違背江湖道義麼？」

「既然你口口聲聲江湖道義，那麼我倒要請問諸位，」朱聿恆朗聲問：「當初阿南是按照江湖規矩上門拜會，切磋之間損傷在所難免。她孤身一人前來，若是被你們所殺，也在情理之中。可原來，拙巧閣技不如人，比輸之後便會興師問罪，群起攻之，手刃仇人以洩心頭之恨？」

「哼！」青衣人一時無言以對，只憤憤一拂袖，喝道：「休得狡辯！這妖女是我閣中仇敵，今日又是斬妖大會，當著武林同道之面，你說帶走就帶走，置我拙巧閣於何處？」

朱聿恆佇立不動，但看著周圍嚴陣以待的拙巧閣弟子以及密密匝匝的人群，知道今日絕難善了。

他看向上方玉醴泉，見泉水傾瀉，已逐漸淹沒阿南的小腿，心下不由波動。可他畢竟赤手空拳，不可能抵得過這麼多人圍毆，而將這麼多人殺退再去救阿南，怕是阿南不被淹沒也要被凍殺，因此立即道：「無論如何，今日我既然來了，便一定要帶阿南走。既然你口口聲聲江湖規矩，那便當著眾人的面，劃下道來吧！」

「閣下既然敢隻身獨闖拙巧閣，想必有驚人藝業。」對方見他要劃出規矩來，自然無法再命令弟子們一哄而上圍毆，因此只嘿然冷笑，抬手豎起三根手指，道：「既然如此，敝閣就設下三道關卡，若你能過了三關，我們聽憑你帶走這妖女！」

朱聿恆凜然不懼，反問：「絕不食言？」

「我拙巧閣聲譽赫赫，還有在場的所有江湖朋友為證！」他斬釘截鐵道：「閣下若要救人，就先過了第一關，沿著水道來到我面前，請！」

朱聿恆眉梢一揚，眼看著面前萬刃交錯，遍布在通向阿南的路上，卻毫無畏懼之色，只抬手將掌中木棍遙遙擲出，直插入上方玉醴泉中。

水花四濺，波濤湧動。是他擔心水道蜿蜒，自己轉過去後會因為角度問題而看不清阿南的身影，因此將木棍擲出，以此作為測量水位的標誌。

眾人因他這凌厲的聲勢，皆是大氣不敢出。

而朱聿恆足尖一點，已經踏上了第一柄刀背。

那刀背正旋轉向前平推，若是他站在面前，必定會被斬成兩截，然而他卻順著刀的運動方向，動作極為迅捷地隨它而動，整個人緊貼在刀背之上，向後退了半步，然後在刀勢見老要縮入洞壁、進入下一個機關迴圈之際，一個挪移，身子又轉到了向自己攻擊而來的另一柄利刃之下。

他的身子隨著利刃起落，將之前跟著刀背退的半步彌補為向右前半步，隨即轉入了陣法之中。

眾人見他的身影不定，時而前進時而後退，但兜兜轉轉緩緩慢慢中總還是前進得比較多，不由得目瞪口呆。

「原來……陣法還可以如此破解！」

雖然機關中各柄利刃的伸縮挪移並無秩序，顯得混亂又繁雜，但設置機關的人總不可能讓各個武器自相碰撞絞纏，因此，只要尋找到了各個武器避讓交錯的縫隙，也便找到了落腳點與通道。

理解了朱聿恆的破陣思路，旁觀眾人都是緊盯著他的身影，捨不得離開目光，在心中默記推敲他的身法。

畢竟，機關術千變萬化，這條通道上所有的武器回轉往復，更是凶險萬分。就算知道了這萬千利刃不可能自我絞纏，但這混亂無序的陣法，只要稍有一絲錯判，便會立即被扯入其中絞成肉泥，是以眾人看見他這義無反顧在陣內周旋的身形，都是膽寒不已。

瀛洲島上成百上千的人，此時竟無一人能發聲，連粗重點的呼吸都沒有，所有人都只屏息靜氣緊盯著朱聿恆的身影，眼睛都不敢眨一下。

反而是朱聿恆，身為局中人，切入了這個凶險陣法後，卻比他們要淡定從容許多。

棋九步的能力讓他足以監控周身所有動靜，從而迅速追溯機關來去的軌跡與道路，抓住整個機械往復中給各路武器留出的唯一一條道路，利用其間不容髮的空隙，給自己搶到騰挪轉移的微小機會。

仗著自己驚人的反應力與身法，他艱難但畢竟一步步地移向上方，向著阿南靠近。

這一刻天地沉入寂靜，除了一路利刃破空的聲音之外，似乎其他什麼都不存在了。

他的眼前，只有這阻礙了他的蜿蜒殺陣，以及殺陣的盡頭，等待著他的阿南。

而玉醴泉上，意識尚未徹底清醒的阿南被那根直插入水的木棍驚動，竭力抬頭，看著他步履艱難卻堅定無比地，在刀光劍叢中向著自己奔赴而來。

「阿琰……」阿南雙脣微顫，低低喃喃。

當初敗在她的手下、不得不簽下了賣身契的男人，如今與她攜手浴血一路走來，已經長成了這般無人能擋的凜然之姿，辟易萬敵，一往無前。

而在森冷的鋒刃前，在千百人畏懼的目光中，他所一意遙望的目的地，是她。

縱然前路還杳不可知，但這一刻生死似乎已並不重要。

阿南只覺眼睛熱熱的，但比眼睛更為灼熱的是她的心口。那裡面有呼嘯的東西止不住要滿溢，沸熱如火，幾乎讓她忘卻了上湧的玉醴泉的冰冷。

刀鋒利刃構成的陣法似乎永不停息，無始無終地包圍朱聿恆。

而他毫無懼色，以驚人的速度測算所有攻擊的角度、力道、間隙及速度，仗著那毫釐不差的計算，硬生生地從各種不可思議的角度穿插騰挪，一寸一寸、一尺一尺地向著上方挪移，固執地向著阿南接近。

眾人的目光，都定在朱聿恆的身上。

明知道他是來救那個妖女阿南的，但是因為他那超卓的身手、不可思議的判斷力、駭人的膽量，一時都情難自禁，替他擔心起來。

就在他眼看要脫出陣法，來到水閣之前時，水閣窗內的人垂眼看著他的身形，陰沉的眉眼浮起一絲陰鷙冷笑，隨後手指微動，向著機關之內的朱聿恆彈了一指。

這機關本是河道，朱聿恆的思路雖然一直謹慎明晰，險之又險地通行，但在逼近水閣的一刻，卻似乎終於控制不住腳下溼滑的泥漿，靴底在上面一滑，身子頓時偏斜。

一直關注著朱聿恆的眾人，不由齊聲驚呼。

朱聿恆身形失控前傾，眼看便要迎上對面斜劈過來的利刃。他下意識拔身而起，腦中迅速閃過萬千條可以選擇的路徑，在縱橫交錯的繁雜攻擊之中，他準確地攫取到唯一一條足以讓他在重心不穩之際還能穿破的道路，以間不容髮的驟然爆發之舉，穿向森冷可怖的劍陣機關。

在眾人的驚呼聲中，尖銳聲響驟起，隨即，是血珠迸射於陰霾天空之下，就如點點梅花驟謝。

是朱聿恆險之又險地穿透了最後齊齊斬下的數柄利刃，但在側身擦過之時，肩頭終究被刀尖劃開一道大口子，鮮血直流。

但朱聿恆卻恍如不覺，他拔身而起，脫出了這萬千利刃組成的水道，縱身落在花廳之前，一腳踹開了擋在玉醴泉之前的水閣門戶。

見他有驚無險地破了水道陣法，下方旁觀眾人再度譁然，個個在驚懼中暗捏一把汗，對他這極為可怖的應變能力不知該讚嘆還是欽佩。

水閣內，門口站著的人早已進內，只剩下左右洞開的窗戶。

窗外梅花粲然盛開，香霧瀰漫於閣中。

一扇薄紗屏風通天徹地，隔開了水閣內外，依稀可見一襲青衣的一條消瘦身影坐在屏風後，似在等候他。

朱聿恆站在門口，看向離此處已經不遠的阿南。

被玉醴泉噴濺沾溼的衣裙下襬緊貼在她的腿上，泉水已經湧到了她的膝蓋。

嚴寒雖無法讓流動的泉水結冰，但她的溼衣貼在身上，必定比寒冰更冷，讓她迅速失溫，意識更加不清楚。

她望著他，雙脣微微翕動，似乎想說什麼，但身體的顫抖哆嗦終究讓她的嗓子失聲，唯有大團大團的白氣噴在她雙脣間，消弭了一切言語。

朱聿恆只看了她一眼，便立即撕下衣角，將劃破的肩膀草草裹住，隨即大步走向了閣內。

左右窗戶洞開，水風將無數花瓣送入閣中。朱聿恆踏著殷紅落花走進閣內，打量周圍的情形，一言不發地站在屏風之前。

對方的聲音略顯蒼老，伸手道：「坐。」

朱聿恆聲音微冷：「時間不早，還是不坐了。」

「這是等待你的第二關。」對方嘴角一抽，隔著紗屏露出依稀的笑意。「不坐下，難道你要站著與老朽下一局？」

朱聿恆沒想到，拙巧閣設下的第二關，居然是手談。

他目光掃過屏風，卻見屏風的薄紗上，用金線繡著平直縱橫的十九路棋盤。

而依稀透明的薄紗後方，對方舉起了手指，點在了棋盤之上，將上面的一個圓弧撥動。

那圓弧原來是分別呈黑白色的玉片，一經他撥動，黑色的圓形玉石便墜在了薄紗之上，就如下了一枚黑色棋子般。

只聽得喀喀聲響起，隨著他的落子，花廳後方的牆上，赫然凸起了一個磚塊。

隨即，屏風機關似乎檢測到了什麼，只聽得喀喀聲連響，棋盤上黑白相連頓成一個廝殺之局，後方牆壁之上相應地也凹凸起伏，中間隱隱有機關啟動的聲音。

朱聿恆頓時明白過來，這扇通天徹地屏風上的棋局，連接了上下機括，控制了後方的道路。

而此處水閣正卡在玉醴泉傾瀉的路徑之上，前面及左右門窗通透，唯有後方卻是無門無窗堅硬厚實的磚牆，他如今赤手空拳，絕無可能憑蠻力摧毀這堵牆。

看來，唯有解開這局棋，將棋局上牽繫的機關撥亂反正，才能打開通往後方玉醴泉的道路。

朱聿恆目光落在棋局上，冷冷一哂：「既然是雙方下棋，老先生設一個千古難解的殘局，怕是不妥吧？」

原來，屏風上那迅速排布而成的黑白棋子，赫然是一個十分有名的殘局——雙飛鸞譜。

這殘局於唐朝便已出現，棋到中盤，黑白二棋勢均力敵，如一對飛鸞盤旋於棋盤上。但這殘局表面上看來剛柔相濟，但歷代許多人將其復盤，只要多下得幾手，黑棋總是占據上風，白棋罕有獲勝之力。

因此眾人便默認這是黑棋獲勝之局，如今拙巧閣設下了這個棋局，牽繫後方機關，卻由己方執黑，擺明了是要死守這個機關，絕不可能讓任何人突破。

「今日是你來我們拙巧閣興風作浪，我閣預設何種棋局攔阻，你可有置喙之地？」

時間緊迫，多說無益，朱聿恆不再多言，略一思索，抬手便在棋盤上點了一下，扳動玉石，在屏風上留下一個白色棋子。

見他明知是千古名局，還敢迎難而上與他對抗，青衣人譏嘲而笑，抬手又按下一枚黑子。

一個是歷代先人揣摩了許久的殘局，一個是億萬後手皆在心中的棋九步，兩人都是落子飛快，幾乎不假思索。而後方的牆上，黑子為凸白子為凹，一片凹凹凸凸相交為戰，牆壁也是巋然不動，毫無動靜。

朱聿恆腦中萬千棋路縱橫，目光在棋盤的三百六十一個交叉上迅速滑過。

這是千古馳名的殘局，黑棋一開始便占盡了四周優勢，即使他以棋九步之能而向後推算所有可能的步驟，可越是深入越是發現，黑子早已暗布潛局，只需稍加手段，便能隱約勾連，合成一氣。

他的目光在棋盤上掃過，催動最大的能力，計算可供自己縱橫捭闔的方寸之地。

腦海中一脈脈棋路迅速飛轉，各個棋子的後手全部在他腦海中演變了一遍，後續千變萬化的棋路在他的胸中糾結盤繞，繁雜往復，太過龐大的計算讓他噁心欲嘔，只覺得心口煩悶無比，太陽穴突突跳動，讓他的呼吸都紊亂起來。

對面的青衣人端坐不動，冷笑著等待他的後手。

顯然，他不相信朱聿恆能以一己之力扭轉乾坤，將這千百年來歷朝歷代前人構建的殘局扳轉，勝天半子。

朱聿恆喘息凌亂，在這絕境之中，目光下意識透過窗戶，越過香雪梅花，向玉醴泉上看去。

阿南依舊虛弱，她的手被混了牛筋的精鋼絲捆束，五花大綁懸於玉醴泉畔的假山上。

陰沉的天色籠罩著瀛洲島，降雪彤雲已經聚集。玉醴泉噴湧著淹過了阿南的膝蓋，直達大腿根。

寒意滲進了她的肌體，膕彎的舊傷必定也被牽連，連她的唇色看來都顯得青紫，失去了往常的鮮潤。

他強迫自己收斂心神，收回目光盯著面前的屏風棋盤，可眼前卻忽如閃電一般，掠過了那日春波樓後院，隔開他與阿南那場賭局的簾幕。

當時的他並不懂得賭牌，更不瞭解阿南這個波瀾壯闊的世界。他與阿南，彼此都押上了一年時間，可阿南卻並不知道，他的人生，其實只有一年了。

他押注的，是自己僅剩的所有時間。

那一夜，阿南第一次知道了他是棋九步；而如今，他正以棋九步的能力，打出一條通往她的道路。

或許是命運的指引，到最後兜兜轉轉，他們為彼此拚命過，流血過，傷心過，卻從未絕望過。

阿南帶著他，一路走到了這裡。

如今，是他帶著阿南，一路走向未來的時刻了。

對面人脣角的冷笑尚未散去，面前朱聿恆卻忽然扶著自己那青筋微跳的額角，抬起手在紗屏上重重一扳，棋局中間偏右上，一道白色的氣，頓時衝進了黑子盡顯優勢的戰局之中。

這歷代千萬人構結的黑棋羅網，就此被他破開了一道口子。

青衣人霍然拂袖而起，死死盯著這一個棋子，許久，從牙關中擠出幾個字：

「好，居然還有如此妙招！」

他死死盯著那個白子引來的那道氣，企圖將其扼殺於初起。

然而，千百年來，卻幾乎從未有人想過要在這個地方、這一個點上，下一個白子，隱下無數可行後手。沒有了前人的力量可循，他竟一時無法掌控這棋局，死死盯著那手白棋，一動不動。

眼看時間膠著已久，朱聿恆的眼睛又忍不住望向阿南，沉聲提醒：「技不如人，多思何益？」

「哼，就許你想那麼久，不許老夫推敲？」

對方早已心亂如麻，嘴巴雖硬氣，最終下了一手在白子一側，試圖拂拭他的鋒刃殺意。

朱聿恆卻已沉下心來，白棋數著之間不動聲色落子延氣，趁著黑棋被那股氣牽引之際，早已將右下角的白子戰局引入中原腹地，原本隱約被掌控的棋盤中心瞬間被逆轉了局勢，白子頓時一氣呵成。

只聽得後方牆上，凹凸起伏的聲音連成一片，那聲音並不大，卻隱然有一種轟轟烈烈之感。

這水閣的機關，顯然會在白棋占盡上風之時，轟然開啟。

可惜隔著屏風紗簾，不然朱聿恆肯定能看到青衣人的額頭上，冒出一顆顆豆大的汗珠，滑落於地，鏗然有聲。

殘局已破，他再絞盡腦汁也已無濟於事。

千年之局終究被朱聿恆廝殺出一片天地，在後方磚牆的軋軋聲中，青衣人潰不成軍。

朱聿恆最後一子落下，白子明顯占據了棋盤勝局的剎那，後方的磚牆喀喀響動，凹凹凸凸的活動磚面如同蓮花般旋轉打開，青蓮綻放，開出了一個巨大的通道。

朱聿恆霍然起身，再也不管那個青衣人，飛速越過面前的屏風棋盤，穿過牆上洞開的青蓮通道，踏著梅花樹向著玉醴泉直躍而上。

在紛亂如紅雨的萬千落花中，他毫不猶豫躍入水中，盡快向著阿南跋涉而去。

玉醴泉水逐漸上升，早已沒到了阿南胸口。

本來就最怕冷的阿南，如今泡在冰水之中，脣色臉色都呈青紫，意識早已麻木。

「阿南！」朱聿恆加快腳步，涉過冰冷的泉水。

阿南木然地沉浮在冰水中，竭力睜大眼睛，維持自己最後一縷神智，定定地望著他。

她這一生，無數驚濤駭浪，都是一個人闖蕩過來，就如孤飛的鷹隼，無畏無懼，於是也無牽無掛。

上一次失陷拙巧閣，她失去了三千階。而這一次，她原想，或許要失去自己的性命了……

她這輝煌過也慘淡過的人生，可能走到這裡，也就結束了。

可她未曾想到，隻身闖蕩的這一生中，出現了這樣一個人。
在她最為凶險的時刻，他放棄了朝廷的尊榮，豁出了安穩的坦途，戴上面具趕赴這危機重重的海島，不顧一切執意來拯救她。
這一生走到這裡，是否也算圓滿了？
冰冷沒胸的水浪中，朱聿恆撲到了她的身邊，手中鳳翥翻飛，將她手腕上的繩索挑解開，擁著她游向岸邊。
黑煙曼陀羅加上長久凍在冰水中，阿南意識已近昏迷，但她還是撐起最後一口氣，在他耳邊氣若游絲道：「小心，拙巧閣的水陣……」
話音未落，巨大的水浪已飛擊而起，玉醴泉下方原本收縮的橋梁便如斗轉星移，早已重新架設。
下方結陣的弟子集群趕到，躍上橋梁，藉著橋梁的伸縮力道，劈擊水浪，如風如龍，向他們襲來。
拙巧閣本就建於海島，最擅水陣。玉醴泉中水浪翻滾，而弟子們的進擊之勢正配合水浪攻擊，翻捲起巨大水龍，向泉中心的他們猛撲而下。
波濤怒吼，水花四濺，滾滾水浪聲勢浩大，中間遍布拙巧閣弟子手中的武器，向著他壓下。
怒吼的濤聲淹沒了朱聿恆的聽力，水花閃耀於他面前的視野，在這不可聽不可辨的天地之間，周圍波浪翻滾，玉醴泉中凶戾的漩渦向著他們鋪天蓋地而來，便如摧折萬物的天威，雷霆震怒。

下方眾人無不被這浩蕩聲勢所震驚，個個仰頭看著戰局，舌撟不下。

而朱聿恆抓起自己之前插入泉中的長棍，側身將阿南按入懷中，緊緊抵在假山石的凹洞內。

高大的太湖石在水浪重擊之下，劇烈晃動了幾下，終於譁然倒塌入水。

而朱聿恆硬生生用自己的後背扛下了這巨大的水浪攻擊後，知道裹挾於水浪中的攻擊已至，他一腳踩住手中棍頭，手往上一提壓，硬生生拗斷了一截棍頭。

隨即，在萬千重力即將落在身上之際，朱聿恆一手抱緊懷中阿南，右手掄起長棍，一把抵住了十來人的攻勢。

進擊的弟子們尚來不及思考他自行損掉棍頭是為何故，密集的棍陣已經壓到了他們兩人身上。

朱聿恆以右臂持棍撥開進攻的人群，手腕倏地抖動，刺中了靠得最近的一個弟子。

對方肩上頓時鮮血淋漓，手中棍棒落地，慘叫著退了下去。

朱聿恆一旋手中木棍，破裂後顯得尖銳的棍頭上，鮮血滴落於泉水之中，湮出一片血色漣漪，怵目驚心。

眾人這才恍然。槍乃百兵之王，在上陣對敵的時候，是最具殺傷性的武器，而他踩裂棍頭，鋒利的前端儼然便成了長槍，可多出扎與刺的用法，比棍棒更適於殺敵。
事已至此，第三關已難善了。
第二波水浪聚攏，眼看即將再度撲擊。
收緊手臂攬住懷中阿南，朱聿恆貼了貼她溼冷的鬢髮，沉聲道：「抱緊我。」
就在阿南的手臂收縮抱緊他的下一刻，他已帶著她撲向第二波巨浪，直擊正向自己進攻的那道橋梁上弟子。
他穿透水浪，下手狠辣迅捷，威勢極盛，長棍的斷口上一時盡染赤色，又被水花迅速帶走。
水花遮擋了他身影的同時，也阻隔了弟子們的判斷。而他憑著自己驚人的判斷力，反倒利用水浪撲擊為攻、藉助水花瀰漫為掩，反殺向迅速轉換的橋梁上弟子們。
哀叫聲中，擋者披靡，紛紛敗退。
梅花開得妖嬈豔盛，湍急的玉醴泉中，落了無數胭脂花瓣，也滾了無數受傷的拙巧閣弟子。
泉水被鮮血與花瓣染成了淡淡粉色，加上傷者的呻吟哀號，這仙山海島渾如森羅地獄。
朱聿恆下手既狠且準，弟子們中的雖不全是要害，但各個都是傷到手腳，再也沒有戰鬥力繼續阻攔，而後面的弟子們都是驚駭畏懼，一時不敢上前。

恨！」

「別讓他救走了妖女！咱們今日誓要斬殺妖魔，為畢長老和畢堂主報仇雪

怒吼聲中，如龍頭般踏於水浪、當先向他們撲襲的，正是那個青衣人。

「我拙巧閣獨步天下，今日若不能攔住你們，以後如何在江湖立足！」

然而，朱聿恆攻勢如龍，他入了這水陣，水陣便已是他的掌控範圍，青衣人如何能阻攔。

晃過第三波撲擊的水浪，朱聿恆長棍斜掃，破開水浪直擊對方面門。

這一招既狠且準，來勢威猛，青衣人不敢阻攔，倉促矮身避過。

誰知朱聿恆揮棍只是虛招，棍頭在水中一點，趁著他低身閃避之時，雙手在棍上一撐，早已借長棍點地之力，飛身而起。

挾帶著冰冷水浪，朱聿恆擰身一轉，水珠飛旋間，足尖在青衣人脖頸間勾過，眼看便要絞上他的脖子，直接卸了他的頸椎。

水浪之中，他的殺招更顯凌厲，青衣人哪敢用自己脆弱的脖子抵抗他凶猛的攻擊，身隨脖轉，整個身軀斜飛出玉醴泉，直撲下山，以狗啃泥的姿勢一路滑了下去，大失代閣主風範。

指揮龍頭跌出戰局，玉醴泉上攻勢大亂，弟子們顯然無法自行配合玉醴泉中機關水浪，又被朱聿恆殺破了膽，潰不成軍。

朱聿恆拉起阿南，手持長棍，立時殺出已潰散的戰局，帶著阿南脫出玉醴

泉，站在了岸邊。

日光穿透陰霾雲層，一縷縷直刺海島，場上戰局已到了尾聲。

身後是捂著傷口呻吟的拙巧閣弟子，而朱聿恆緊擁著懷中阿南，斜持長棍立於冬日海風之中。

黑衣獵獵，濺在上面的鮮血已被水浪洗去，幾乎顯不出痕跡，唯有泉邊零落的梅花沾在他的溼衣上，顯出幾點豔紅肅殺。

阿南偎依在他的懷中，眼前忽如幻覺般，閃過楚元知將金璧兒的身軀推出鐵閘時的情形。

她那時心中曾想，金姊姊真是不明智。

楚先生願意為她豁命，拚死也要用自己的身軀為她換取生機，可她與丈夫二十年相依，卻還執著地追究當年的事情，始終打不開心結——

而她呢？

一路與阿琰行來，他們兩人出生入死、互相救助何止一次兩次。

阿琰騙了她也好、傷過她也好，這世上，言語可以欺瞞、可能違心，可為她豁出性命的人，只此一個。

若阿琰真的只是為了活下去而做了一切，那麼，他又何必無數次將性命交託於她手上，何必一再為了她而義無反顧在絕境中拋棄生機，一再置生死於度外呢？

她顫抖著，深深吸氣，又長長吐出，將胸臆中所有鬱結的氣息滌蕩殆盡。她緊緊地抱住了阿琰，放任自己虛脫的身體倚靠在他的身上，汲取他那端傳來的體溫，與他在這冰冷戰場之中，為彼此增添唯一的暖意。

朱聿恆收緊了手臂將她攬緊，握住手中染血長棍，目光冷冷地在周圍眾人的臉上掃了一圈。

無論是拙巧閣的弟子，還是前來觀禮的江湖高手，眾人看著這對緊擁在一起的男女，無不魂飛魄散，哪敢再度上前。

朱聿恆不再遲疑，擁緊了阿南，帶著她從流泉竹橋上一躍而下，踏在了下方的屋簷之上。

他沒控制力道，加上攜帶著阿南，身體確實沉重，踏得飛翹簷角頓時斷裂，無數碎瓦片簌簌落掉，軋軋傾倒。

在磚塊掉落聲中，他冷冷地瞥了那個剛被弟子們扶起的青衣人一眼，帶著阿南再度向下飛掠，落在垂柳枯枝的堤岸之上，一路行去。

守衛的弟子們心知阻攔不住這對煞星，不敢出聲也不敢上前。

三關已破，青衣人明知呼喝弟子上前也只是白白送死，因此雖然惱怒憤恨，但終究只冷哼一聲，無話可說。

在島上眾人的瞻寒注目之下，朱聿恆與阿南一步步走向碼頭。

就在走過青衣人身旁時，阿南忽然轉頭，聲音低啞地問：「真相呢？」

青衣人狼狽不堪，神情卻依舊僵直古怪，想必是戴了拙巧閣的面具：「什麼真相？」

「你設計騙楚元知夫人過來時，說她來了這裡，便能知道當年是誰讓六極雷失控，害她父母去世的真相。」

「哼……」青衣人不耐煩地一揮手，陰沉道：「自然是他自己學藝不精，還能是什麼！」

他這一揮手，阿南卻一眼便看見了他指尖上的微光，心中一閃念，頓時脫口而出：「是你！」

「莫名其妙！」青衣人目光一凜，冷冷道：「再不走，休怪我手下無情！」

朱聿恆垂眼看向阿南，發現阿南面露確定神情，卻並不多言，只扯了扯他的衣袖，示意他盡快離開。

走上碼頭，阿南隨意指了一艘快船，朱聿恆扶她上船，扯開風帆衝出枯黃的蘆葦叢，順著長江揚長而去。

小船駛離了碼頭，逆流向著應天而去。

一路青山隔江相對，江南草木經冬不凋，滿目蒼綠之中偶有一、兩棵鈞樟噴薄出整樹淡黃花朵，蒙在冬日凍雨之中，明豔亮眼。

江上寒風呼嘯，船頭風雨交加。

斜侵的雨絲讓阿南鬢髮與睫毛上盡是晶亮水珠，溼透的身軀瑟瑟發抖，朱聿恆便拉住她的手進了船艙。

阿南身上的黑煙曼陀羅尚未消退，倚在艙壁虛弱無力。

煙雨水波隱約照在他們中間，朱聿恆抬手拂去阿南面容上濡溼的髮絲，兩人都是渾身溼透，寒冷讓他們貼得極近。

阿南抬起顫抖的手，將朱聿恆臉上的面具取下，端詳露出來的面容。

他依然是初見時的模樣，光華足可覆照世間萬物，矜貴無匹。只是這一次，他深黑的眼眸中，清楚倒映著她的身形，不曾有瞬息轉移。

搖曳水光在阿南面前迷離暈開，他眼中似有萬千灼熱火星，要將她整個人烈烈燃燒。

恍惚間她又回到了分別的那一刻，在幽暗地道中，火把動盪光芒下，他跪俯下身，緊抓著她的肩膀，不顧一切地，近乎於凶猛跋扈地，侵入她的雙唇，奪走了她的吻。

許是身體太過虛弱，又許是當時窒息的感覺還在胸前湧動，在他眼神的逼視下，她又陷入了那種迷亂的情緒之中，胸口血潮呼嘯，難以自已。

手中的面具掉落於船艙，她脫力的手有些顫抖：「你是朝廷皇太孫，這般尊貴的身分，為什麼……要孤身冒死來救我這個女匪？」

「不，過來救阿南的，不屬於朝廷，不是皇太孫殿下，而是……」朱聿恆抬手覆在她的手背上，將她的手掌貼在自己面頰上，引領她的指尖清晰確定地摸到自己。「願將這餘下來的一年全部交給妳的，在春波樓賭輸了的阿琰。」

阿南怔怔地望著他那彷彿可以洞穿自己的幽深眼眸，喃喃問：「你不怕為了我，殞命在這裡嗎？」

他笑了一笑，貼著她手慢慢收緊，將她的掌送到唇邊，熱切地親吻她的掌心。

冰涼的世界，唯有他緊貼在她掌心的唇上傳遞來滾燙灼熱，讓浮蕩在寒江中的她身體微顫。

「因為，反正我在這世上也活不了多久，如果我不來，如果失去了妳……」

他緊盯著她，聽憑灼熱的衝動淹沒自己，如夢中一再重演的情景。

只是這一次，他知道只要自己不放開她，這個夢就永不會醒。

「如果失去了妳，就算我能多活幾日，又有什麼意義？」

雨點擊打江面，船艙籠罩在繁急聲響中。

阿南不知該如何回應他灼熱的失控，聲音也有些紊亂：「可是阿琰，我的手已經廢了，我幫不了你，我永遠也回不到三千階了……」

而他搖了搖頭，按住她冰冷的五指，將它們緩緩地一根一根掰開，讓自己的手與她掌心相對，十指相扣。

他這雙清峭迫人的手，骨節在肌膚下浮凸有力，修長勁瘦的十指蒙著一層淡淡的珍珠光澤，是她一見傾心的上天造物。

而他緊握著她的手，像是將她未曾抓住的所有希冀都緊緊攫住，妥貼地放在了她的掌中。

「妳不是一直想要我的手嗎？阿南，不要拋下我，我們一起走，一定能到達三千階，甚至五千階、一萬階！」

他的手如此有力，聲音如此懇切。

阿南將這雙自己一眼迷戀的手舉到面前，恍惚看著它的輪廓。

她聽到朱聿恆說：「以後，我就是妳的手。」

江南嚴冬雨昏煙暗，水浪波光加重了這雙手的陰影，也給它鍍上了更迷人的光彩。

在熟悉了她所教的手法、經過了岐中易的磨練之後，他的手更顯力度強勁。這雙握著她的手穩如磐石，這個男人的心智舉世無匹。她曾垂涎覬覦的這一切，如今全部擺在她的面前，一切唾手可得。

動盪不安的船艙中，他們的呼吸交纏在一起，幾乎聽得見彼此的心跳聲。彷彿是害怕他的目光灼傷自己，又彷彿是不願在他面前暴露出自己的軟弱崩潰，阿南放開了他的手，捂住自己的眼睛，低低道：「阿琰……我本來在心裡發誓，再也不相信你了，可，現在我決定，還是陪你再走一趟吧。我……原諒你之前欺瞞我、利用我的事了。」

她的聲音低若不聞，卻彷彿重重撞在了他的心口，讓他拉下她的手，凝望她的目光中洶湧著灼熱歡喜：「妳真的，願意留下來，不會拋下我了？」

阿南點了點頭，她既已做了決定，雖然精神還虛軟，但口氣已堅定起來：「你來救我，殺過三關的時候，我看著你、等待著你，想了很多。過往你對不住我、我對不住你的地方，咱們就……一筆勾銷吧，從今以後，都不必提起了。」

朱聿恆聽著她的話，神情還是歡喜的，心裡卻漸漸升起一絲空茫來。「所以，妳會留下來。」

「嗯，至少，橫斷山脈那個陣法，關係你的山河社稷圖，也關係著我的傷勢。我肯定不能就這麼帶著傷回海上去，一輩子守著自己好不了的傷勢，必定要解決了再說。」

朱聿恆看向她的臂彎：「妳是指，妳身上的舊傷，是啟動我身上山河社稷圖的關鍵？」

阿南身體微僵，沉默半晌後，她側頭望著面前蒼茫雲水，手掌不自覺撫上自己的臂彎。

永遠不畏前路、百折不撓的阿南，此時面容上卻顯出疲憊倦意來。

「是，如今的我，非但不能幫你，而且……怕是要成為你的拖累了。」她頓了片刻，終究將自己的衣袖一把拉了上去，將自己那猙獰的舊傷，徹底呈現在朱聿恆的面前。

上臂與前臂相接處，橫亙的猙獰傷口赫然呈現，破開肌膚的兩層傷口交疊，怵目驚心。

朱聿恆知道，壓在底下的傷口是最早挑斷手筋的那一道，而上面一層傷口，則是硬生生割開了舊傷，將雙手筋絡再度續上的痕跡。

「阿琰，傅准在挑斷我四肢時，必定在傷口中埋下了什麼，所以你一直尋找了許久的，潛伏於你身邊引動山河社稷圖的那個人……就是我。」

「我知道。」朱聿恆毫不遲疑道：「在玉門關時，我便察覺到了我們的傷病是相連的。」

「所以，你還來救我？」阿南指著自己的傷口，絕望道：「我現在非但不能幫你，甚至……要成為你的禍患了。」

「不許胡說！」朱聿恆抬手覆住她的傷口，緊盯著她道：「在榆木川，我迷失於風雪，而妳跳下絕境救我的那一刻，我就知道，妳心裡有我，妳捨不下我！既然我們彼此心裡都有對方，那麼阻隔在我們之間的那些東西又有何懼？我會活下去，妳的傷會痊癒，我們一定會破除萬難，終究在一起！」

他的目光如此灼熱，與他的話語一般堅定不移。

阿南卻閉上了眼睛，轉開了臉，聲音也顯得僵硬：「嗯，幸好那時救了你，不然這次誰來救我呢……我救你一次，你救我一次，如今就算兩不相欠吧。但傅靈焰的陣法，咱們得一起去破解，再怎麼說，我也不能就這樣拋下你我性命攸關的事，跑回海島去啊。」

朱聿恆點了一點頭，但終究沉默了下來，沒有說話。

他終於再度將她留了下來，可，她只是許諾與他並肩面對共同的命運處境而已。

雖然，他豁出性命的艱難跋涉，終於達到了目的，他終於再度擁有了與她並肩奮戰的機會。

可，他不知道為什麼，還想貪婪地乞求另外一些什麼，還想得到更多的東西——

他曾短暫擁有過的，幽暗火光下那足以刻骨銘心的親吻。

原來終究已成逝去的幻境，難再奢求，不可碰觸。

兩人都陷入沉默，任由小舟在風帆的催趁下，向西而去。

阿南望著外面的細雨，心中那個盤旋已久的疑惑終究按捺不住，啞聲開口，問他：「阿琰，其實我，其他都可以不介意，但我爹娘……」

她後面的話尚未出口，周圍的滾滾波濤忽然被悠長的一聲呼哨壓過，有快船破水的聲音傳來。

他們兩人下意識轉頭，看見了江上隱現的黑船。是拙巧閣的人趕上來了。

朱聿恆抬手按住了藥性未退的阿南，示意她待在船艙內不要動。

他取過面具戴上，深深吸氣，強迫自己從低落情緒中抽身，盡量冷靜地起身走上船頭。

後方追擊的船隻漆黑窄長，速度極快，而撐傘立於船頭冷冷盯著他的女子，面容清麗，尤帶病容，赫然便是薛澄光。

見朱聿恆現身，她也不示意船停下，足尖在船頭一點，當即便落在了他的身側。

手中傘微微一轉，她的目光越過朱聿恆，看向船艙內的阿南，唇角一揚露出個意味深長的笑容，問：「這麼大的雨，南姑娘不忍心讓我站在外面淋雨吧？」

說著，也不管他們是否答應，逕自便進了船艙，等收了傘回頭一看這艙內一無所有的模樣，又探頭對黑船上喊了一聲：「老劉，送個爐子來，凍死了。」

黑船上有人應了一聲，隨即抱著爐子靠近了船舷。

兩船此時在江中並行，相距不過半丈，那個老劉向下看了看，將沉重的爐子在手臂中旋轉著推來。

這老劉的臂力與控制力顯然極強，正在燃燒的火爐落在斜下方的小船上，被旋轉的力道卸去了撞擊力，只略跳了跳便站住了，裡面的炭火安然無恙，依舊在如常燃燒。

朱聿恆心中微動，因為老劉旋轉爐子的力道，令他忽然想起了傅准失蹤時，從工部後庫順著窗板滾來的那一個卷軸。

當時傅准為何失蹤、下落如何，至今尚未有任何頭緒，與這爐子的飛旋應該也並無任何關係。

可不知為何，他就是想到了那一幕怪事。

回頭看薛澄光已經解下隨身的包袱，將船艙的簾子放下了，裡面傳來她的聲音：「殿下稍候，馬上就好。」

朱聿恆給爐子遮著雨，在艙外略等了片刻，便見船簾掀開，阿南已經換了一身乾衣服，顏色清雅，只是稍微短窄了些，顯然是薛澄光給她帶了身自己的衣服。

甚至，薛澄光還將臂環都替她取過來了，阿南倚在艙中調試著，一切完好無損。

朱聿恆將爐子提到船艙內，三人圍爐而坐。薛澄光看著朱聿恆的面具，微抬下巴道：「我看就沒有必要了吧？遮臉不遮手，殿下這雙手誰不過目難忘？」

朱聿恆便取了面具，在火爐上烘了烘手，問：「如今你們閣中主事的那位代閣主，是什麼來歷？」

薛澄光鬱悶道：「不知道。我回到拙巧閣後身體尚不佳，前不久才開始理事，結果傅閣主告訴我，朝廷徵召他南下，此去路程迢遙，各種事務他已交託給可靠之人，讓我們務必聽候代閣主的指令。」

阿南問：「就是那個抓了我的青衣人？」

「對，我們一眾人都不知他從何而來，甚至連他真面目都沒見過。但他對閣內卻十分熟悉，比如說，捕捉南姑娘妳的那個地牢，上面的屋子已經封閉幾十年從未開啟過，閣眾都不知道下面還有機關，這次就是他讓人重啟的，總算把妳給逮住了。」

阿南鬱悶地抱臂「哼」了一聲。

朱聿恆則道：「你們閣主於工部庫房失蹤時，太子便看到是個青衣人對他下手。妳覺得，此人與這個代閣主是否有關？」

「不知道，要不是我哥還在閣中養病，我早走了。畢竟……」她看看船艙四下，將頭俯到他們旁邊，壓低聲音道：「傅閣主最後一次離開瀛洲時，將所有防護機關全部撤掉了。」

阿南的腦中閃過那張燃燒的卷軸，心想，難道傅准知道她會上島來，也知道青衣人會設計捕捉她？

「不然，若島上的機關沒有撤掉的話，殿下可能這麼順利一路殺上來？」薛瀅光對傅准十分尊崇，毫不客氣道。

朱聿恆倒不在意，只問：「那人有何手段，如此輕易就接管了拙巧閣？」

「一是傅閣主有令，二是他機關術數確實挺厲害的，第三麼……康堂主原本不服的，後來被他打服了，至今還無法下床。現在閣中就剩我和兄長這樣的傷病員，還有誰能對抗他？」薛瀅光說著，探手入懷，取出一個東西。「而且，我始終懷疑傅閣主的失蹤，與這位代閣主脫不了關係，所以，懶得替他辦事。」

阿南的手正在火上烤火，忽然感覺到薛瀅光將一個東西塞進自己掌中，一愣之中下意識便握住了。

只聽薛瀅光低聲道：「這是傅閣主讓我交給妳的。南姑娘，我們閣主對妳，算仁至義盡了，妳……好好想想吧！」

阿南尚不及辨認那是什麼，薛瀅光已經起身躍出了船艙，對著黑船上喊：「糟糕，這對煞星太厲害，本堂主不能為畢堂主討還公道了！」

隨即，她抓住了黑船上垂下的纜繩，纖巧的身子一蕩便在船身借力踩踏，旋身回到了黑船上。

拙巧閣眾人還在為朱聿恆殺出重圍那一幕膽寒，在薛瀅光的呼喝下，黑船來得快去得也快，順流而下，不多久便消失了蹤跡。

阿南坐在艙內目送黑船遠去，若有所思地將手掌攤開。

傅准讓薛瀅光交給她的東西，在她的手中粲然生輝，竟是一枚白玉菩提子。

她略帶詫異地拈起菩提子在眼前看了看，望向朱聿恆。

朱聿恆打量這白玉菩提子，說：「看來是佛門之物，而且，珠子捻得如此光潤，應該是舊物了。」

「這麼潤澤的白玉，也是價值不菲，用這個的和尚肯定有錢吧。」阿南將菩提子在指尖轉了轉，玉石冰涼，她打了個寒噤，便先收在了袖中。

「傅准這個混蛋，神神道道的，給了東西又不多說一句，誰知道是什麼意思啊？」

她嘟囔著，感覺頭上溼髮難受，便將它散了下來。

朱聿恆見她抖得頭髮雜亂，便貼著她坐下，幫她將髮絲理順。

她的耳朵藏在溼髮下，凍得紅通通的，像是瑪瑙雕成的一樣，在水光映照下可以看見細細血脈的痕跡。

朱聿恆盯著她的耳朵看了又看，終究還是忍不住，用掌心包裹著它，幫它阻隔周圍的寒冷。

「阿琰，你的手心好暖和……」阿南喃喃著，微側脖子，抬眼看他。

雖然沒有大力抗拒，但他看到了她眼中淡淡的疏離：「阿琰，謝謝你……不過，不必了。」

朱聿恆慢慢地放下了手，將十指默然收緊。

他如今之於她，只是承諾一起合作的戰友而已。

他已沒有與她親暱的資格。

縱然他們牽手過、擁抱過、親吻過，生死相許過，相濡以沫過，可事到如今，他做什麼，都已是逾矩。

她是司南，牢牢掌控著自己的方向，甚至連他們之間的感情，她都一應把握，沒有任何人能左右。

他們之間，如今橫亙著巨大屏障，所有美好過往已被欺騙與利用徹底掃除，即使他掏了心，拚了命，依舊不可能挽回。

阿南抿唇低頭，抬手將自己半乾的髮攏住，隨意綰束了個螺髻。

他看不見她低垂的面容，只看到她修長有力的手指，從漆黑的髮間穿出，收緊她的青絲，也收緊了他的心口。

這雙手，曾緊緊地拉著他，在拙巧閣的蘆葦叢中一路奔逃；也曾在生死關頭將他抱住，帶他一起逃出生天；還曾在地道中拉下他低俯的脖頸，在他的頰邊送上溫軟的親吻；更曾在他最歡欣喜悅之時，狠心將他阻在機關另一頭，遠走天涯，把他拋棄在雨雪交加之中……

可他無法恨她、責怪她。

畢竟，一切源頭都始於他自己。

是他一開始便打定了主意利用她，懷著不軌的意圖接近她，所以當他用心昭彰時，她收回自己所有已經付出的情意，遠離他的險惡圖謀，亦是他罪有應得，天公地道。

挽著頭髮，阿南抬頭看小舟的風帆角度正好，轉側的方向正好充分借了風的力量，逆流而上，一路向應天而去。

她有些詫異，隨口問：「阿琰，你什麼時候學會拉船帆，甚至還會操控方向的？」

他聲音低沉喑啞：「之前……我想著妳或許回海上去了，若我有朝一日能出海去找妳，就該多瞭解一些海上的事情，還要學學操控船隻的手藝之類……雖然不知道能不能用得上。」

堂堂皇太孫，要出海尋找一個女匪，合適嗎？

阿南本想反問，但又驀然想起，就在剛剛，這位皇太孫，已經豁出一切殺入拙巧閣救她，早已不顧自己金尊玉貴的身分了。

心頭悸動，但，阿南終究還是克制住了，兩人一時都沉默，只在火爐邊慢慢烤著自己的衣服。

最後還是阿南先打破了沉默，問：「你去楚元知家時，跟我說傅准神祕失蹤了，是怎麼回事？」

他知道她躲在板壁後方，她當然也知道他知道她躲在板壁後方，所以兩人也不需多言，他順理成章便將之前發生的一切給她講述了一遍。

一聽到分離後他身邊發生了這麼多詭異事件，阿南果然眼睛亮得跟黑貓似的，精神大振：「我只知道宣府鎮消失的事情，那時候我潛伏在軍中嘛，其他的我還真不知道——所以，傅准說的這個天雷無妄之陣，你有頭緒了嗎？」

朱聿恆搖了搖頭，說道：「他說出天雷無妄之時，我原本是不信的，就像……我當初不信魏延齡對我說，只剩下一年時間的斷言。」

然而，不可能發生的詭異災禍接踵而來，終於讓他不得不相信，這個能吞噬他身邊所有一切的陣法，可能真的已經背負在他的身上——

從神祕死亡的梁壘口中吐出的那句「早已消失」，到鬼打牆般無法接近的宣府，再到煙霧般消散於嚴密庫房的傅准……

難道這世間，真的有個混沌不明、漫無邊際，看不見摸不著卻又真真切切存在的可怖陣法，籠罩於他的周身，他要背負著這個詛咒前行，眼睜睜看著自己重視的一切被慢慢吞噬，最終走到生命的盡頭？

「不可能！」阿南卻毫不遲疑，斷然否定道：「傅靈焰只是一介凡人，她能設下的只有陣法，又不是神仙鬼怪，如何能在你身上設下陣法，改變你周身的人與物呢？更何況，那般巨大巍峨的宣府鎮，那麼多的駐軍與黎民，怎麼可能被一個六十年前的陣法搬走呢？依我看，定是埋伏的人設下的障眼陣法無疑。」

朱聿恆點頭贊成：「至少，妳下來救我時應該也察覺到了，那機關陷阱肯定是新築，甚至還有新鮮的松木氣息，絕不會是傅靈焰留下的舊跡。」

孤單地在黑暗中跋涉這麼久，他終於再遇阿南，與這世上最懂他的人、最為相通的心靈重逢，即使一時不可再碰觸她，可心中流瀉的歡喜，依然淹沒了他。

在虛浮的小舟上，他們坐於小小的船艙中，圍著火爐驅散寒氣，將多日來盤旋於彼此心頭的謎團，一起交換，和盤托出。

「其實與你在榆木川分開後，我也想了很久。」阿南沉吟道：「可，再怎麼思索，我也未曾破解數萬人在榆木川迷路的原因。」

而朱聿恆望著她，問：「是竺星河所為嗎？」

「應該是。那陷阱機關是新築的、你們中計陷落是他埋伏的，更何況，當年在海上之時，他也曾設下這般龐大的陣法，移山倒海。」阿南說著，卻又搖了搖頭，說：「只是，五行決我雖有瞭解，但一門有一門的規矩，我自然也不可能瞭解內情，無法知曉他如何能改天換地。」

「我想，他應該是藉助山川地形，四兩撥千斤，才能實現驚世駭俗的陣法。但挪移那麼大一個宣府，又令當時的駐軍和百姓毫無察覺，那應該絕無可能。」朱聿恆確定道：「我傾向於這是他設下的一個障眼法。只是，那麼遼闊的草原，那麼龐大的地形，連道路都沒有的地方，這個障眼法，他要如何布置呢……」

想到當日情形，兩人都是匪夷所思。

「而，如果他那邊是障眼法，那麼傅准在嚴密庫房內消失，又是何種內情呢？梁壘又為何會說出『陣法早已消失』的話來？」阿南托腮思忖道：「至於梁壘之死，肯定不是自盡，而當時情形，我說句你可能不愛聽的話，會殺他的，天底下唯有一個人。」

朱聿恆自然知道她指的是誰，沉默片刻道：「但，他已是階下囚，聖上有何必要急於將他處死？」

「自然是因為他後面即將吐露的消息。」阿南簡短道：「很顯然，你的祖父並不希望你知道，這個陣法的具體情況與所在。」

朱聿恆回想當時的情形，抿唇黯然：「這麼說，當時聖上特意指派我去審訊梁壘，是因為……」

「是因為，他要指派匠人，及時偽造好第八幅地圖。畢竟那些破碎的地圖一旦拼接完成，你立刻便會察覺到我們孜孜尋找已久的所謂『天雷無妄』之陣——也就是梁壘口中早已消失的陣法，就在我們觸手可及之處。」阿南冷笑一聲，抬起臂環，喀答一聲，將它拆解了開來。「傅准那個混蛋，他要是沒失蹤的話，我肯定要扒了他的狐狸皮！」

臂環拆開，顯露出裡面的機關零件的空隙，一個搓得緊緊的紙卷嵌在其中，自然也已經溼透。

阿南小心翼翼將它取出，緩緩攤平。

「阿琰，我這次到拙巧閣中，拿到了我們兩人命運相連的證據。只是可惜，那幅畫被動了手腳，我沒能將它整幅帶回來。不過在畫卷徹底焚毀的時刻，我及時下手，將至關重要的那一塊剜了下來，藏在了這裡。」

紙張微化，墨水已有洇開，但大致還能看得出來，這是一條蜿蜒河道中的草鞋狀沙洲。

只是這掌心大的殘片實在太小，未能截取到上下游情況，只看到江河南岸是一片模糊城池，與他們苦苦追尋的那第八個陣法如出一轍。

阿南雙手撐展開溼透的紙片，對著外面的天光示意朱聿恆：「這畫下面還有一層，你看到了嗎？」

朱聿恆雖然看見了，但一時分辨不出底下畫的是什麼。阿南從臂環中彈出小刀交給他，示意他將上下畫層分離。

儘管身處嚴寒之中，但朱聿恆憑藉長期被岐中易鍛鍊出來的精準控制力，稍微定神，便將這溼漉漉的畫劈出了上下兩層。

緩緩揭開上面那一層後，下面顯露出來的，依稀是凌亂線條和一個黑點。

阿南將上下兩層畫面疊在一起，抬手對著天光與他一起查看：「你看，這是一個扭曲倒仰的人形，而我截下來的這一處，正是心口之處。傅准曾經對我透過，他在我身上種下的六極雷，其中有四個在我的四肢舊傷處，而剩下的兩個，一個在心，一個在腦。」

她用這平淡的語氣，講述著如此可怖又切身的傷痛，讓朱聿恆心口微顫，不覺便抬手要去抱一抱她的肩。

但，指尖觸到她挺直的脊背，他又察覺到自己這行為的不妥，手虛懸在了半空，許久，才握緊空空的掌心，默默放下了。

而阿南只注意著面前的紙張，毫未察覺他的動作，只繼續道：「如今，其他陣法都已有了對應，而此處陣法標記的，正是我心口的那個六極雷，它對應的地方……」

朱聿恆望著那上面熟悉的江河地形，不由脫口而出：「應天！」

阿南不假思索道：「對。就是應天。」

看著她手中這塊切割下來的地圖殘片，再想著他們之前所見的地圖，朱聿恆一時只覺身體微冷，口中緩緩吐出僵硬的幾個字：「原來……如此。」

阿南見他已立刻領悟，朝他一笑，將紙張翻了過來。「不錯，我們之前尋找到的地圖，上面沙洲所在的江河，之所以流向出了問題，就是因為，我們所看到的地圖，都被人為地翻轉了。」

所以，這個陣法便一直被隱藏了起來，而他們一直按照相反的河流方向去尋找，自然永遠不可能找到。

「這麼說……」

渤海之下，青鸞臺上，七塊精心雕琢的石板之外，唯有一幅地圖模糊不清的原因便是，有人將它翻了個面，草草嵌進了青鸞臺。

顯然，那人是發現了她與朱聿恆已經要下水，而自己如果將石板摧毀，一是在水下很難辦到，二是嶄新的破壞痕跡必然會引發他們的懷疑，於是，他便選擇了將石板反過來，重新嵌進去，顯露的便是背後坑坑窪窪、未經雕琢的畫面，而上面的圖案，自然也便改變了方向，進行了左右鏡像轉換。

於是原本一目了然的長江草鞋洲，變成了河流方向完全不一樣的江流，使得他們的尋找方向從燕子磯上轉移開，變成了全國各地盲目搜索，並且可能永遠不會找尋得到。

「而能在當時水下做到這一點的人，顯然唯有傅准一個。」阿南說著，朝朱聿恆一笑。「不過呢，此舉在誤導了我們的同時，卻也暴露了他自己。畢竟，能在當時水下那般危急情況下動手腳的人，也只有他了。」

「他當時說自己奉命而來，看來，那時他便已經與聖上達成了共識，要……將我們引入迷途之中。」

「看來，這個消失的陣法，很可能隱藏著什麼我們所不瞭解的祕密啊。」

木炭已經燒得朽透，阿南在逐漸微弱的火苗上揉搓著自己的雙手，眼底透著思索之色。

「你的祖父，不遺餘力支持你去破解其他所有陣法，甚至不惜以身涉險，可唯有這一個陣法，他卻費盡心機將其隱藏。先是指派傅准下水，又在你收拾從魔鬼城中弄到的石板地圖時，將你支走審訊梁壘，讓匠人們連夜將石板正反面加工調換，只為給你提供錯誤的線索，永遠找不到這個陣法……」

這個被傅准稱之為「天雷無妄」的陣法，究竟懷著什麼可怖詭異的內幕，以至於皇帝要布下如此大局遮掩？

擺在他們面前的深濃霧靄，彷彿又更重了幾分。

迷濛煙雨中，應天已遙遙在望。

「另外，這個東西……」阿南說著，將袖袋中那顆冰冷的白玉菩提子取出，遞到他的面前。「既然你祖父與傅准早有商謀，你看，是不是該拿這東西給他過目一下？就算找不出傅准失蹤的緣由，說不定也能探得一二線索。」

第五章　蓬萊此去

小船一路向西，由秦淮河入應天城。

濛濛煙雨中，六朝金粉地，亭臺樓閣暈染出一片金碧顏色。

船隻在桃葉渡停靠，看見阿南與朱聿恆從船艙內出來，一直心焦如焚等候在這裡的廖素亭和楚元知、金璧兒才鬆了一口氣。

在寒冷中跋涉了一路，兩人飢寒交迫，先到旁邊酒樓內坐下，點了一桌酒菜充飢。

等緩過一口氣來，阿南才有力氣去屏風後梳頭洗臉。

金璧兒幫她梳著髮髻，淚流滿面向她致謝。

「哎呀，沒事沒事，雖然有點波折，但這不是有驚無險嘛。」阿南向來皮厚，一臉瀟灑地揮揮手，道：「只要妳能明白楚先生的深情厚誼，那就值得了。」

金璧兒含淚點頭，而阿南拉著她走到桌邊，推她在楚元知身邊坐下，說道：

「不過，這一趟雖然驚險，但至少我們收穫頗豐，順便也幫你們查明了二十年前那樁舊案的起因。」

楚元知與金璧兒不覺都是錯愕，金璧兒更是呼吸都停住了，繃緊了身軀，緊盯著阿南，臉上又是緊張又是驚懼。

阿南抬手按住她的肩，然後問楚元知：「楚先生可知道萬象？」

楚元知自然知曉：「我的雙手變成如此，便是折在傅閣主的萬象之下，自然知道。」

「你二十年前奉拙巧閣之命去取笛子，並在徐州驛站布陣下手，當時我便覺得古怪。笛子是易燃之物，怎麼會讓你這個離火堂主去取，畢竟你的絕學六極雷一出，笛子不是立馬毀了嗎？」

被她這話一說，楚元知頓時悚然而驚，二十年來他一直忽略的東西湧上心口：「難道……他們派遣我去，就是為了毀掉笛子？」

「不錯，否則以你獨步天下的楚家六極雷，葛稚雅北上完婚又絕不可能隨身攜帶硝石炸藥，你的六極雷設下後，她的控火術怎能令火勢蔓延？」阿南篤定道：「然而，『萬象』控物無形，當時又在倉促之中，只需你自己都未曾察覺的最細微失誤，背後人便能讓六極雷失控，形成火海！」

楚元知舉著自己顫抖的手，放在眼前看了又看，喃喃道：「可……可當時傅閣主年方八歲，應該還未能掌控萬象，那在背後控制我的人……」

「那個拙巧閣的代閣主，他對拙巧閣無比熟悉，又與傅准淵源頗深，同樣使用萬象。我猜想，當年背後出手，改變了你們一生命運的人，應該就是他。」阿南抬手輕按住金璧兒顫抖不已的雙肩，低聲道：「當時拙巧閣應該是已經有了八個陣法的具體地圖，因此要將同樣藏有地圖的笛子毀去，徹底阻隔其他人尋找的路徑。徐州驛站起火，葛稚雅所有陪嫁付之一炬，而妳一直未曾回歸，他們肯定以為笛子已燒毀在火中，妳無法覆命才不敢回來。否則，這麼重大的東西，怎麼可能二十年無人找妳追索，任由它埋在妳家後院？」

沒想到，自己的一生，竟是因此被徹底改變。楚元知張了張口，望向身旁淒然的金璧兒。

而金璧兒抬起手，顫抖地抱住了他的手臂，如大夢初覺般，脫力地靠在了他的肩上。

阿南知道他們此時內心都是驚濤駭浪，肯定需要平靜，便示意楚元知扶著金璧兒去休息一下。

等他們起身時，阿南又問：「楚先生，那個代閣主的底細，你可知曉嗎？」

楚元知茫然搖頭，說道：「不曾，據我所知，除了傅閣主與已故的前任閣主夫婦，無論是拙巧閣還是江湖上，我從未見過其他能掌控萬象的人。」

叮囑阿南先回之前的院子等他後，朱聿恆回東宮換了身衣服，即刻便趕往了宮中。

「白玉菩提子？」

看著朱聿恆出示的這東西，皇帝微皺眉頭，若有所思道：「這東西，朕看著怎麼有點眼熟？」

「是，孫兒也覺得曾見過，因此找皇爺爺確認。」

「佛門的菩提子，難不成……這是道衍法師之物？」皇帝取過菩提子仔細看著，又問：「這東西，你從何而來？」

朱聿恆將經過簡略一說，皇帝神情頓沉：「這麼說，你終究還是去拙巧閣救司南了？」

朱聿恆心知皇帝必定早已知曉自己一舉一動，他也不掩飾，只道：「阿南屢次救我，孫兒不可能坐視她喪生於拙巧閣，因此隱瞞了身分去了。」

「哼，隱瞞身分，你這是表明，自己未曾因公廢私？」皇帝看著他的神情，面帶隱怒。「聿兒，你身為皇太孫，怎可為一個女人這般不顧一切，以身涉險？更何況，此女還與前朝餘孽糾纏不清，關係匪淺，如今更會引動你身上的惡疾！」

朱聿恆早知祖父不喜阿南，此時見他動怒，便立即道：「但阿南此次失陷拙巧閣，亦是為了幫孫兒尋找山河社稷圖線索。現下她已經大致查明天雷無妄之陣的所在，或許就在草鞋洲，孫兒正要與她一起去探查。」

聽到「草鞋洲」三字，皇帝的眼神頓時一冷。

他雖傷勢未癒，但久居上位極具威嚴，眼中的凜冽讓朱聿恆低下了頭，不敢妄測。

不需再說什麼，也無須看孫子的眼神表情，皇帝便已知曉一切。

他的孫子已經洞悉許多，包括他修改地圖，阻撓他探索陣法的事實。

但，他的神情沉了下來，對朱聿恆的口吻卻顯出了難得的寬和：「草鞋洲那邊，朕已經遣人去調查，但，你絕不可接近。」

朱聿恆沒有回話，只等待著他的理由。

「你是朕最為珍惜的親人，朕什麼都可以失去，唯有你，絕不可以。」暗夜中，燈光太過明亮，映照得皇帝面容皺紋與鬢邊白髮越發明顯。「其實，傅准早已對朕說過，八個陣法中，其餘的都可以憑人力而破，可唯有這個天雷無妄之陣，早背負於你身，一旦發動，等你身邊重要的人、重要的事、重要的東西一件件消亡之後，就會輪到你——朕最珍視的孫兒，將消失於那個陣法之中……」

二十年天子，他從未顯露出如此疲態。可此時昏黃燈光下，他凝望著孫兒的眼中，泛起了朱聿恆不敢直視的水氣。

「聿兒，朕之前，其實並不信這世上會有這般神鬼莫測的陣法，對於傅准的說法也是半信半疑。可如今，一切事實，都清清楚楚擺在了咱們面前……」他用皺褶的手緊緊握住朱聿恆，用力的指節幾乎泛出青筋來。「從榆木川開始，傅准所有的說法都已成真，這世上，宣府那麼大的軍鎮能消失、傅准那麼厲害的人能消失，這世上，還有什麼不可失去的？」

朱聿恆張了張口，終於還是將自己與阿南猜測的結果說了出來：「孫兒相信，這些都是有人在背後動的手腳，只是……我們尚未找到答案而已。」

「不要去找答案，聿兒，不要再接近那些會吞噬掉你、你父王母妃，還有皇爺爺最珍視東西的陣法！朕已經如此，再也禁不起折騰，不願眼睜睜看你一步步踏進那無底深淵了……」

朱聿恆心口湧上絕望的悲楚，祖父在他面前顯露的，已是近乎哀求的神情。

他咬住下唇，竭力調息心口紊亂，許久才點了一點頭，應道：「是，請皇爺爺多派遣人手，幫孫兒探索草鞋洲。」

見他應允，皇帝才略略放心。

高壑端上藥湯，朱聿恆親手伺候皇帝用完，皇帝漱口淨面，抬手向他，說道：「聿兒，時候不早了，你陪朕歇息吧……江南陰溼，加上傷勢未癒，朕最近啊，真是頻頻噩夢，夜夜難眠。」

朱聿恆道：「許是太久沒回南方，皇爺爺不適應這邊氣候了，孫兒伺候皇爺爺安睡了再走。」

「孤家寡人這麼些年，除了聿兒你之外，朕也真不知道誰能讓朕安心酣睡了。」皇帝拍著他的手，慼嘆道。

朱聿恆陪著他在內殿睡下，放下帳幔垂手要退出之際，卻聽得九龍雲紋帳內傳來祖父模糊的聲音：「聿兒，寒夜凍雨，今夜便別回去了，在外間歇了吧。」

朱聿恆目光掃向外面。殿外是綿綿細雨，宮燈映照下的雨絲如一根根銀針，在暗夜中細細密密地亮起又熄滅。

見高壑已經在鋪設前榻，他便恭謹地應了，向著外面的廖素亭使了個眼色，說道：「素亭，你去東宮向太子、太子妃殿下回一聲，我今夜留宿宮中。」

廖素亭應了，披上油絹衣快步離去。

阿南之前住過的院子，就在東宮不遠處。

知道阿琰去了宮中一時半會兒回不來，阿南下船後在桃葉渡尋了點吃的，又去成衣鋪挑了件厚實的青藍斗篷抵禦寒雨，撐著傘慢悠悠一路晃回去。

冬日天色暗得早，加上又是陰雨天，晚餐時間未過，已是上燈時節。

阿南走過大街，拐入一條寂寥小巷，一個人撐傘慢行。

雨點刷刷的聲響中，忽然夾雜了幾絲破空的尖銳聲音，直衝她的後腦而來。

阿南反應機敏，手中的傘傾斜著一旋，於水花飛轉間擋住了後方襲來的刀刃，但竹製的傘骨也被削斷，半把傘塌了下去。

後方的利刃不肯甘休，被傘骨擋了一把之後，改換來勢，變招為斜斜上掠，直砍她的心口。

阿南手中的傘猛然合攏，順著刀刃劃上去，繪著鮮豔花鳥的油紙傘面飛崩散落，頓時纏上了後方的刀口。隨即，她手腕下沉，油紙絞纏住刀身，隨著破傘旋轉之際，水珠飛濺，那柄堪堪遞到她胸前的刀也噹啷落地。

對方沒料到自己的武器會在一個照面間便被繳了，饒是他變招極快，一個矮身便要重新去撿起。阿南卻比他更快，足跟劈下，毫不留情將他的手踩在了地上，隨即足尖一勾一轉，他整個人便被帶著往前滑趴，結結實實地被阿南踩在了腳下。

流光飛轉，勾住地上的刀子飛回，阿南一把抓住刀柄，抵在他的胸前，抬眼看向後方的人。

巷子兩頭，已經被兩群蒙面持刀的人包圍，將她堵截於高牆之中。

寒雨紛落，天地一片迷濛，只有縱橫的刀叢閃爍著刺目亮光。

阿南冷笑一聲，不以為意地拿刀背拍了拍被自己制住的蒙面人。「你們講不講理呀，一群全副武裝的大男人，聯手欺負我一個手無寸鐵的姑娘家？」

口中說著自己是手無寸鐵的姑娘家，可她空手奪白刃的俐落模樣，早已讓眾人噤若寒蟬，一時都不敢近身。

阿南一聲冷笑，橫過刀尖抵在蒙面人胸前，喝道：「讓開！」

面前眾人遲疑了一下，手中刀尖卻都不曾收回。顯然，他們接到的任務，比她手中人的性命更重要。

正在僵持間，身後傳來馬蹄聲，一隊人馬自街邊行來，有人厲喝：「宵禁將至，何人聚集於此？」

見來人不少，一眾蒙面人正在遲疑中，卻見當首之人已縱馬而來，正是神機營那個令人聞風喪膽的諸葛提督。

身後廖素亭探頭一看，當場捋袖子：「南姑娘，這是哪來的宵小之輩？讓兄弟們替妳收拾！」

一見官府的人到來，那群人立即轉身奔逃。阿南將挾持的那個人一腳踹開，擺擺手對諸葛嘉道：「這雨夾雪的鬼天氣，打什麼打，回家鑽被窩不暖和嗎？」

等人跑光了，阿南看向諸葛嘉身後：「殿下呢？」

廖素亭道：「殿下今晚宿在宮中，讓我們先回來休息，順便也告訴南姑娘一聲。」

「唔，辛苦了。」阿南掃了迅速撤退的那群蒙面人一眼，詢問地看向諸葛嘉。

諸葛嘉假作不知，抬頭望天。

而廖素亭則道：「走吧，南姑娘，今晚我定會守護好妳所住的院子，絕不會讓任何人進入打擾妳休息。」

言猶在耳，結果不到一個時辰，廖素亭就打臉了。

大冷天泡了個熱水澡後，阿南舒舒服服地蜷在床上保養自己的臂環，調整好流光與絲網的精度。

就在她安靜沉浸在自己的世界中時，後院門忽然被人推開，隨即一行腳步聲傳來，聽來都穿著防水的皮靴釘鞋，整齊有序，即使在雨中行來，也絲毫不見雜亂。

阿南抬眼看見從窗欞間透進來的燈光，一排高挑的牛皮大燈，照得後院通明一片。

須臾，有人踏著燈光而來，走到了她的門前。

雨聲中一片寂靜，這麼多人，連一聲咳嗽與粗重呼吸都不曾發出。只有一個老嬤嬤抬手敲門，替主人發聲：「南姑娘，我家主人相請一見。」

阿南將臂環調試好，跳下床來穿好衣服。

這麼大的排場，這麼嚴整的秩序，連諸葛嘉都不敢作聲，在應天城中，除了那家人怕是沒有別的了。

開門一看，果然不出所料，黃羅大傘下端正立於她面前的人，正是太子妃殿下。

「見過太子妃殿下。」阿南向她行了一禮，抬眼見不大的後院被隨行的人擠得滿滿當當的，便朝她一笑道：「殿下但有吩咐，盡可喚我過去，何必親自冒雨來訪？」

「當日行宮一別，頗為想念。今日得空，特來尋訪姑娘。」太子妃目光落在阿南身後的房間內，笑問：「姑娘房內可方便？」

阿南側身延請她入內，身後的侍女們捧著交椅熏香茶點入內，等太子妃安坐於熏香旁，端茶輕啜，侍女們才捧上一堆錦盒，擱在桌上，然後一一退下。

阿南在她對面坐下，心道，太子妃排場還挺大的，相比之下阿琰就隨便多了，甚至還在她的小雜院中當過家奴——雖然那一夜四周街巷所有人家都被清空了。

太子妃端著茶，徐徐開口：「聽說南姑娘剛剛受驚了，因此本宮給妳帶了些參茸鮑翅，另外還有珍珠粉與金玉，都是可以安氣寧神的東西，南姑娘儘管用。」

阿南隨意道：「這也不算什麼，我是風浪裡長大的人，打打殺殺都是家常便飯，有勞殿下掛心了。」

太子妃微笑頷首，目光落在她臂環的珠子上，想起兒子在眾多珠玉中唯獨取走這一顆的情形，輕輕一嘆開了口：「南姑娘，太子殿下曾因聿兒身上的怪病召見過傅准。聽說妳之前在江湖上的名號是三千階，可惜如今不僅滑落，身上的傷口中，還埋著六處隱患？」

「是。」阿南沒料到她居然知道此事，挑了挑眉。「殿下既然知道了這些，想必也知曉，這雷火與山河社稷圖有關，我與皇太孫如今，是同命相連了。」

「我與太子對江湖中的機巧並不知曉，只聽傅閣主說，他們拙巧閣有早年留下的一套玉刺，他當時並不知道與山河社稷圖有關，因此拿來用在了妳的身上，誰知這套玉刺竟是子母玉中的影刺，可以連通山河社稷圖，因此……」

阿南朝她笑了笑：「難道他的意思是，我和皇太孫傷病連通，只是他無心之下的巧合？」

「傅準確是這般說的。只是太子殿下並不瞭解這些，因此只草草問過，並未深入詢問。可惜如今傅准消失了蹤跡，縱想要追問，也已經不知從何問起了。」太子妃面露不忍之色，憐惜地望著她。「南姑娘年紀輕輕，又如此驚才絕豔，本宮與聿兒一般，都捨不得妳出事……」

阿南端坐不住，靠在了椅背上，找了個略微舒適些的姿勢：「太子妃殿下無須擔心，我是風浪裡長大的人，隨時隨地面對不測，日日夜夜都在冒險，早已是家常便飯。更何況傅准都失蹤了，誰能控制我、控制我身上的影刺？」

見她神情輕鬆，太子妃這見慣了大世面的人，一時也不知如何回應：「性命攸關之事，南姑娘如何能這般冒險？」

阿南托腮望著她，燈光下她的身軀軟在椅中，眼睛卻亮得像貓一樣：「不過太子妃殿下的意思，阿南明白了。皇太孫如今身陷危局，而我也被牽扯其中，性命堪憂，所以我應當要竭力去破陣，及早自救。」

「確是如此，」太子妃見阿南無法被自己左右，便也坦承道：「但陛下的意思，為防萬一，我們會讓聿兒妥善留在應天，以免太過接近妳與陣法，導致他身上的山河社稷圖被引動。畢竟，只要聿兒不接近陣法與妳，他身上的毒刺未必會受到應聲發作，那麼，他的經脈，或許也能如前人那般能保全，他面臨的天雷無妄之陣，或許也不會發動。」

阿南笑了笑：「若是我不肯去呢？」

「妳會去的，畢竟，這也是關係妳一生的大事。」太子妃在繚繞香煙中輕啜著茶水，柔聲道：「這已經是我與太子商議的，唯一能幫妳的方法了。若是換了別人——妳知道，他對聿兒的珍視勝過一切——到時候他對妳的處置方法，絕不是如我們這般可以妥協委婉的。」

阿南自然知道「他」所說的是誰，不出意料的話，今晚伏擊她的人，也必定是來自於他。

可惜，他們不知道的是，她與阿琰之間早已說開，如今說好了，只是為了共同的威脅而相互合作而已。

但阿南也不對太子妃說破，只撫摩著臂環上的珍珠，微笑道：「我肯定怕死，也肯定會南下去橫斷山脈走一遭。只是皇太孫會不會也一同前往，這就不是我能決定的事情了。」

「他會留下的。」太子妃說著，又輕拍阿南的手，感慨道：「我知道妳是個仗義又重情的姑娘，放心吧南姑娘，我們會以妳為首組建一支最為適合橫斷山的隊伍，一切聽命於妳。我、東宮、朝廷都將最大的信賴交託於妳，望妳不要辜負自己，辜負聿兒，辜負西南百姓！」

日光穿破雲層，照徹九重宮闕。

有孫兒陪在身邊，皇帝一夜睡得安好。朱聿恆起身後，見祖父尚在安睡中，便走到殿外活動身體，縱目望去。

應天皇宮大殿在二十年前的動亂中焚毀，而皇帝登基後便去了順天，未曾命人修繕，因此至今站在高處望去，宮城最中心還是一片廢墟。

與順天被焚毀的三大殿一般，白玉臺階上，是化為焦土的巨大殿基，在冬日淡薄的日光下越顯蕭瑟。

望著這繁華極盛中顯得格外刺目的廢墟，朱聿恆忽然想，突變那一夜，竺星河特地潛入宮中，或許就是為了觀看那場大火，與二十年前一樣，燃燒在宮闕中，洗雪他的仇恨吧……

若不是他一箭射去，阿南的蜻蜓因此遺落，或許，兩人會就此在護城河畔擦肩而過，這一生永遠都不會發生交集。

正在他沉吟感懷之際，卻聽旁邊傳來一聲高呼：「父皇！兒臣來遲了！兒臣悔恨！」

他轉頭一看，走廊那邊疾步奔來，口中大喊的，正是受詔來到應天共度年節的二叔邯王。

「兒臣恨不得替父皇受此傷痛！但凡兒臣在您身邊，必定誓護父皇周全，絕不讓龍體受損！」

他跪伏在殿外，大聲疾呼，周圍誰聽不出來，這是意指此次隨同出行的朱聿恆等護佑聖駕不力了。

殿內皇帝沒有理會，只有高罄於片刻後奔出，輕聲道：「邯王殿下，陛下尚未起身，讓您小聲著些。」

邯王悻悻站起身，看了旁邊的朱聿恆一眼。

「大姪兒，自上次渤海一別，你氣色可差多了啊。」邯王打量著他，嘖嘖道：「我看你上次劫走那個海客女匪時挺威風的，如今她上哪兒去了？聖上知道你私藏女匪的事兒嗎？」

朱聿恆不動聲色道：「女海匪之事，聖上一清二楚，不勞皇叔掛心。倒是您與青蓮宗的瓜葛，還需向聖上交代清楚吧。」

邯王性情暴躁，不顧周身許多侍衛，頓時嚷了出來：「你這話什麼意思？本王上次千里迢迢趕赴山東，若不是你在渤海上幫助那個女匪，本王早已將青蓮宗及其同夥一網打盡了！」

「這話本該姪兒對皇叔你說才對。」朱聿恆冷冷道：「朝廷在山東早已妥善布局，青蓮宗本該被連根拔起。可因為皇叔您在其中橫插一腳，導致對方斷臂求生，殘餘勢力逃竄西北，否則，此次西巡不至於有如此險情！」

「你……明明是你在那邊部署不利，本王看你們不成事，好心過來相幫，你反倒把剿匪不力的罪名推到本王頭上？」邯王性情一貫急躁，立馬嚷嚷起來，惹得周圍侍衛太監們紛紛側目。

「二皇叔這數月來，行為失當了。擅自插手東宮之事，是為妄議儲君；興兵而至應天，是為直指南直隸；率兵至渤海而擾亂圍剿青蓮宗大計，是為逆亂朝綱。」朱聿恆聲音低沉，頓顯邯王色厲內荏。「聖上之前忙於西巡大事，未加以追究，如今二皇叔還是恭聆聖上教誨，好好想想自己之後該如何循規蹈矩、安分守己吧！」

邯王聽著一哆嗦，正在揣測這是否皇帝意思，裡面傳來皇帝起床動靜，高壑傳旨令兩人入內。

皇帝一壁在宮女太監的服侍下刷牙洗臉更衣，一壁問起邯王封地上的稅賦之事。

朱聿恆一眼便指出問題的資料，經過工部這幾日反覆核算，其間漏洞彰顯，邯王哪裡答得出來，忙跪下怒道：「定是我手下那些人幹的混帳事，父皇放心，待兒臣回去後，一定將他們從重處罰，絕不放過一個！」

皇帝看他這模樣，心下煩怒，正要開口訓斥，頭頸傷處忽然一陣暈眩傳來，頓時喉口窒住，跌坐下來。

朱聿恆眼疾手快，立即將他攙扶住，吩咐傳召太醫，一邊抬手幫祖父按摩舒緩脖頸，讓他緩過氣來。

邯王忙趕上前，一邊抓著皇帝的手，一邊痛哭道：「父皇，但凡那日兒臣在您身邊，您龍體如何會受這般損傷啊……」

「行了……此次大軍遭遇之凶險，不是你想捨身相護便能成的。若不是聿兒捨命相護，朕怕是已遭不測了！」皇帝緩過一口氣，厭煩地揮手。「別在這大聲嚷嚷，聽得朕頭痛。滾出去好好查查你封地的錢糧，給不了朕解釋，年後順陵大祭你也別來了！」

邯王灰溜溜地出城。他這次帶的人雖然不少，但藩王軍隊自然無法入城，只能駐紮在郊外。

王府一干人聽他將事情一說，個個都嚇破了膽。

「王爺，這麼多年來，咱們一直都是這麼辦的，如今一下子要彌補歷年虧空，這……這如何能補得上啊？」

邯王抄起桌上的杯子摜到地上，怒道：「本王不信！不過是避了些賦稅而已，父皇何等人物，之前能全不知曉？朝廷一向睜一眼閉一眼，如今怎麼要對我下手了？」

長史面如土色，附到他耳邊低聲道：「王爺，您此次進宮，看聖上龍體如何？」

「聖上他……」邯王想到皇帝蹶倒的模樣，神情不定。

長史察言觀色，知曉皇帝定然是不好了。他將眾人屏退，悄聲問：「王爺可還記得，當年蘭玉的下場麼？」
這一樁大案，誰能不記得？
太祖知曉自己天年不久，而朝中大將蘭玉功高權重，因擔心弱主受強臣所壓，太祖皇帝晚年大肆屠戮蘭玉及朋黨一萬五千人，將其勢力連根拔起，替幼主鋪好道路，才安心離去。
邯王悚然驚怒，一掌重擊於桌上：「這麼說，他開始替心愛的孫子鋪路了，而本王如今便是他們最大的阻礙！」
長史忙拉住他，示意不可輕舉妄動，又道：「王爺無須太過擔心，太子仁厚，未必如此……」
「哼，當年的簡文小兒，不也號稱仁厚嗎？」邯王想到皇帝發病時那岌岌可危的模樣，越想越覺可怖，問：「榮國公呢？本王要找他好好瞭解下，當時父皇受傷時的情形！」
榮國公護送邯王至應天後，便趁著雨雪稍停的間隙，改換了衣衫，前往城郊荒原。
郊外闊朗處，袁才人的墓園造得十分氣派，顯然太子對她的身後事還是上心了。
邯王來到墓前時，卻見墓前不僅有榮國公，還有一個身著淺碧衣衫的姑娘，雖然打扮簡素，卻越顯清麗絕倫，風姿綽約，十足從詩詞中走出來的江南美人。

雖然氣急敗壞心緒難安，邯王還是難免多看了她幾眼：「岳丈大人，這位是？」

榮國公神情複雜，道：「我過來時，這位姑娘正巧來祭拜袁才人。」

美人兒也不慌亂，朝他盈盈施了一禮：「見過邯王殿下。」

榮國公抬手，讓所有人退離墓園，問她：「妳說，當日袁才人身遭不幸時，妳正在她身旁，目睹了一切？」

聽聞是自己上次興師問罪過的東宮之事，邯王也來了興趣：「本王聽說，袁才人死於潛入行宮的青蓮宗刺客之手，只是真凶遁逃後至今未曾緝捕歸案，妳當日既然在旁邊，可見到了真凶？」

她抬頭望著他們，泫然欲泣，道：「實不相瞞，小女子方碧眠，便是當日潛入行宮的那個青蓮宗刺客。」

兩人頓時錯愕，榮國公正要大喝來人，將她拿下，卻聽她又道：「但，袁才人並不是喪生於小女子之手，那是太子與太子妃所為，然後推到我的身上而已。」

邯王精神一振，面露驚喜之色。

榮國公暴怒，喝道：「大膽，殺人凶手還敢顛倒黑白，胡言亂語！」

「國公明鑑，若小女子真是殺人凶手，又如何會千方百計打聽得國公行蹤，候您來此祭奠時，捨命相告實情呢？」

榮國公臉上陰晴不定，旁邊邯王則迫不及待問：「妳說是太子和太子妃殺害了袁才人，可有證據？」

「王爺與國公可以略加追索，誰能從袁才人之死之中獲利？」方碧眠並不明說，只低低反問：「比如說，袁才人來了之後，東宮後院的勢力，有何變化？」

榮國公冷冷道：「我兒寄信回來時常有提及，太子妃對她一向關照有加，妳不必挑撥離間！」

「既然她常有寄信之舉，那麼，國公可曾注意過其中的內容？比如說，裡面是否有提及太子、太孫的內容？」

「我兒一貫識大體，如何會將這些機密之事傳播於外？」

方碧眠輕聲細語道：「國公爺息怒，焉知這些機密，在外人看來，只不過是些極為平常的小事？袁才人本著為太子及東宮排憂解難的想法，會不會無意間洩漏了一些自己認為並無關緊要，可其實卻是動搖東宮根本的東西呢？」

榮國公正要喝斥，但忽然之間，他的腦中閃過一件事，猛然間如遭雷殛，頓時臉色大變。

旁邊邯王一見他此種臉色，心中大喜過望，立即喝道：「妳究竟知道何種內情，趕快從實招來！若真能揭發東宮黑幕，相信也可告慰袁才人在天之靈。屆時本王與榮國公，定然重重賞妳！」

方碧眠見他如此迫不及待，滿意地垂首斂衽，道：「王爺不必急躁，小女子此來，一來是解釋自己的清白，二來是不忍國公爺被蒙在鼓中，三來麼……我這邊有人想要與王爺、國公見一面，共商大事。」

邯王抱臂看著她，臉色沉了下來：「本王身分貴重，豈是你們這些逆亂匪徒想見便能見的？」

「世間種種，歷來不過成王敗寇。小女子聽說，聖上傷病之後性情越發酷烈，如今還查到王爺藩屬之地的錢糧上了……」

她曼聲輕語，而邯王卻只覺背後冷汗連同寒毛一起豎了起來：「你……你們在朝中也安插了眼線？」

「此事何須安插眼線，自是理所當然之事。」旁邊傳來一道聲音，清朗有力，有股令人下意識傾聽的力量。

「當今皇帝自己便是王爺造反登基的，如今太子太孫都身存危難，岌岌可危，他又怎會允許舊事重演，留下您這樣一個手握兵權的強悍王爺呢？」

聽到如此大逆不道之話，邯王與滎國公都是大驚失色，回頭一看，一個豐朗俊雅的白衣公子與另一個面色僵硬的青衣人不知何時已出現在墓園之中。

他們身法太過驚人，外面眾人竟全無察覺。

兩人正在驚愕之中，白衣公子朝他們一拱手，道：「在下竺星河，來找二位談一樁合夥大買賣。」

滎國公目光一凜，脫口而出：「你便是當日傷了聖上與太孫的那個刺客！」

邯王頓時抬手去摸腰間佩劍：「亂臣賊子竟敢現身，本王今日非斬殺了你……」

「邯王殿下，不，阿煦。」那站在竺星河身側的青衣人神情僵硬，應該是戴了人皮面具，聲音卻比臉色隨意多了。「還有袁岫袁國公，一別數年，怎麼都不認識我了？」

聽著這熟悉的聲音，邯王與滎國公立時怔住，再看他松竹般蒼瘦的身軀在風中挺拔佇立，記憶中那熟悉又可畏的身影瞬間重現。

不可遏制地，邯王呼吸粗重起來：「你……你是……」

眼看這邊就要有一場改天換地的商謀，方碧眠朝他們施了一禮，快步退出。

墓園在郊外山中，面前只有兩條僻靜道路在野樹間延伸。

曠野風大，隨同他們前來的海客與青蓮宗一干人都靜靜候在風中，等待竺星河代表海客與青蓮宗談判完成。

雖然局勢艱難，但他們都相信，只要竺星河與那人出面辦的事，就沒有不成功的道理。

唐月娘見方碧眠緊張得身體微顫，便抬手挽住她的手臂，將她帶到背風處，撫慰道：「妳也是見過不少大場面的人，如何這等緊張？」

「畢竟，這是咱們能抓住的，最後一線希望了……」方碧眠抱住唐月娘的手臂，顫聲問：「阿娘，妳說咱們這回……能有機會東山再起嗎？」

「碧眠，妳還年輕，未曾見過世事起落。一切都是命運使然，我們只能做出當下最好的選擇，無論如何，最終青蓮老母自會替咱們成就。」唐月娘拍著她的手，輕聲道：「當日咱們刺殺狗皇帝，我被司南困於月牙泉下，凍得身體大損，怕是已無法繼續撐起宗內大事了。如今朝廷剿殺甚急，宗中兄弟四散，咱們如今只能藉助海客之力，不惜一切將青蓮宗延續下去……」

方碧眠鄭重道：「阿娘放心，我一定盡心跟隨竺公子。」

「傻孩子，竺公子身分非同尋常，而咱們是朝廷通緝的亂匪，哪有資本與他並行？」唐月娘輕撫她的鬢髮，道：「但碧眠，妳不一樣。妳出身忠良名門，若是青蓮宗由妳率領，到時妳與他結了婚姻，才足以讓竺星河接納兄弟們，走出青蓮宗的生路！」

方碧眠轉頭看向墓園，可面前的荊棘野樹擋住了她的視野，她怎麼望得到竺星河的身影。

她茫然搖頭，惶惑低聲道：「可是阿娘，竺公子他……對他而言，我們這種出身低賤的人——孤女阿南、教坊出身的我，都是一樣的……他可能對我們包容，待我們和善，但我們怎麼能配得上他，他、他是要履至尊而踏六合的人……」

「妳不是教坊孤女，妳是方汝蕭後人，以後更會是青蓮宗主。妳的身分，足以讓跟隨他的老人們樂意接受，青蓮宗也會成為他背後的一大助力。」唐月娘鄭重問她：「妳實話告訴阿娘，妳可喜歡他？」

方碧眠垂下眼，不知是因為野風還是因其他，眼圈通紅：「是，阿娘，我是很喜歡公子的，不是把他當成一個男人來喜歡，而是將他當成了我的命運、我的皈依……我的祖父死得那般悽慘，我全家覆滅，只有公子重新登位，我家人的汙名才能洗刷，我才能脫離汙濁的教坊出身，才能讓所有人看到，我是高貴的方家後人，我不是卑微低賤的教坊女……我的祖父是忠臣義子，他應該受萬千後人景仰，他不應該是那般下場！」

「我知道，我知道……」唐月娘緊摟她的肩，嘆息道：「而且，不僅僅為了你們方家，也只有妳和竺星河在一起了，才有機會帶領青蓮宗走向更好的處境，妳得扛著兄弟們的生路走下去，明白嗎？」

方碧眠喉口哽咽，鄭重點頭。

前方等候的海客們起身，迎向墓園中出來的人。

竺星河雖不動聲色，但看他的步履身形，應當是已經得到了自己滿意的結果。

唐月娘拉著方碧眠，聲音已恢復如常：「走，咱們也得與竺公子將此事談定下來了。」

大局既定，被朝廷追剿多日的眾人也都輕鬆起來。

簡單布置安排接下來的事務，竺星河見唐月娘走來，便朝她點頭示意：「宗主有何要事？」

「是一樁好事，公子今日或能喜事成雙。」唐月娘笑得和煦，對他恭賀道：「這些年公子縱橫四海，幹下了轟轟烈烈的大事，也鋪開了好大的攤子，但，一人奔波勞累畢竟不是辦法，若能有個賢內助，相信兄弟們或許會更放心吧。」

竺星河常年被身邊老人們催促，此時一看她臉上的笑意，便知曉了來歷：「天下未定，談何成家？」

「所謂成家立業，安頓好了後方，才能心無旁騖幹大事。」唐月娘轉頭望著方碧眠俏立於寒風中的身影，嘆道：「碧眠這孩子，出身名門之後，七、八歲上失怙後加入我宗，實是出淤泥而不染的好孩子。若論出身，方姑娘祖父是名聞天下的死節忠臣，他的後人若也能為公子盡綿薄之力，也算是對大夥兒的慰藉吧，公子覺得呢？」

竺星河笑了一笑，頷首不語。

唐月娘繼續道：「論起外貌呢，碧眠這身段容貌、這才情性格，從江南到江北，公子可曾見過比她更為出色的人嗎？」

「方姑娘的相貌才華，自是人間第一流。」竺星河輕描淡寫道。

只是，他的眼前忽然閃過了另一條身影。

那個人啊……在灼熱海風中乘風破浪，看見他的時候總是放肆地大力揮手，笑著奔來，一個女子卻活得比男人還要肆意……

與方碧眠相比，何異於天上地下。

可在這個時刻，聽著唐月娘的話，不知為何，他心中湧起的，全是她的身影。

唐月娘又道：「再者，我已決定將青蓮宗交予碧眠手中。以後還望公子與碧眠相互扶持，青蓮宗和海客親上加親……」

「如此看來，我若與方姑娘在一起，是百利而無一害的局面？」

聽他這般說，唐月娘也笑了，道：「若公子不反對的話，咱們今日便將這樁婚事說定吧，公子意下如何？」

竺星河的神情卻依舊是淡淡的，說道：「婚姻大事，哪能草率，我會與身邊老人們商量的，看看大家意下如何。」

唐月娘微一皺眉，問：「竺公子，可是我們碧眠有什麼地方讓你不滿意麼？」

竺星河道：「碧眠姑娘自然是極好的，相信老人們亦不會反對。」

他這態度，既不推拒亦不熱切，唐月娘心底咯噔一下，還待說什麼，卻聽竺星河又道：「放心，無論方姑娘以後是什麼名分，都不影響妳我雙方合作的誠意。」

說到此處，他轉過了河道，才發現方碧眠不知何時已到了後面，一雙明眸水盈盈地望著他，裡面滿是期待與羞怯。

他頓了一頓，但最終，只朝她點了一下頭，大步離去。

唐月娘若有所思地望著他的背影，一言不發。

而方碧眠一向柔婉的聲音也沉了下去：「阿娘，他心底，已經有人了。」

「是那個司南？」

見方碧眠點頭，唐月娘冷哼一聲，撫著她的背道：「別擔心，如今局勢，司南怎麼可能還回得來？阿娘相信，無論他給妳什麼名分，以妳的能力，最終定能成為他最重要的人。」

時值中午，雨下得越發大了，應天城籠罩在一片晦暗中。

冷雨如箭，卻擋不住朱聿恆前進的疾步。馬車從宮城駛到東宮，剛停在門口，他便跳下車向內走去。

朱聿恆大步向內，身後瀚泓替他撐著黃羅傘，一路小跑。

順著風雨連廊繞過後方正殿，朱聿恆問上來迎接的東宮詹事：「太子殿下如何？」

「殿下正在松華堂小憩。今日早間殿下起身，處理了幾樁政務後，忽然風炫發作，如今太醫已來請過脈，說是……」

見他語帶遲疑，不敢開口，朱聿恆心知必定是出了大事，當下更加快了腳步，直向後堂而去。

松華堂前列松如翠，積石如玉，在雨中更顯皎皎。侍女侍衛太監們全部被屏退於外，侍立門口，人人垂首肅立。

朱聿恆大步走到廊下，正要進門之際，卻見父親正躺在榻上，手中正持著摺子，而母親站在榻前，抬手奪去他手裡的摺子，並將他枕邊的一大摞全都一起搬起來，重新放回到書案上去，語帶慍怒道：「叫你好生休息、好生休息，你又不聽了！你這般硬撐著，不肯善待自己，如何能把身體將養回來！」

太子個性向來溫和，對太子妃又一貫敬愛，抬手撈了幾回要抓回摺子，但見攔不住她，也只能虛弱低聲道：「聿兒就要南下了，這幾日他四處奔波，多少事情全都壓在他一人身上，又要顧朝廷，又要顧咱們，如此沉重的負擔，我這個當爹的看著，怎能不心疼兒子啊……」

太子妃默然坐在榻前，抬手握住太子浮腫的手，聲音也帶上了哽咽：「可這也沒辦法，天下之大，除了他之外，又有誰能替你分憂呢？」

「所以，我也想盡量讓聿兒的擔子能減輕點，至少，不要阻礙他去橫斷山……」太子撫著胸口，低低問：「邯王那邊，情況如何？」

「還能如何？一貫虎視眈眈，如今你風炫倒下，他必定興風作浪。」太子妃說著，嘆了口氣，道：「如今東宮內外交困，你不好生關愛自身，如何能捱得過這重重難關？」

「捱不過也要捱啊，咱們做爹娘的，還能阻攔聿兒嗎？畢竟這也關乎他的生死。」太子聲音虛弱卻堅定，握著太子妃的手道：「唉，這二十年來，咱們不容易，聿兒也不容易，就讓他忙自己的事情去吧，應天這邊，咱們拚了一切，替他扛下便是。」

太子妃撫著他的胸替他順氣，正在嘆息間，忽然神情大變，撫胸的手加急，對外大喊：「來人，快召太醫！」

聽太子妃聲音都變了，外面太監宮女急急應了，趕去找太醫。

朱聿恆立即抬腳進內，太子妃正抱著太子順氣，他一個箭步上前將父親扶起，見他被痰迷了心竅，眼神發直，意識正在恍惚間。

「聿兒，這……」一貫冷靜的太子妃此時也亂了方寸，看見兒子進來，眼淚也不由流了下來。

朱聿恆將父親抱到床上平臥，鬆開他的腰帶衣領。

太醫片刻趕到，稍一把脈，臉色立即大變，道：「病勢有些急了，若是二位殿下許可，老臣這便為太子殿下施針，只是……」

只是，針灸畢竟是傷及貴人身體之事，他一時不敢決定。

太子妃嘆道：「既然事情緊急，那麼你便動針吧，只是務必要多加謹慎，切勿損害了太子聖體！」

太醫忙不迭答應，取出隨身的艾草及銀針，替太子施針急救。

幾針下去，太子終於回過氣來，只是氣息虛弱，目光渙散地望著太子妃與朱聿恆，無法開口。
太子妃叮囑太醫嚴守太子病情，讓他給太子開藥調養。
等他退下之後，太子妃才緊握住朱聿恆的手，坐在太子床邊。
三人都沒說話，只聽得太子的喘息在寂靜的室內急一陣又緩一陣。
太子妃終於開了口，詢問朱聿恆：「此次邯王來應天，他看起來如何？」
「二皇叔向來體魄康健，孩兒看他如今依舊盛壯。」朱聿恆哪能不知道母親的意思。
祖父曾在長子與二子之間猶豫選擇良久，最終因為「好聖孫」之言而定了太子太孫。
而如今，他這個太孫身上被種下詭異的山河社稷圖，性命岌岌可危；太子又一向有心疾、足疾，如今順陵大祭在即，太子卻舊疾復發，情況如此糟糕，若是皇帝有所思量，怕是國本動搖，便在此刻。
「母妃的意思，你可明白？」這一路走來，東宮風雨飄搖，同樣是在朝堂漩渦中掙扎了數十年的太子、太子妃與太孫三人，不必多言也自然知曉。
朱聿恆當即道：「父王身體如此，孩兒自然責無旁貸。」
最重要的是，絕不能讓太子的身體狀況洩漏出去，不然，聖上那邊，難免會有波折。
太子妃欣慰點頭，又輕輕拍著兒子的肩，低聲道：「聿兒，聖上此次西巡遇刺，咱們雖然都期盼著萬歲龍體康健，但如今看來，變故很可能就在朝夕。屆時你若遠在西南，你父王身體如此，能不能撐起東宮這片天，誰也說不準！」

朱聿恆自然知道，到時候會是何等嚴重後果。

他握緊雙拳，停頓許久，才低低道：「是，孩兒……會留在父王身邊，留在應天。南下破陣的事，孩兒會妥善安排，交由他人。」

忙碌準備南下事宜的諸葛嘉，覺得日子沒法過了。

掌握最多陣法內幕的拙巧閣主傅准，突然在工部庫房被神祕人劫持失蹤，至今下落不明。

原本確定要率眾出發的皇太孫殿下，又因分身乏術，無法出行了。

今日更是傳來消息，說是已另尋了可靠之人，要帶領他們趕赴橫斷山脈，由那人負責指揮全域，所有人當精誠合作，共破惡陣。

廖素亭這個刺頭，一聽就不屑笑道：「皇太孫殿下去不了，還有何人能對我們指手畫腳？我就不信那人能壓過墨先生和諸葛提督去！」

結果話音未落，便有人將厚重的門簾一掀，大剌剌地衝他們一揚下巴，笑問：「誰說我要壓過墨先生和諸葛提督了？明明是說大家合作南下，共同破陣呀。」

諸葛嘉抬眼看去，這又熟悉又可惡的面容，讓他嘴角頓時抽了一抽。

「南姑娘！」廖素亭則跳了起來，驚喜地奔到她面前，一把握住她的手。「難道說，這次行動是妳擔任領隊？太好了太好了，有妳在，我們一群人心裡可就踏實了……」

話音未落，他一眼便看到了阿南身後的皇太孫殿下，並且發現他的目光就落在自己的手上。

廖素亭的手就像被螃蟹夾了般，立即縮回了，訕訕垂下手，跟著眾人向他行禮問候：「參見殿下。」

朱聿恆略一抬手，示意他們不必多禮：「此次南下，一應事宜朝廷皆已安排妥當，屆時以神機營為主力，墨先生及一眾江湖高手負責破陣策略，若有不決之事，悉聽南姑娘決斷。」

眾人都應了，廖素亭想起一事，忙抄起桌上剛剛正在查看的地圖，道：「對了，殿下、南姑娘，這是拙巧閣的手劄，上面有關於橫斷山脈陣法的情況，您二位也看看？」

「正好，我之前一直在外面晃蕩，趕緊熟悉下。」阿南一如既往地往椅子上一癱，接過廖素亭遞來的冊子，見他已經將所有事項都理得清清楚楚了，不由得大加讚賞：「厲害啊素亭，平時看你笑嘻嘻的沒個正經，做起事這麼有條理。」

廖素亭頗有些自得：「我廖家脫陣之法，靠的就是從海量資訊中迅速抓住最精準線索，整理這些我從小就很擅長的。」

阿南一邊誇獎他，一邊將手銜舉高點和朱聿恆一起看。

朱聿恆在她旁邊坐下，與她一起翻看眾人這幾日整理出來的線索。

手銜上最醒目的，便是那句不知所云的批註：青鸞乘風一朝起，鳳羽翠冠日光裡。

阿南眉頭微皺，審視畫面路徑。

橫斷山脈共有七條，被六條縱流的湍急河流所阻隔，歷來稱之為天險之地。

根據地形圖，陣法大致範圍已圈定，只是批註太過虛妄，具體地點尚未確定。

阿南順著地圖查看他們確定下來的方向，廖素亭在她身後指著地圖示意道：

「除了虛無飄渺的青鸞之外，手銜上所繪的圖形，也讓我們百思不得其解……」

與之前的陣法圖示皆不相同，上面並無任何陣法機關的標識與地圖，雪山上只籠罩著一團氤氳黑氣，令人費解的同時，那猙獰模樣也令人心下微寒。

「這團東西，看久了倒像是邪靈降世似的，好生詭異。」阿南端詳著圖案，又抬眼看向朱聿恆。「看著……無形無影，古古怪怪的。」

「這是橫斷山脈的陣法，應當不至於。」朱聿恆知道她也與自己一樣想到了那個天雷無妄之陣，便搖了搖頭，低聲道：「只是這地圖詭異，線索寥寥，妳這一路而去……務必小心。」

阿南毫不在意道：「怕什麼，咱們之前還沒見過這般詳細的記載呢，這次的指引算是不錯了。」

身後的廖素亭聽到她的話，頓時驚呆：「那……殿下與南姑娘之前……都是在什麼處境下解決掉的陣法？」

之前……

阿南抬頭看向朱聿恆，而他也正轉頭望著她。

這一路，江南江北，碧海荒漠，他們歷經生死相攜走來，如今回想，每每險死還生，往往絕境相扶，一切竟如幻夢般不真實。

若沒有對方，他們都已被那些可怖的陣法徹底吞噬，不可能再存活於這個世間。

可……

他們之間，已隔了那一日的寒雨孤舟。橫亙了謊言、欺瞞、利用與傷害的兩人，屏棄了過往恩怨，說好了只是合作夥伴，共同自救。

那危難中緊緊握住彼此的雙手，絕境中互為倚靠相抵的脊背，大難逃生後偎依療傷的體溫……

這一生中最絢爛最迷人的那些時刻，已如山海相隔，已被惡浪相催，於疾風驟雨下齏粉不存。

除了永存於他們心中不可消弭的記憶，什麼也無法留下。

朱聿恆只覺心口如沸，一時竟喉口哽住。

而阿南輕輕出了一口氣，彷彿將心口一切全部擠出了胸臆，如常地朝廖素亭一笑，道：「誰知道呢，就這麼一路跌跌撞撞過來了。」

眾人都是驚駭咂舌，敬畏地懷想他們過往。

「對了嘉嘉，」在一片融洽的氣氛中，她忽然朝諸葛嘉狡黠一笑，攤開手掌：「見到你我就想起來了，據說橫斷山脈那邊有雪山有密林，要準備的東西可多了，你快給我支一、二百銀子，我待會兒要上街買點南下的必需品……」

諸葛嘉額頭的青筋又跳了起來：「不許叫我嘉嘉！」

「行行行，不叫不叫，但是銀子不能不給哦。」

諸葛嘉斜她一眼，從口袋裡掏摸出銀票，冷著眉眼拍在桌上：「還好我早有準備，知道我們神機營逃不過妳魔爪，現在每天隨身帶著銀票。拿去，記得改天去入帳！」

「就知道諸葛提督你刀子嘴豆腐心，對我最好啦！」阿南笑嘻嘻地又轉向廖素亭。「素亭這次擔任前哨？」

「那肯定啊，我等熱血男兒，自然征戰於最先鋒！」廖素亭拍胸脯說著，又朝她笑道：「不過我初出江湖，肯定會跟緊南姊的！」

「放心吧，有墨先生、諸葛提督在，還有我們這麼多江湖同道，天塌不下來的。」

阿南正說著，旁邊墨長澤也帶著弟子過來了，眾人在玉門關一路磨合，早已配合熟稔，研討地圖時氣氛十分熱絡。

朱聿恆在旁邊靜靜坐了一會兒，起身道：「本王還有要事，就先回去了，你們繼續商議吧。」

「恭送殿下！」一群人齊齊行禮送他出門。

阿南見他望著自己，便送他到門口，示意他別擔心自己：「或許分開也沒什麼不好。畢竟，我身上的六極雷會影響到你的山河社稷圖，而你身上的天雷無妄之陣也絕非善類。到時候，咱們要是眼睜睜看著陣法消失了，那豈不是麻煩大了？」

她壓低聲音，卻沒壓住臉上輕鬆神情，依舊是那萬事不在話下的模樣。

他也未曾提及父母祖父安排，儘管彼此都心知肚明。

「妳一向在海上縱橫，此去橫斷山脈，山海迥異，一定要小心。」

「放心吧，我看這地圖上山峰的模樣，和海裡的巨浪也差不多。」阿南抬手比劃著，貌似隨意道。

朱聿恆卻面帶憂色，道：「可是阿南，傅准在妳身上設下的六極雷，不但與我身上的山河社稷圖有關聯，與陣法也會有牽繫，我擔心妳此去……」

「這個，倒是不必太過擔憂。我研究了那張地圖的紙質，發現上層是數十年前的舊紙，而下層，也就是畫了六極雷標記的那一張，則是近年的新紙。」阿南神情倒是頗為輕鬆，道：「這證明，我身上的六極雷與陣法原本毫無關係，只是傅准新近動的手腳而已。而且在玉門關照影陣中，傅准操控萬象時，我身上六極雷才會發作。而現在，傅准都失蹤了，只要他不裝神弄鬼，我身上的六極雷，入陣應當沒有問題。」

聽她這般說，朱聿恆也略微鬆了一口氣，低低道：「那就好。」

阿南想想又望他，輕聲問：「倒是你，你皇爺爺不允許你接近那個陣法，你也已經答應了，那麼接下來，你在這邊準備怎麼下手呢？」

他聲音低喑：「天雷無妄陣法，既然早已消失，而我祖父又已知曉燕子磯沙洲所在，必定早有布置，我去了應當也是徒勞。再者，若陣法真的隨我之身發動，那麼肯定還有些關係陣法的東西，能從我自己身上挖掘。」

他說著，下意識又握了一握手中的白玉菩提子，像是要握住自己存活的希望般，珍惜而執著。

「阿南，事在人為，陣法總是人設。我會好好調查當年的事、背後的人，相信一定會有收穫。」

阿南鄭重點頭，朝他揚手告別：「好，你解決天雷無妄陣，我解決橫斷山脈，咱倆分頭出擊，誰都不許出錯！」

告別了阿南，朱聿恆走出院外，聽院內很快恢復了笑語聲。

他放慢了腳步，走到院牆花窗邊時，轉過頭，隔著磚瓦拼接的蓮花紋，向堂上阿南又看了一眼。

一群人正圍在阿南的身旁，與她一起分析西南山勢與水文氣候。日光斜照堂前，她歪坐在椅中，一手支頤，一手按在地圖上指引路徑，眉目舒朗，雙眸明亮一如堂前日光、海上明月。

他深深傾心的阿南，燦爛無匹，光彩照人。無論身處何地，遇見何人，她都燭照萬物，奪人心魄。

一如初見時照亮了他周身黑暗的火光。

一如她帶著他探索前所未見的迷陣，進入另一番大千世界。

一如她與眾人釣魚回來那一日，喧譁熱鬧，而他獨坐室內，看見周穆王與西王母天人永隔，再無重聚之日。

朱聿恆收回了自己的目光，回轉身，面前是應天城鱗次櫛比的亭臺樓閣。這世間如此廣闊，萬千人來了又去。即使沒有他在身邊，她依舊是招搖快樂的阿南。他能帶給她的，別人也一樣能。

即使再不甘心、不願意，事到如今，他也唯有埋葬了他們所有過往，背道而馳，將所有過往留在午夜夢迴時。

他打馬馳離了阿南，馳離了她周圍那令他恍惚的氣息，強迫自己清醒過來。大街小巷，阜盛人煙，日光斜射他的眼眸。

他看到清清楚楚在自己面前呈現的世界，看到南京工部門口，等候他的人正捧著卷軸，等待著他示下。

他下了馬，儘管竭力在控制自己，但雙手無法控制地微顫，目光也有些飄忽。

接過遞來的圖紙，他率人走進工部大門，低頭看向工圖卷軸上的畫面。

梅花山畔，莊嚴齊整、氣勢恢宏的一座陵墓。

甚至，因為皇帝的恩眷，這陵墓的形制，已經超越了皇太孫應有的規模。

這是這世上，屬於他的，最後的，也是註定的結局。

迫在眉睫，即將降臨。

工部侍郎見他目光死死盯在這圖紙上，便小心翼翼地湊上來，低聲問：「殿下，敢問這陵寢，是陛下要為宮中哪位太妃娘娘所建嗎？」

畢竟，這陵寢的規格如此之高，可與皇帝太子的形制不一樣，只能琢磨太祖的嬪妃們去了。

朱聿恆的目光定在工圖上，但那眸光又似乎是虛浮的，穿透工圖落在了另一個地方。

見他許久不答，工部侍郎只能又問：「若是如此的話，或可將雲龍旭日更換為鸞鳳朝陽，應當更合身分……」

朱聿恆沒有回答，只道：「紋飾不過是小事，你們先加緊工期，將陵寢大體完工再說。」

「是，臣等一定盡快。」見這位殿下今日似乎心緒不定，一干人不敢多問，捧著工圖便要下去。

尚未回轉，身後的皇太孫殿下卻又開了口：「劉侍郎。」

工部侍郎忙回轉身，等候他的吩咐。

他遲疑了片刻，抬起手指虛虛地按在圖中陵墓寶頂之上，嗓音低啞，卻清清楚楚地說道：「墓室寶頂之上，雕琢北斗七星之時，替本王加裝一具司南，永指南方。」

「是，微臣這便安排。」

朱聿恆閉上眼，點了一點頭。

她有她歡欣遊蕩的方向，他也有他消融骨血之所。

儘管，他們還極力想抓住最後的機會，希望能轉移山海，力挽狂瀾，可命運終究還是要降臨到他的身上，避無可避。

祖父心如刀絞，反倒是他，近一年的掙扎與奔亡，讓他終可直面這一切，提出要看一看自己長眠之所。

祖父握著他的手，老淚縱橫說，聿兒，你安心去，朕龍馭之日，便是追贈你太子之時。

這是祖父對他最沉重的承諾。因為，哪有太子的父親，無法登基為帝的呢？

他生下來便肩擔的重任、他背負著山河社稷圖卻依舊奔波的目的，已經完成了大半。

如今，他確實可以卸下自己一生的重擔，安心離去。

浩浩陰陽移，年命如朝露。

在備受煎熬的每時每刻，他曾千遍萬遍地告訴自己，讓自己接受這一切，豁達面對那終將到來的一刻。

縱然他再捨不得她離自己而去，再留戀她溫熱的肌膚與粲然的笑顏，再嫉妒那些接近她、簇擁著她在日光下歡聲笑語的人，終究都是徒勞。

東宮，應天，南直隸，甚至整個天下，直至人生最後一刻，都是他的天命，會伴隨他埋入宏偉壯麗的陵闕之下。

而她，在南方之南的豔陽中，永遠熠熠生輝，燦爛無匹。

南下事宜齊備，選了個良辰吉日，阿南率領人馬開撥。

有了朝廷助力，行路十分順利。到了雲南府之後，又得沐王府相助補充食水馬力，諸事妥貼，一路疲憊的眾人也總算得以休整。

雖時值冬季，但雲南四季如春，日光熾烈，阿南換下了厚衣，穿著薄薄的杏色春衫，抽空出去逛了逛年集。

彩雲之南，習俗頗怪，趕集的人們穿著各寨盛裝，有赤腳的，有紋面的，有滿身銀飾的，也有青布裹頭的。吃的東西更是古怪，蟲鼠菌菇、鮮花草芽，阿南看見什麼都好奇，掃蕩了一大堆。

廖素亭幫她拎著雜七雜八的東西，隨意翻看著，問：「南姑娘，妳什麼東西都買啊，這個花怎麼吃妳知道嗎？這菌子怕不會吃得人發癲吧……還有這石灰是幹什麼的？」

阿南笑道：「反正是諸葛提督會鈔，有什麼咱們都買一點，先準備著總沒錯。」

諸葛嘉在旁邊黑著臉付錢，一邊狠狠給她眼刀。

阿南笑嘻嘻地領著兩人逛完整個集市，身後兩個男人一個替她拎東西，一個替她付錢，雲南民風開放，倒是見怪不怪，紛紛投來玩味欣賞的笑容。

街邊小販叫賣稀豆粉，阿南興致勃勃拉著廖素亭和諸葛嘉坐在小攤上一起吃。

舀了兩口嘗著味道，她抬頭望著面前兩個男人，忽然想起去年初夏時節，阿琰剛剛成為她家奴的那一日，卓晏提著早點過來她的院子中探望殿下的情形。

到如今，轉換了時間，轉換了地點，物不是，人亦非。

她默然笑了笑，眼角的餘光忽然瞥見了花叢後一條人影。

雲南四季如春，氣候最宜草木，滿城花開豔烈，處處花樹爛漫。而花叢後的那人身形無比熟悉，讓阿南一時沉吟。

廖素亭轉頭向後方看去，問：「怎麼了？」

阿南笑了笑，低頭喝著稀豆粉，道：「沒什麼。從一路風雪中過來，看見這裡花木錦繡，生機蓬勃，真好啊。」

廖素亭問：「我聽說，南海之上的鮮花也是常年不敗的，真的嗎？」

「當然啦，那裡一年到頭都是海風涼爽、豔陽高照，我居住的海峽上滿是花樹，它們永遠在盛開，從不枯敗。」

說到過往和她的家，阿南眼中滿是豔亮光彩，彷彿看到了自己最好的年華。目光不由又看向花樹之後，卻見樹後的人朝她比了一個手勢，指向隱蔽處。她別開了頭，渾若無事地站起身，對廖素亭與諸葛嘉道：「走吧，沒什麼可買的了。回去把東西打點好，好好休息，明日便要出發了。」

說罷，她起身走向驛站，再也不看花樹後一眼。

抬頭望著紅花映藍天，身上是和風拂輕衫，在這宜人的氣候中，阿南忽然想，阿琰此時，是否已經度過了江南最陰寒的時刻呢？

江南今年的雪，一直下個沒完沒了。

朱聿恆處理完手頭政務，冒雪前往李景龍府上。

說到道衍法師生前在應天這邊交往的人，眾人一致提起太子太師李景龍。

李景龍當年是簡文帝御封的征虜大元帥，曾率五十萬大軍於燕子磯抗擊北下的燕王。但燕王數萬大軍遠道而來，竟一舉戰勝了當時占據天時地利人和並且以逸待勞的朝廷軍，造就了一場以少勝多的神話。

李景龍在敗陣之後，便暗地歸降了燕王，回應天後開啟了城門迎接靖難軍入內，也因此受封太子太師。

後來他被彈劾削爵，成了閒人，而靖難的第一大功臣道衍法師不肯受官，留在應天監修大報恩寺，兩個閒人因此相熟，又因都好垂釣而成了釣友。

甚至三年前道衍法師去世，也是與李景龍喝酒之時溘然長逝。

天寒地凍，李景龍無法出門，只能坐在家中池塘旁垂釣。

朱聿恆被請進去時，他剛釣上一條巴掌大的魚，搖頭將它從鉤上解下，嘆息著放回去：「黑斑啊黑斑，讓老夫說你什麼好呢？光這個月你就被我釣上來四回了，你看看池子裡還有比你更蠢的魚嗎？你嘴巴都成抹布了！」

朱聿恆不由笑了，打了個招呼：「太師好興致。」

李景龍抬頭一看，忙起身迎接：「殿下降臨，有失遠迎，還望恕罪！」

「哪裡，是本王叨擾太師了。」朱聿恆將他扶起。

侍衛們分散把守院落，周圍幾個老僕忙清掃正堂桌椅，設下茶水。

李景龍雖然削了爵，但畢竟當年靖難中有默相事機之功，因此太師頭銜還保留著。

喝了半盞茶，聽皇太孫提起道衍法師之事，李景龍滿臉感傷：「轉眼法師去了已近千日了，也不知道能不能成金身。」

朱聿恆道：「法師道德高深，定能修成正果。」

釋門僧人圓寂後，或焚燒結舍利，或封塔為碑林。道衍法師因為功德高深，眾人期望能有金身以證佛法，因此在他圓寂之後，不管他遺言要求火化，將他的遺體坐於缸中，以石灰炭粉及檀香等填埋瓷缸，只待千日之後，將其遺體請出，若到時骨肉不腐不爛，則會塑以金身，置於殿中，供天下人頂禮膜拜。

如今他的遺體封缸已近三年，正是要開缸之日了。

李景龍也道：「法師在大報恩寺入缸時，老臣是去觀摩過的，看到法師遺體盤坐著，被紗布密密包裹，擺入大瓷缸中。弟子們將碾碎混合的石灰、木炭、檀香填滿瓷缸，十分到位。何況法師又有大德，金身怎麼會不成呢？」

朱聿恆捻著白玉菩提子，點頭稱是。

李景龍看到這顆菩提子，果然「咦」了一聲，說：「這菩提子，老臣似乎在哪兒見過……」

朱聿恆便是等他這句，拿起菩提子讓他看清楚：「是嗎？太師見過此物？」

李景龍接過菩提子看了又看，肯定道：「沒錯，就是這顆！當初我在河邊釣到大魚時，道衍法師就常手捻這顆菩提子，跟我說罪過罪過，魚長到這麼大實屬不易，不紅燒這肉肯定會有點柴了——當然他是茹素的，不過愛喝酒。唉，若法師不飲酒，說不定如今還與我一起釣魚呢……」

李景龍年紀大了，有點絮絮叨叨的，說起話來也這一句那一句，有些東拉西扯的架勢。

好在朱聿恆頗有耐心，只靜靜聽著，既不打斷，也不催促。

「我記得有一次，因為釣魚時用力太猛，法師一扯手中的魚竿，手啪的一下打在了身旁青石上，腕上這顆白玉菩提子頓時磕到了石頭上。我與他交往多年，從未見他如此失態，立即拿起自己的菩提子，對著日光查看上面是否出現裂縫。」

朱聿恆聽到這裡，便舉起手中的白玉菩提子，也對著日光看了看。

菩提子光潤圓滑，表面並無裂縫。只是朱聿恆凝神看去，中間似有幾條細細的光線，不知是否有裂。

李景龍道：「菩提子安然無恙，法師鬆了一口氣，那變了的臉色才恢復正常。我在旁邊看到法師的手背腫起了高高一塊，想來是他在菩提子即將磕到青石的那一刻，為了保護它而使勁轉了手腕，導致筋骨扭到又撞在石頭上，傷得不輕。我當時嘲笑他，出家人物我兩忘，大師怎可為了身外之物奮不顧身？」

而當時道衍法師卻轉著手中這顆菩提子，淡淡笑道：「一花一世界，一葉一菩提。天雷無妄，隨世隱浮，你又焉知山河百姓牽繫於這顆菩提子中，只待因緣際會，萬物皆可消亡？只是世人往往早已身處其中，卻不可自知而已。」

天雷無妄，萬物消亡，身處其中，不可自知。

這幾個字傳入朱聿恆耳中，如六月雷殛，他拈著菩提子的手指不覺一收，將它捏緊了。

李景龍卻並未察覺他的異樣，只搖頭笑了笑，說：「我當時年輕氣盛，連釣到大魚都要騎馬提魚繞應天三圈以示炫耀，哪懂得佛法高深？不瞞殿下，時至今日老臣依舊難以理解，何為一葉一菩提，為何山河百姓會牽繫於一顆菩提子中？」

「法師玄機，本王亦難揣測。」朱聿恒捏著這顆菩提子說道。

萬千人的性命……若他指的是傅靈焰設下的八個死陣，那麼，確實是關係萬千人的性命。

只是——

朱聿恒將這顆通透而靈澈，但看起來確無異樣的菩提子又對著日光照了照，卻未能察覺到任何異常。

於是他又問：「當日法師圓寂情形如何，太師能詳細與本王講一講麼？」

說到此事，李景龍面容蒙上一層恍惚神情，聲音也低了下來：「說起當日情形，這可真是，至今想來恍然如夢……」

道衍法師雖是出家人，但他是個勸誡別人造反的和尚，守不守戒也是自己說了算，因此與李景龍熟悉之後，經常結伴去垂釣。

而且他不但釣魚，還喝酒，酒量還十分了得。

出事那日風和日麗，兩人在江邊釣到數條大魚，都是歡欣鼓舞，拿去了附近酒家烹飪。

那個江邊酒家，他們常來常往，老闆與他們頗為相熟。那日老闆上的酒尤為不錯，更誇口道，他在附近鄉里新尋到了一批好酒，如今酒窖中藏了大大小小百十罈美酒，只要他們高興，隨便挑選隨便喝。

兩人一聽之下，頓時興起，便隨著老闆進了酒窖。

那酒肆開了幾十年，祖輩三代在後面山坡上開挖出好大一個酒窖拿來藏酒。酒窖十分堅固，四四方方的，連個窗戶都沒有，唯有洞壁高處鑿了幾個一尺見方的風洞透氣。

為了便於獨輪車運送酒罈進出，酒窖並沒有門檻，門外便是一條斜坡。

當時李景龍已經喝得醺醉，上斜坡時居然一個趔趄摔倒了，惹得道衍法師哈哈大笑。

李景龍氣惱地爬起來，也不進酒窖了，就靠著斜坡下的柿子樹，打了個盹。迷迷糊糊中，他被道衍法師叫醒，他半睜著眼，看到道衍法師在酒窖內朝他招手，腳邊一個大酒罈子，讓他過來一起把酒抬出去。

幾個隨從都在前面店中歇腳，李景龍又喝醉了，對著他直搖頭：「我不去……走都走不動了，還叫我背這麼重的東西！」

道衍法師今天也頗喝了些酒，掂了掂重量，於是也放棄了把酒罈抬出去的打算，指著他笑罵道：「沒見識的傢伙，這罈酒看封泥足有五十來年了，裡面酒只剩半罈不到，絕對是天上有地下無的絕世美酒，待會兒你別跟我搶！」

說著，他見李景龍還在迷迷糊糊中，便在斜坡上將酒罈翻倒，順著斜坡向他滾了下去。

李景龍抬手等著酒罈滾下來，好將它抱住。誰知酒勁上湧，他又打了一個盹，忽覺腳上有重物，睜開眼便看見酒罈已滾到了自己面前，把他腳掌壓住了。

他雖然醉了，但畢竟是行伍出身，身手自然靈活，立即抬手將酒罈一把頂住，縮回了腳。

然而就在他抱住酒罈之時，便聽到酒窖門口傳來一聲響。抬頭一看，是道衍法師把酒罈推下去後，醉中身子一傾，從酒窖斜坡的上方跌了下去。

之前李景龍跌倒，畢竟是在斜坡下方，距離地面不過半尺。而道衍法師摔下來的地方則是斜坡高處，又正好是面門朝下，頓時跌了個結結實實。

李景龍呆了呆，抱著酒罈大喊：「來人，來人！」

聽到叫聲，店老闆慌慌張張地從酒窖裡跑出來，見兩位貴客在家裡出了這麼大事，忙將李景龍從地上拉起。

道衍法師的弟子們隨後奔入院中，薊承明看見道衍法師跌倒在地，趕緊衝過去將他扶起來。

李景龍這才看見法師摔得滿臉是血，不省人事，驚得放開酒罈，酒醒了大半。

他趕上前查看道衍法師情況，誰知醉後腿腳發虛，一腳絆到了地上酒罈，嘩啦一聲，大酒罈頓時在斜坡下摔個粉碎。

眾人此時哪還顧得上美酒，趕緊幫著薊承明將道衍法師抬上馬車。

李景龍打馬跟隨道衍法師的車，心急如焚趕回城中。誰知尚未到城門下，車內已傳來薊承明放聲大哭的聲音。

李景龍忙趕上去，掀開車簾子一看，道衍法師臉上的血跡已被清理乾淨，但臉色明顯已經變了。這種面色他很熟悉，戰場上經常見到。

薊承明的手放在道衍法師鼻下，顫聲道：「法師……法師斷氣了！」

李景龍立即跳上車，一把按住道衍法師的脖頸，可觸手冰涼，早已沒有了脈搏。

被帶回寺院的，只有道衍法師的屍身。皇帝從順天專門派人前來詢問，薊承明含淚陳書，說道衍法師之前曾對弟子們談起，圓寂後願火焚遺體，盡歸塵土。

但其時大報恩寺即將落成，方丈上稟道，道衍法師乃大德高僧，生前又為營建大報恩寺而費盡心血，若能留得金身，必能應大報恩寺萬年佛光榮耀。

皇帝亦感念道衍法師功德，應許了此事，因此才有了坐缸塑金身一事。

只是和尚因醉酒失足而死這個死因，實在不好聽，因此寺中一直只說他是圓寂，對於死因諱莫如深。

而李景龍也是追悔不已，後悔當日不該與道衍法師醉後胡鬧，導致他意外喪生。他沉寂半年多，才又重新回到燕子磯釣魚，再度經過那個酒肆，發現早已荒廢了。

村人們說，是道衍法師在店中出意外後，老闆擔心繼續開這個酒肆會引禍上身，萬一官府來找麻煩，他肯定沒有好果子吃，於是當晚便草草收拾，鎖了店門逃之夭夭了。

過不多久，村裡的地痞流氓便撬開了酒窖，那滿窖美酒被人偷了個精光，院內只剩了一屋瓦礫，被荒草淹沒。

結束長談，在回程的路上，朱聿恆手中撚著白玉菩提子，將它在手指上捻轉迴旋，從指尖轉到掌心，緊緊地握住又鬆開仔細端詳。

天雷無妄……

梁壘說已經消失的陣法；傅准說隨身隱沒發作的機關；而道衍法師說，山河百姓牽繫於這顆菩提子中，只待因緣際會，萬物皆可消亡……

他們口中的，會是同一個陣法嗎？

傅準將這顆菩提子交給阿南，在暗示什麼呢？

那消失的、隱沒的、註定消亡的命運，又會是什麼？

他抬頭望向南方，彷彿要穿透面前陰鬱彤雲，看到那條魂牽夢縈的身影。

阿南……他真想肋生雙翼，下一刻便飛到她的身旁。

如今的她應該已經到雲南了，不知道在那山河永麗的彩雲之南，她一切是否還順利？

應天的纏綿雨雪，並未影響到雲南的麗日晴天。

前往橫斷山的時日已至，沐王府尋了最好的嚮導為他們引路，幾人都是彝寨的老獵人，自幼在橫斷山出沒，對各路土司與寨子也很熟悉。

離開雲南府，眾人一路折向西北行去。

一路山巒層疊，滿眼盡是蒼莽山林，大地如一個面容遍布褶皺的滄桑老人，山溝重重，密林層層。

茶馬古道蜿蜒曲折，如一條時斷時連的線，在瘋長的樹木間艱難延續。

偶爾，他們能在荒蕪山道上與馬隊擦肩而過，但大部分時間只有他們一隊人在荒涼漫長的路途上跋涉。

行了半個多月，人睏馬乏，才終於翻越三條白水，到達了大寨。

這是附近最大的彝寨，土司掌管著方圓數百里的大小聚落。寨中的土掌房連成一片，厚實的平頂層疊連通，順著山勢高低錯落，中間雞犬相聞，老少安居。

本朝推行改土歸流之策，對這邊多有封賞，土司見朝廷有人過來，自然頗為熱情，招呼寨中人殺牛宰羊，擺下酒宴。

酒酣耳熱之際，土司捋著花白鬍鬚端詳阿南，笑問：「不是說你們漢人不讓女人出門的嗎？怎麼這回帶了個漂亮的大姑娘過來？」

廖素亭笑道：「不是我們帶南姑娘來的，是南姑娘帶我們來的。」

寨中人面面相覷，阿南則揚眉一笑，解釋：「哪裡，只是有些事我比較擅長，大家抬舉我而已。」

陪坐在土司身旁的夫人約有五十來歲，一看便是精明能幹的女人，她通曉漢話，立即道：「如今外邊確是不一樣了，漢家姑娘出門的也多。這不，前幾天那隊人，也帶著個漂亮姑娘來的。」

提起那位漂亮姑娘，旁邊幾個漢子頓時借酒聊開了：「那姑娘白嫩水靈，一看就是漢家的妹子，咱們這邊的妹子哪有這麼生嫩的……」

土司夫人瞪了他們一眼，他們各自訕笑，趕緊閉了嘴，不敢再品頭論足。

土司則仔細回想著，問：「就是前天過來的那撥人……給咱們帶來了鐵器交換地圖的？」

「是，因為來歷不明，是以咱們雖然和他們做了交易，但沒有留客。」土司夫人解釋：「那位方姑娘看著又漂亮又能幹，咱們寨子裡許多小夥都盯著她，讓人家姑娘都害羞了。」

說者無心聽者有意，阿南聽到「方姑娘」三個字，心下微動，舉起酒向夫人敬了一杯，問：「夫人說的那位方姑娘，是不是叫方碧眠？」

夫人尚未回答，旁邊一個漢子用力點頭道：「沒錯，我就聽到有人喊她碧眠——就是那個領頭的小白臉。呸，那傢伙可不能讓他在寨子裡多待，不然全寨姑娘的魂都要被他勾走了！」
旁邊一群人哄笑，紛紛揭他老底：「你這個慫包，看見人家姑娘長得漂亮就動手動腳，結果小白臉一抬手就卸了你手臂，我們四個人才幫你壓回去！」
阿南一聽便知道，這人的手臂肯定是被竺星河卸掉的。她臉上浮起幸災樂禍的笑容，問：「他們如今走了麼？」
土司夫人道：「沒走，不過也沒住在寨子裡。那夥人男女老少什麼樣的人物都有，而且裡面有幾人與之前朝廷來剿過的青蓮宗做派相似，所以我們就沒留他們住在寨子內。不過他們倒是隨遇而安，在周邊清理了幾間廢棄屋子暫住，好像準備入山了。」
阿南心下了然，海客們與青蓮宗也來到了這邊，而且好像比他們還快了一步。
他們在雲南時邀她相見未成，如今到了這邊，不知道會不會有什麼另外的打算？
打算自然是有的。
比如說，當天夜裡，村子燃起篝火，烹羊宰牛。寨子裡的老人們吹起了葫蘆笙、彈起了月琴，年輕的姑娘小夥們則紛紛聚攏在被篝火照亮的平臺之上，圍著火堆跳起了舞，歡迎遠道來客。

阿南正走出屋子，尚未來到火臺邊，耳邊就傳來了隱約的鷓鴣叫聲。

鷓鴣是以前在海上時，海客們用來召喚同伴的聲音。

密林深夜，江南的鳥在不停叫喚。

阿南回頭聽著，心想，在玉門關的陣法地道中，她已為公子最後豁命解決了一切，她已不欠他什麼了，今後，做陌路人挺好。

只是這鷓鴣一直在林中叫著，不緊不慢，斷斷續續，持續了太久。

看著不遠處跳躍的火光，阿南遲疑許久，終於向著鷓鴣發聲之處尋了過去。

密林深深，循著彎彎曲曲的小徑，阿南看到了呼喚她的莊叔。

「莊叔，你們也來了？」阿南說著，看向他的左右，有些詫異。「司鷲呢？」

畢竟，司鷲與她感情最好，只要知道是來見她的，他肯定嚷著叫著要跟來。

莊叔略一遲疑，回頭看向後方陰影處。

方碧眠站在森森樹影之中，正一臉怨憤地看著她：「南姑娘，妳還有臉問司鷲？」

阿南挑挑眉，不知道她這是什麼意思。

「妳別假惺惺了！魏先生兩天兩夜沒闔眼，總算把司鷲從閻王手中搶回來。他傷得如此重，妳敢說妳完全不知情？」

阿南大吃一驚，問：「什麼？司鷲怎麼了？」

「妳說呢？豈止是受傷，他……他……」方碧眠喉口哽咽，氣息噎住，後面的話便再也說不來了。

阿南一看莊叔黯然的神情便知道，方碧眠未曾說謊。

「莊叔，這究竟是怎麼回事？」

「南姑娘，既然妳叫我一聲叔，那我今日便托大說妳一句。司鷲當年與妳感情最好，你們多次出生入死，就算如今妳投靠了朝廷，咱們成了對手，可也不該對當年的夥伴下如此狠手啊！」

阿南立即道：「絕不可能！我與司鷲情同手足，怎麼可能會傷害他？」

「妳不下手，可與妳一起的人卻未必能放過他！」

「我們最近忙於趕路，所有人都在我的眼皮子底下，誰能下手去害司鷲？」

見她神情焦急，不似作偽，莊叔嘆了一口氣，看向方碧眠。

方碧眠強行壓下眼中的淚，說道：「此事公子與司霖親眼所見，而且……而且司鷲的傷勢，妳一看便知，究竟是誰對他下手！」

阿南乾脆道：「好，那我就去瞧瞧！我倒要看看，究竟是誰把戕害兄弟的罪名推到我的頭上！」

第六章　宛丘之上

西南大山地氣溼熱，海客們臨時落腳於寨子不遠處空置的房屋，木柱撐著地板離地足有三、四尺，是這邊俗謂的吊腳樓。

阿南順著陡峭樓梯一上去，立馬便看見了躺在樓板上的司鷲。

寨中人民不置床榻桌椅，只在地上鋪了手織土布，司鷲躺在上面沉沉昏迷。不遠處是盤腿靜坐於窗前的竺星河。

阿南一個箭步衝到司鷲身邊，查看他的情況。

他身上的傷口已經妥善包紮，但顯然是傷到了要害經脈，綳帶上還有斑斑血跡滲出來。

阿南看向旁邊魏樂安，魏樂安沉吟著，待竺星河點了一下頭，才小心地將司鷲傷口的布解下，給她看了看傷處。

雖然敷了傷藥，但依舊可以辨認出，傷口薄而細，乾脆俐落地劃過肌膚，顯然是被極為薄透的武器所傷。

因為切口既密且深，往往有兩、三行一起橫劃，又蹙在一起，破碎的傷口掛不住皮肉，根本無法穿針縫補，只能用綳帶纏緊按壓，靠運氣癒合。

此時傷口經過沖洗又敷上藥物，受傷的肌膚翻捲泛青，顯得格外可怖。

如此傷口，就算司鷲留得一條命，也是終身成了廢人。

阿南看著那傷口，神情震驚，久久不語。

魏樂安道：「南姑娘，我看這個傷口，應當是由一種獨特的武器造成。那武器……其薄如紙，其利如刀，可能類似於妳的流光，但發射時十分密集，可能有數十片集聚流光的模樣。」

「是，我看得出來。」阿南艱難道。

畢竟，這武器出自她的手中，又由她親手送給了那個人。

她轉過頭，看向竺星河，問：「事發之時，公子親眼所見嗎？」

竺星河靜靜望著她，說：「司鷲出事時我們就在旁邊，但我沒看見出手的人。」

莊叔在旁道：「當時我們正在對面山谷尋找路徑，在崖邊休息。司鷲帶著葫蘆到山泉取水，在接水時朝河谷對面看去，開心地對我們喊道，他看見妳了。」

說到這裡時，莊叔看了公子一眼，竺星河淡淡接過了話：「我聽司鷲這般說，便走到崖邊，拿千里鏡看去。你們一群人在山間穿行，林子稀疏處，妳遠遠出現在河谷對面，穿著銀紅色的衫子，在林中隱約呈現。」
阿南想起自己前天身上確實穿的是銀紅衫子，抿唇沒說話。
「司鷲問我要不要隔著河谷與妳打個招呼，他總覺得喊幾聲妳便能回來的。可我心知西南山區，望山跑死馬，這是不可能之事，沒有回答便轉身離開了。誰知剛轉過兩棵樹，便聽到身後傳來司鷲的慘叫聲。我回頭一看，只見林中無數道鋒利旋轉的光芒閃過，就如……那一日在敦煌城南的沙漠中，曾經籠罩住妳的那道光芒一般。」
阿南自然也記得那一日。
玉門關黑暗沙漠中，如日暈月華降臨在她身旁的，正是手持日月的朱聿恆。
「我心知不好，立即回身去救司鷲，然而我當時已經走出了數丈距離，一時未能及時回護，眼看那無數道光芒轉瞬即逝，隨後便傳來有人縱馬離開的蹄聲。等趕到司鷲身邊時，他已經……」
說著，他在昏迷的司鷲身邊半跪下來，手掌微顫地按在他層層包紮的傷口上，眼中隱現憤懣之色。
阿南立即道：「不可能！這次我們南下，阿琰根本沒有來，他如今尚在應天忙碌，怎麼可能在密林中偷襲司鷲？」
「他沒有來嗎？」竺星河聲音轉冷，望著她的目光也變得微冷。「那麼，這世上還有誰剛好有這樣的武器，又剛好在司鷲發現妳行蹤時對他下手，造成了他這樣的傷勢？」

「我說過了，阿琰沒有來。而且你說司鷲當時看到我們也是遠遠隔著山谷，連我都不知道你們當時發現了我，他又如何不偏不倚剛好在附近，從而對你們下手呢？」阿南再看了司鷲一眼，站起身堅決道：「更何況，以阿琰的身分，何須親自落單埋伏在後方，偷偷對司鷲下手？豈不是自降身分，匪夷所思。」

竺星河聽她的話語，眉宇間隱現些微不悅，冷冷問：「他的身分……妳就如此看得起他的身分，看不起我們這些舊日的同伴？」

「我自己也是海匪出身，我如何會看不起我自己？」阿南搖頭道：「只是，我已經找到了自己的道路與方向，與大夥兒雖道不同不相為謀，但也絕不會就此翻臉成仇。此次我率隊南下，到橫斷山脈是為破陣消災，消弭當年關先生所布下的惡陣，為西南這邊的百姓消弭禍患。我想公子一向心懷蒼生，慈悲為懷，即使不會助我，想必也不至於阻攔我去辦這件事。」

「如果，我就是要阻攔呢？」竺星河直視她，事到如今，他已不再掩飾自己，開誠布公道：「當初在敦煌玉門關時，妳不肯幫我啟動陣法，我便知妳的心已經完全偏向了朝廷那邊，成了與我們對立的人。後來妳果然幫助朝廷破解了陣法，也讓我們藉著動亂割據西北的設想全部落空。阿南，妳知道妳給我們造成了多大的麻煩嗎？」

「這是公子計謀的破滅，卻是敦煌乃至西北百姓的幸事。幸好你們的設想沒有成功，那裡的百姓才能一直在那裡好好生活，不至於因為水源乾涸，從此永遠失去家園。」阿南聲音也轉冷硬，道：「抱歉啊，公子，但我不會後悔。」

「妳會後悔的。」竺星河目光銳利地盯著她，道：「妳如今春風得意，可等到朱聿恆死了，妳失去了靠山，對朝廷也沒有了利用的價值後，等待妳的是什麼下場，妳考慮過嗎？」

阿南自然知道。

別說以後了，就是現在，皇帝也為了防止她引動皇太孫的山河社稷圖，而派人阻擊暗殺她。

皇家，朝廷，站在權力最巔峰的人，將生殺予奪、冷血無情的手段展現得淋漓盡致。

可這一切，與她又有什麼關係呢？她的目標、她行事的原因，本來就不是因為這些上位者。

「我拚命要破這個陣法，只是為了阿琰、為了西南這一片的人民不至於遭受滅頂之災，至於其他的，我從沒有考慮過。對於我這種隻身闖蕩的人來說，榮華富貴反倒都是累贅，我所求的，不過是……」

不過是回到無人打擾無憂無慮的地方，埋頭鑽研這世上最精深的技藝，攀上自己心中的最高峰。

只可惜，她的人生中，已經多了一些再難放下的東西。

嘆了一口氣，阿南也不對他解釋，只對魏樂安道：「魏先生，我那邊有些還不錯的傷藥，若司鷲需要的話，我給你送一些過來。」

方碧眠在旁邊冷冷道：「怕是要讓南姑娘為難，妳的新主子要殺的人，妳卻要送藥過來，怕是不妥吧？」

阿南瞥了她一眼，沒有理會她，轉身便要向外走去。

竺星河抬手攔住她，說道：「阿南，我與朱聿恆之間，有一場二十年的恩怨終要了斷。到時候，不知道妳會站在哪一邊，又要如何插手？」

「我站在橫斷山、甚至天下所有百姓的這一邊。」阿南毫不猶豫道：「二十年前爭權奪利的戰爭，我當時尚未出生，與我又有什麼關係？但我既然從海上回來了，看到了這裡安寧生活的人們、交好了這裡的朋友，我就不能對他們的覆滅視若無睹。」

「看來，是一直以來沒有受過太大挫折，使妳對自己太自信了。」竺星河沉聲道：「但是阿南，這次我招妳回來，不僅僅是要向妳戳穿朱聿恆的真面目，還想告訴妳，這次的陣法，妳擋不住的。別說妳，就算是朝廷派遣了億萬人來，也只能是徒增傷亡，來得越多，死傷更多。」

阿南心下微驚，竺星河如今與青蓮宗合作，必定知曉這個機關的中心祕密所在，聽起來，這應該是個人力無法阻擋的機關，而且，很可能極為凶險。

她不動聲色道：「可我有點不相信呢。橫斷山曲折難行，傅靈焰當年也沒有聽說大規模率領人手南下建陣的情況，以當時韓宋朝的力量，她如何能以一己之力，設下阻擋億萬人的龐大陣法？」

「不需要阻擋，這是一個，足以吞噬所有生靈的死陣……」竺星河壓低聲音，緩緩說道。

吞噬所有生靈……

阿南心中，忽然閃過傅靈焰手劄上描繪的，籠罩在雪山上的大團黑氣，只覺背後微僵，一股冷氣順著脊背便蔓延了上來。

她豎起耳朵，正等著竺星河吐出更多的線索之時，卻聽到旁邊的方碧眠低聲喚了一聲：「公子。」

竺星河哪能不知道她的意思，垂眼轉變了話題，說道：「所以，阿南，任何人都擋不住的，包括我、也包括妳。看在往日的情誼上，我給妳一個忠告吧，不要接近陣法，現在，今晚就啟程返回，不要踏足死亡之地，不要為了註定要死的人，白白犧牲。」

「你怎麼知道我不行？就算真的肯定性極低極低，我也會竭盡全力，將一切從深淵中拉回來！」阿南義無反顧，撂下最後幾句話，便要下樓。

竺星河在她身後冷冷問：「這麼說，我們兩人之間，妳是選擇站在他那邊了？」

阿南頓住腳步，卻並沒有回頭。

「你們的恩怨，我選擇站在中間。但如果有可能波及到無辜的人，那我肯定站在我認為對的那一邊。」

聽阿南的腳步聲遠去，方碧眠有點著急，走到竺星河身後，問：「公子，不攔住她嗎？她如今率領朝廷這群人破陣，是我們最大的阻礙……」

「那陣法，沒人能破得了。」竺星河嗓音冰冷道：「既然她不肯聽我的勸告，那麼，我也無法救她，只能任由她去了。」

一片沉默中，一直昏迷躺在地上的司鷲忽然動彈了起來。

「阿南，阿南……」站在床邊的方碧眠聽到司鷲在昏迷中的喃喃聲，趕緊過去輕撫他的心口，幫助他順氣：「司鷲，你感覺怎麼樣？」

司鷲卻尚未從睡夢中醒來，他雙唇一張一闔，似乎在說著什麼。

方碧眠低頭，仔細聽去。

卻聽司鷲口中吐出的是：「阿南，阿南……別被外面的人騙了，妳回來啊，妳馬上要……過生辰了，我給妳煮長壽麵吃……」

方碧眠默默聽著，眼圈一紅，憤恨地抿緊了雙唇。

旁邊莊叔則問：「阿南的生日？」

「嗯，就是我們遇見阿南的前幾日。」竺星河淡淡道：「她母親帶她走那一天，就是給她過了五歲生日，然後告訴她不能再在海盜窩裡待下去了。所以後來被我們救出後，她計算了一下日子，才找到了那一日。」

說者無心聽者有意，方碧眠的腦中突如一陣雷擊而過，她不敢置信地轉頭，看向阿南離去的方向。

她想起自己在公子的身邊看到的那份檔案。他遣人從官府偷錄了阿南父母資料卷宗，原本以為可以憑此掌握她的身世，從而或許能讓她回心轉意，回到海客們中間來。

可最終，公子看了內容之後，卻只臉色震驚難看，並且徹底打消了念頭。

這麼說來，阿南的生日……她父母的行蹤……

方碧眠一時心下悸動，望著阿南消失的方向，一時不知是驚是喜。

阿南回到彝寨，歡迎他們的篝火宴會正在高潮處。

墨長澤、諸葛嘉本是不喜熱鬧之人，也被圍著一碗一碗灌酒，根本無法推拒盛情。而年輕人如廖素亭，早已被拉到篝火旁，與幾個小夥子手牽著手，有模有樣地跳起了舞。

阿南正在看著，忽然寨子中的幾個姑娘唱著歌來到她的身旁，拉住了她的手，將她往平臺篝火邊帶去。

阿南正值心情鬱悶，她最不願自己沉浸在低落中，在姑娘們歡樂的曲子與舞步中，乾脆將一切思慮先拋在腦後，跟著她們轉向了篝火邊。

她生性奔放，身段又比誰都靈活，一下便學會了彝寨姑娘們的舞姿，旋身隨著她們一起跳起了舞。

姑娘們時而扠腰擺步，時而招手對腳，在火光下蕩起寬大的裙襬，如一朵朵鮮花於風中旋轉。

火光與舞蹈讓阿南的精神也逐漸高亢起來，擺脫了抑鬱情緒，臉上開始顯露笑容。

她身段本就比別人高，身姿又格外柔軟，跳著與彝寨姑娘們一樣的舞步，衣袖招展，裙襬飄搖，被跳動的火光照得明亮的面容上笑意盛放，就如無數花朵中最為奪目的那一枝。

所有人的目光都不覺落在她的身上，而人群後方的黑暗中，有一道熟悉的目光，卻比任何人的更為明亮灼目。

阿南心有所覺，抬頭看向彼方。

跳動的篝火隱約照亮了他的身影，他沐浴著淡淡月華與爍爍火光，銀白與金光跳動，映得他頎長身影似幻如真，比夢境還要飄忽。

他凝望著她，目光中滿是溫柔光彩，微揚的脣角透露出他內心難掩的歡喜。

阿琰……

阿琰！

阿南扭動的腰肢與招展的手都不覺停頓了下來，錯愕的情緒侵占了她的心口，腦中一時只閃過一個古怪的念頭——

他來了。

阿琰真的來了。

就在半刻前，她還信誓旦旦對公子與海客們說，司鷲絕不可能是阿琰下的手，因為他根本就不在這裡。

可他卻……真的過來了。

重逢的歡喜被錯愕沖淡，她一時跳錯了拍子，手臂也打到了旁邊的一個姑娘。

那個姑娘以為她是不熟悉，笑著將她的手挽住，旁邊的姑娘們也紛紛上來，帶著她一起旋轉招手。

葫蘆笙與月琴聲音高亢，高臺之上重回喧鬧歡樂的歌舞。

朱聿恆帶著一眾侍衛穿過人群，走到臺邊。墨長澤與諸葛嘉看見他到來，都是錯愕不已，忙向土司介紹他。

「這是……我們提督大人。」

土司知道提督是很大的職位了，料定他身分必定非同小可，忙將他迎到主位。

土司夫人帶著兒女們給他斟酒勸酒，他不拂好意，略喝了幾口，目光卻一直在篝火邊的阿南身上。

火光耀目，她鍍著一層金紅色的光彩，在稀薄夜色之中，飛旋的身影在姑娘們中間來去，招手舞蹈，旋轉如風。

每次她旋身轉頭，他便看到她臉上的燦爛火光，她在跳躍著，火光也在她身上跳躍著。

黑夜時而吞噬了她，時而呈現出她，在清晰與模糊中無序切換的身姿，令他胸口沸熱。

這段時間瘋狂趕路，一直憋在心口的思念，在見到她的這一刻終於噴薄而出，情烈如火，難以抑制。

可她的目光只在他身上停頓了片刻，便轉移開了，若有所思地繼續與姑娘們一起舞蹈。

他本以為，她會歡笑著跳下臺撲到他身邊、跑到他面前驚喜詢問，誰知她卻是如此冷淡。

而他也沒有了將一路上輾轉想念了千遍萬遍的她緊擁入懷的機會，心口湧動的血潮無從宣洩，唯有緊握拳頭壓抑自己的衝動。

緊盯著她並不遙遠的身影，年少時讀過的詩，忽然在此時湧上他的心頭。

子之湯兮，宛丘之上兮。

洵有情兮，而無望兮。

數千年前，那個仰望著宛丘之上起舞神女的人，心中愛慕而無望的那種心緒，如今轉換成這與世隔絕的橫斷山脈之中，遙望著在火光中起舞阿南的他。

縱然他拚盡一切，可她不肯向他奔赴，他這慘淡的人生處境，又要如何實現自己的奢望？

葫蘆笙的音色忽然纏綿起來，歌聲已變，身邊的小夥子們紛紛跑上高臺，尋找自己心儀的姑娘共舞，相貼相對，如一雙雙的飛鳥或游魚，纏綣相依。

其中，也有幾個熱情的小夥子，對阿南這個剛剛到來的陌生姑娘大獻殷勤，圍著她做出邀舞動作。

阿南笑意盈盈，不動聲色地避開他們的動作，神色如常。

只是，不知道是不是朱聿恆多心了，總覺得她的目光似有若無地朝著自己看來，火光下那目光中似倒映著細微火光。

他凝望著阿南，正在恍惚之際，身後廖素亭卻貼近了他，笑著低聲問：「殿下，南姑娘在等你嗎？」

不知道是不是夜風被火光渲染得太過熾熱，朱聿恆只覺自己的面龐在夜色中也有點燒灼般的熱燙。

身為皇太孫，他自然不會理會這種荒誕的提議，只淡淡道：「胡鬧。」

只是目光不受他的控制，始終要往阿南那邊望去。

而臺上阿南卻已經旋過了身，火光隱藏了她的面容，他再也難以窺見她的神情。

心底升起難言的情愫，他猛然起身，轉身便向著後方寨子走去。

寨子中來了這麼尊貴的客人，土司夫人親自帶人灑掃，早已清理出了最高的樓閣，將他請入休息。

喧囂熱鬧被甩在了腦後，發熱的頭腦也在逐漸恢復。深山之中晝夜溫差巨大，夜風一吹，朱聿恆甚至感覺到了一絲寒意。

他在火塘旁坐下，抬手給自己倒了杯茶捧在手中。

只是，阿南剛剛起舞的身姿似乎還在他的面前旋轉，他喝著茶，心下不覺升起一絲懊惱——

就算他陪著阿南在這邊跳舞，當著眾多下屬的面又怎麼樣。他們頂多在心裡笑一笑，又不敢背後作為談資，算什麼大不了的事情。

正在心亂如麻，差點要將杯子捏碎之際，忽聽背後腳步聲響，有人順著木梯子上來了。

那輕快的腳步與迅捷的起落，不必諸葛嘉在下面提醒，他也知道是阿南。

他沒有起身相迎，只抬頭望向出現在樓梯口的阿南。

她提著裙襬快步走到他的身邊，在火塘旁坐下，問：「怎麼啦，是我跳得太難看，把你都嚇跑了？」

朱聿恆望著她的面容，心下一時覺得荒誕——他千里迢迢追尋她而來，兩人見面後不傾訴別後的一切，卻先聊起了這看似無謂的事情。

他聲音低啞：「怎麼會，妳跳得很好。」

「那你怎麼不上去，和寨子裡的小夥子一起跳呢？」阿南托腮在火光下望著他，問：「是跳舞太難了，你學不會嗎？」

朱聿恆望著她眸中波轉跳動的火光，沒有說話。

見他不回應自己，阿南撐著下巴朝他挑挑眉：「好吧，是我不懂事了，皇太孫殿下重任在肩，就是這麼沉穩內斂，不動如山……」

話音未落，她手腕忽然被握住，身子一輕便被拉了起來。

猝不及防間，她腳下一趔趄，朱聿恆已將她的腰肢攬住，讓她貼在了自己胸口。

危急之中曾經無數次自然而然做出的動作，在此時卻顯得過分親暱，讓他們兩人的呼吸都顯得急促了半分。

他凝視著她，低聲道：「我會。」

阿南還不明白他的「我會」是什麼意思，聽得外面葫蘆笙響，姑娘們的歌聲越發嘹喨，在夜色中清澈而纏綿。

這聽不懂的歌聲，帶著一種讓心口震顫的力量，讓他們在歡歌之中，深深凝望著彼此。

就如遠處高臺上的那些彝族年輕人一般，他們身體輕貼，呼吸相聞，隨著那歌聲一起，如飛鳥振翅而翔，如游魚並鰭而曳。在這漆黑的夜色之中，在這無人看見的樓上，在這嗶剝的火塘旁邊，跳起了外間那些男男女女的舞。

漸漸地，也不知道是誰先繞上了誰的手，誰先貼住了誰的面頰，他們肌膚相貼，緊緊擁抱，再也不讓任何一絲風從他們中間穿過。

他們抱得那麼緊，呼吸相纏，兩鬢廝磨。

情難自禁地，朱聿恆低下頭，灼熱的脣終於再度攫取到了他渴求了許久的吻，彷彿要彌補分別之後那些長久的空曠與焦灼，思念與瘋狂。

他虔誠而貪婪地親吻著她，身體灼熱顫抖，情難自禁地將她抵在柱上，抱著她的手越發收緊，似要將她揉進自己的懷中般用力。

阿南覺得自己有些喘不過氣來，想將他略微推開一點，卻在他熱燙緊貼的身體之前，失卻了所有力氣。

她感受著阿琰不顧一切的，彷彿明日便要失卻了生命的絕望與恣意中，忽然心軟了。

想要推開他的雙手慢慢垂了下來。她閉上眼睛，任由他親吻自己，竭盡全力地深入汲取。

直到雙足已經撐不住他們的身軀，他抱著她沿著身後的柱子逐漸滑下，兩人蜷靠在火塘旁，氣息逐漸平緩，纏綿渴求的眷戀未足，都是捨不得放開對方。

阿南氣息不勻，不敢置信地望著他，聲音也微帶喘息：「不是說好了，以後我們只是戰友，再也……再也不會……」

然而，她恍惚想起來，剛剛情不自禁的人，不止他一個。

甚至，她的失控情態，也不比阿琰好到哪裡去。

朱聿恆沒有回答，只收緊了抱著她的雙臂。

她也無法再問下去，心頭暗暗的激蕩交織，讓她無所適從，一氣之下，乾脆將面容埋在他的肩頭，還恨恨地深吸了幾口他身上的香氣。

梅花在雪夜中氤氳縈繞的暗香，和她記憶中的一模一樣。

「你不是政務繁忙，又要照顧你爹嗎，怎麼還是過來了？」

朱聿恆的手順著她的手臂滑下，攏住了她的手掌，與她十指交纏：「聖上與我父王的身體都恢復得不錯，如今應天那邊一切平穩度過，因此我才放心將一切交給他人。」

阿南從他懷中抬起頭，斜他一眼：「說真話。」

朱聿恆在她的目光下無奈笑了笑，抬手撫撫她的鬢髮，將自己胸前衣襟解開。

塘中火光黯淡，但已足夠阿南看到，他的陽維脈殷紅血赤，已如其他的血脈一般暴裂。

阿南撫上這條新出現的血痕，手指微顫：「這是……崑崙山闕關聯的那一條？」

「是。即使妳與我遠隔萬水千山，它依舊還是發作了。既然如此，我們又何必分開呢？」朱聿恆俯頭以唇輕貼她的額頭，說道：「再者，我這邊已有了關於白玉菩提子的發現，我想盡快與妳碰面，讓妳看一看裡面藏的東西。」

阿南精神一振，從他身上撐起身子，抓過那顆白玉菩提子，靜聽他講述別後經歷。

從李景龍那裡得知了道衍法師當年的事情後，朱聿恆仔細研究他留下的菩提子，卻未有任何發現。

直到某一日風和日麗，他與李景龍前往燕子磯，在道衍法師經常盤腿垂釣的那塊石頭上，查看對面的沙洲。

草鞋洲已經在六十年的江水沖刷下，逐漸變成橢圓。看潮水衝擊的角度，千百年後，或許真的會如諸葛嘉所說，成為一個八卦形狀。

朝廷派遣的人，已多次在草鞋洲上徹底搜查。祖父雖不允許他接近這陣法以免發生不測，但一應情況都會向他傳達，精準無漏。

沙洲上蘆葦叢生，每年夏秋潮水漲落時，往往沒在水下數尺，因此上面偶爾有零星漁船靠岸，卻並無人定居。

而沙洲中間是巨大沼澤，千萬年來泥漿積澱無人能入，上面空無一物，絕無設下任何陣法的可能。

朱聿恆拈著白玉菩提子，思索著道衍法師為何要經常來此處釣魚，又為何要說，菩提子中可另闢世界。

想著李景龍說過的，道衍法師那次差點將菩提子砸裂的事情，他將菩提子舉到眼前，對著面前的沙洲照了照。

依舊是一無所見。

他於是無意識地轉動著菩提子，看向四周。

就在映向太陽的那一刻，他手中的菩提子也轉到了某一個特定的角度。

一瞬間，整個世界如同蒼白陰翳蒙在了他的面前，讓他眼中陡然閃過錯愕的光芒，捏著菩提子的手也下意識收緊了。

李景龍察覺到他的異常，忙丟下魚竿惶惑問：「殿下，可是身體不適？」

他愣怔片刻，隨即霍然站起，示意侍衛們立即隨他回城：「不，本王忽然想起一些要緊事情，我得……立即趕回去處理。」

在回去的路上，他的手中，一直握著阿南留給他的「初辟鴻蒙」。

雖然已經殘破，但他一直將它貼身藏在袖中。它在這嚴冬中並不顯得冰涼，反而因為帶著他的體溫而暖暖的。

阿南，他心中堅定不移的定海珠、北極星。

每次遇到艱難困境之時，他總是期望與她雙手相握、後背相抵。哪怕如今她不在身旁，可一想到她，心中總是平添一份堅定與勇氣。

阿南，他絕不可以失去她。

就在進入東宮附近街道之時，他看見了從東宮過來的馬車，上面坐的人，正是前次替父親醫治的太醫。

他放開了初辟鴻蒙，叫住了人，問：「陳太醫，太子現下情況如何？」

陳太醫看見他，嚇得一哆嗦，趕緊垂首答應：「微臣察太子氣色漸復，只要安心將養，定能早日大好。」

朱聿恆將他帶到旁邊無人角落，單刀直入道：「陳太醫，你家世代於宮中供職，如今又是南直隸太醫院使，本王相信，你不至於藏私。」

陳太醫忙垂手道：「是，是，微臣不敢有瞞。」

朱聿恆盯著他，目光犀利：「那麼，我父王身體究竟如何？」

陳太醫額角出汗，戰戰兢兢道：「稟太孫殿下，那日太子風炫發作，微臣看太子脈象其實平穩，但……太子妃提醒微臣，是不是痰迷心竅了，微臣才……才敢……」

朱聿恆目光微冷，低低道：「原來如此麼？」

陳太醫忙道：「微臣下針時都避開了大穴要穴，只撿了不刺激的小穴位稍加針灸而已。所幸太子吉人天相，當即也便醒來了……」

「好，本王知道了，勞煩陳太醫了。」朱聿恆示意侍衛給他賞銀，自己則整肅神情，向著東宮而去。

太子與太子妃二十多年夫妻，相濡以沫，感情甚好。

朱聿恆一進東宮，便看見屋前廊下設了軟榻，父母相隔半尺坐著。日光斜照在他們身上，他們低低說著話，晒著太陽，融洽從容。

朱聿恆原本躁動的心，也逐漸變得平緩了些。

他接過侍女手中的銀托盤，輕手輕腳過去，將金桔與柳丁捧到他們面前。

太子妃抬頭看見是他，不由得笑了，接過水果給太子遞了一份，問：「今日倒是回來得早？」

朱聿恆在他們身旁坐下，示意侍女侍衛們都退下了，然後坦然道：「阿南出發有幾日了，孩兒無心政務，實在坐不住，所以和太師去燕子磯釣了一會兒魚。」

太子與太子妃默然對望一眼，還沒來得及說什麼，卻聽他又道：「回來的時候，孩兒遇見了陳太醫，他說剛給父王請了脈，恢復很快，因此，孩兒也就放心了。」

太子頷首：「對，父王這兩日感覺身上大好，你和你母妃啊，不必再替父王憂心了。」

朱聿恆便道：「既然父王身體已無大礙，那麼，孩兒想要立即出發追上阿南，我們一起前往橫斷山脈破陣。」

太子頓時錯愕，太子妃失聲道：「聿兒，你簡直糊塗！邯王虎視眈眈，你父王身體稍有起色，你便要拋下一切重任，追隨那個司南而去？你怎麼不想想，你與她在一起，對你只有不利！」

「沒有不利了，孩兒身上的崑崙刺已經發作。」他微斂眸光，道：「父王身體已無大礙，邯王那邊，聖上也給了孩兒承諾。如今南邊的陣法與我息息相關，如何能一力壓在阿南肩上？」

「朝廷已經夠開恩了，將人馬全部交由她一介女海匪指揮，她若有能力，便該自行做好，又何須你陪她冒險？」太子妃一貫沉穩的聲音，此時顯得又高又尖，顯然被兒子的決定而亂了分寸。

「請父王母妃別擔心，孩兒身上尚有兩條血脈未曾發作，算起來時間充裕，足夠我從橫斷山破陣回轉。無論此事成或不成，孩兒定然會盡快破陣，回歸父王母妃身邊。」

「不……聿兒，不要去！」太子失態地抓緊他的手，不顧一切道：「留下來，留在爹娘身邊！你……至少在這最後的時光，待在我們身邊……」

太子妃亦是紅了眼眶，抬起顫抖的手捂住嘴巴，竭力不讓自己哭出來。

朱聿恆默然望著他們，道：「父王母妃放心，孩兒之前面對過無數艱難險阻，當時面前一片迷霧，只有我和阿南兩人互為依靠，情勢遠比如今嚴峻，但，我們都一一破解了困局，安然歸來了。孩兒保證，這次我也一定能順利回轉……」

「不夠的，兩個月時間，不夠你從橫斷山破陣回轉的！」太子竭盡全力，死死抓著兒子的手，不肯放開。

他衝口而出的話，卻讓朱聿恆的脊背微僵，寒意沁了出來。

「父王怎麼知道，我只有兩個月了？」他反握住父親的手，定定地凝視著父母。「你們如何知道我只剩了寥寥這點時間……傅准知道，聖上知道，父王母妃，你們也知道？」

太子顫抖著雙唇，悲愴道：「是傅准說的，所以，我們才竭力阻止你南下。因為，聿兒，你沒時間了，等待你的，只有……」

他聲音哽咽，難以吐出後面的話語。

可朱聿恆卻清楚地知道，他後面要說的是什麼。

所以祖父已經絕望地為他營建山陵，父母不惜一切將他留在身邊。

等待他的，只有區區兩個月時光，比魏樂安預言的一年時間，更為殘酷，根本不夠他去了西南再回轉。

「聿兒，別去……至少，在爹娘身邊，咱們還能傾舉朝之力想想辦法……」秉性剛強的太子妃，此時也忍不住熱淚滾滾而下，顫聲道：「聖上要殺了司南，也是因為想把影刺除掉，留你在身邊……咱們齊心協力，或許能尋出最後那個天雷無妄陣法的祕密，豈不比你……萬水千山離我們而去要好？」

即使一切都已無可挽回，他們也希望他最後的時光能在雄偉輝煌的宮闕中安然度過，而不是在西南絕境中，落得個屍骨無存的下場。

朱聿恆問：「那麼，傅准失蹤前，是否透露過天雷無妄陣法的詳細情況？」

太子默然許久，艱難地搖了搖頭。

「可我如今，卻找到了橫斷山脈的重要線索。縱然我也知道，此去希望渺茫，但……我絕不能放棄最後一線希望，更不可能讓他人、讓阿南代替我去冒險，我必須要自己決斷這一切，自己掌握自己的生死！」

見他去意已決，太子妃掩面哭泣再說不出話。

而太子緊握著朱聿恆的手，嘆息著不肯放開。

朱聿恆卻比他們要平靜許多，神情清明從容：「其實，早在山河社稷圖剛出現，魏樂安告知我命不長久時，我便已經強迫自己，接受這天年短暫的命運。當時孩兒唯一的想法，便是在這僅剩的一年時光裡，安排好自己的未來，幫助父王掃清障礙，牢固東宮地位，這樣，孩兒九泉之下也可瞑目了。直到……阿南出現了，她讓我看到了存活的希望，帶我進入了我前所未見的奇妙世界，也讓我知道了，我背負的山河社稷圖，不僅僅關係我自己的生死，也關係著億萬百姓的生死存亡。」

「那時我才知道，我該負起的責任，不僅僅是這一年的時光、不僅僅是東宮的未來，更是天下的存亡，社稷的安危。或許上天讓我成為皇太孫，給了我這樣的一雙手和棋九步的能力，便是要我肩負起這責任，解決六十年前的死陣，挽狂瀾於既倒，這……或許就是我的天命！」

太子與太子妃都是流淚哽咽，望著自己的兒子，久久無法言語。

而朱聿恆的話語，如從胸臆間一字字擠出來般鄭重：「爹，娘，不要怪阿南。是孩兒將她扯進了這原本與她無關的漩渦之中，她的命運也因我而改變。如今我們是生死同命的人，沒有了彼此，我們都無法獨活。若這已經是最後的陣法，那我，絕不會讓她擋在我的面前，替我承擔風雨；我也絕不會龜縮於她的身後，任由她被風暴侵襲。」

雖千萬人吾往矣。

在日光遍照的迴廊中跪下，朱聿恆朝他們深深叩首，然後起身作別。

二十年朝堂風雨，他們一直是彼此最大的倚靠與後盾，但此時此刻，朱聿恆鄭重向他們道別：「爹，娘，請恕孩兒不孝，聿兒……拜別了！」

太子妃淚流滿面，向著離去的兒子追了兩步，顫聲道：「聿兒，若你不能安然回來，娘一輩子也不會原諒你！」

朱聿恆沒有回頭，他只是垂下手，默然握緊了腰間母親以鮮血調朱砂為他抄寫的經文，重重地，點了一下頭。

隨即，他便加快了腳步，頭也不回地離去，彷彿多留一刻，回一次頭，他那決絕的意志便要被衝垮，再也無法離開。

「兩個月……」

阿南喃喃著太子脫口而出的話，在明滅火光下仔細查看著朱聿恆身上的血痕。

加上新出現的陽維脈，確實是六條殷紅刺目的痕跡。

剩下兩條，應該還能留給朱聿恆三、四個月時間，即使橫斷山破陣失敗，也足以令他回到應天。

「難道那個天雷無妄之陣，在榆木川那一次，便算是發動過了？可是山河社稷圖並無反應啊……」阿南將手按在他胸口，抬頭看他。

朱聿恆長出了一口氣，將自己的衣服掩好，說道：「那一處陣法所在不明，對應的經脈也詭異，好像處處透著詭異。」

阿南沒說話，默默撥著火塘，心想著，如果傅准和太子所說是真，那麼阿琰如今剩下的時間，已經只有橫斷山脈陣法發動前的寥寥數日了……

心口悲愴，不可抑制。

她抓起手中的柴火，狠狠往火堆中丟去。

騰起的火光將她的面容照得殷紅，她彷彿發誓一般，狠狠道：「這個陣法，是咱們最後的希望了，就算豁出一切，也非破不可！」

朱聿恆卻比她顯得坦然，盤腿坐於墊子上，抬手摸了摸她的臉頰，將她擁入懷中。

死亡已近在咫尺，過往一切齟齬，如今都已不重要了。

阿南在他的肩頭靜靜靠了一會兒，才開口問：「我比你早出發了好幾日呢，你什麼時候到寨子的？」

「就在今晚。幸好你們人多腳程也慢，而我輕裝上路，又日夜竭力追趕，總算追到了。」

想像這阿琰一路翻越山河奔赴而來的情形，阿南心口一悸，喉口微哽：「那，你在過來的途中，有沒有遇到什麼人？」

「我一心趕路，並沒有注意什麼，怎麼？」朱聿恆說著，抬手撥撥她額上的髮絲，疲憊與適才的激動讓他聲音顯得暗啞。「誰知我一路追趕，總算追上了妳，妳卻不肯多看我一眼。」

「因為，我心裡有團疑問，還得你解答。」阿南心下微熱，抱著他的手臂，仰頭看他。「阿琰，我問你，你這兩天有沒有做過對不起我、或者我朋友的事情？」

朱聿恆垂下眼睫，凝望著她：「我說過絕不會再騙妳、欺哄妳，說到做到。」

「這麼說，也不會對司鷲下手嘍？」

朱聿恆更顯詫異：「他怎麼了？我為何要對他下手？」

阿南將懸在火上的茶壺取下來，倒了兩杯茶和他慢慢喝著，將司鷲的傷勢及受傷經過說了一遍。

「我看司鷲的傷口，從形狀、角度、手法到傷痕分布，這世上，確是只有日月才能形成這樣的傷口。你也知道，這日月是我親手所製，也花費了不少工夫，我敢肯定，在這個世上，除我之外，沒有任何人能做得出來……」
「不，還有一個人。」朱聿恆道：「妳說過的，日月原本是傅靈焰的武器。」
「但傅靈焰在海外銷聲匿跡六十多年，應是已經仙逝了，更何況來這深山中為難司鷲？」阿南與他都知道這個想法荒謬，搖頭道：「是以海客們都懷疑是你在暗地下手。」
朱聿恆冷冷一笑：「若當時竺星河就在司鷲左近，我自然要替杭之報仇，又怎會挑軟柿子捏？」
阿南深以為然，她伸手抓過朱聿恆腰間的日月，輕輕地晃動著，聽著清脆空勻的珠玉撞擊聲在這夜晚響起，如同仙樂。
「總之，此事必有蹊蹺……」阿南說著，又伸手向他。「對了，你在那顆白玉菩提子中，發現了什麼要緊的事情？」
朱聿恆探手入懷，取出隨身的錦袋，將裡面妥善保存的菩提子取出，放在她的掌心，示意她對著火光轉動。
阿南將它拈起，在火光前緩緩轉動。
火光透過白玉，明亮的光芒將它上面的劃痕投射到黑暗的牆壁上，顯現出斑斑駁駁的痕跡——
在慢慢轉到某一個特定角度時，阿南陡然睜大了眼睛。
黑暗的牆壁之上，赫然投射出了一團光暈，那光芒的中間，是細長的刻畫痕跡，詭異扭曲，儼然便是一個手足折斷、倒仰於地的人形。

她不由得脫口而出：「這是……我在拙巧閣看到的，隱藏在畫下的那個古怪人形！」

「是，這顆菩提子外表看來無異，但其實玉石內部被雕出了幾線痕跡，強光穿透之時，會形成深淺不一的光影，形成圖案。」朱聿恆說著，又指著那人形身上代表陣法的地方，問：「妳看，菩提子表面共有六道劃痕，不偏不倚，全部正好切在代表陣法的地方。」

阿南仔細查看著，從順天到玉門關，每一個陣法上都有一個深暗的黑點，而劃痕則無比準確地劃過其中六個黑點。

這些被切割過的，有之前發動過的順天、開封、東海、渤海、敦煌，唯有第六個，卻是這個模糊扭曲人形的心口那一塊，也就是阿南從那幅畫上切割下的一塊，理應是天雷無妄陣所在的地方。

「刻痕如果代表的是已經發作，那麼天雷無妄陣是什麼時候發動的？看這個刻痕……」阿南將它舉到眼前，仔細地審視著，又抬眼看向朱聿恆，神情凝重。「這六道刻痕中，其他五道都是新的，可唯有這一道，看起來卻是最為陳舊，起碼已有十幾二十年的時光了。」

菩提子常年在手中撚搓，是以年深日久後，刻痕也會顯得圓潤，與其他五道嶄新的刻痕截然不同。

「所以也就是說，梁壘臨死之前所說的話，是對的……」阿南若有所思道：「那陣法，早已發動了。」

「所以，聖上、我父王母妃與傅准才會說，我已經只剩下……最後一個陣法的時間，不夠來回了。」

若陣法確實早已發動……

他不敢深入去想。

這陳舊的刻痕，正對上二十年前，他身上埋下山河社稷圖的時刻。

在燕子磯察覺到這一點時，他將目光從菩提子上抬起，回望身後華美莊嚴的應天城。

或許是透過白玉的日光灼傷了他的眼睛，那一刻他眼前的應天城竟蒙上了一層深濃的血色光芒。

這天下所有人仰望敬拜之處、所有權勢富貴潑天之處，六朝金粉地，王氣黯然收。

他在一瞬間感覺到了極大的恐懼。

這莫名的恐懼讓他倉促拜別了祖父與父母，不顧一切地遠離了應天，執著地奔向阿南。

而阿南，雖然無法懂得這種切膚之痛，但他們共同走過這一路，他所擁有的預感，她也未嘗不能察覺。

她沉默著將他擁入懷中，讓他靠在自己的肩頭平息急促的喘息。

她輕拍著他的背，低聲撫慰道：「阿琰，別想太多。你祖父與父母對你的好、為了挽救你所做的一切，我們都看在眼中，心知肚明。那些尚且沒有影跡的猜測，不必太過介懷。一切真相，我們自會憑藉自己之力，將它們徹底揭開！」

「嗯……」朱聿恆閉上眼，靜靜靠在她的肩上，放緩了呼吸。聞著她身上那恍似梔子花卻又飄忽難以捕捉的香氣，他下意識收緊了臂膀，固執而倔強，不肯放開。

「無論命運是什麼，無論真相多麼可怕，我都絕不會束手就縛，絕不會放任它們踐踏於我身上。」

夜色已深，斜月疏星下，諸葛嘉帶人將周圍巡邏一番之後，見沒有異常，便設好了今夜值夜的人手，回房去安歇了。

朱聿恆目送阿南踏月回屋，一路的疲憊終於湧上全身。

正要解外衣休息時，他忽然間聽到窗外的蟲鳴聲變得稀疏起來。

他向來警覺，當即一撥火塘，用灰燼壓住裡面火光，室內頓時陡暗。

他貼近窗口，凝神靜聽間，右手下垂，按住了腰間的日月。

一縷微風從窗外掠過，隨即，是一線光華探了進來。

那光華極為謹慎，在室內一觸即收，彷彿是一隻蜘蛛將一縷蛛絲送了進來，然後探索其中的動靜。

這片刻的光華一閃，卻讓朱聿恆在暗處微眯起了眼睛。

因為，這是他無比熟悉的，日月的華光。

阿南特意為他而製作的、舉世無匹的璀璨武器，他竟會在這深山老林之中，看見一模一樣的東西。

在他若有所思之間，外面又有三兩簇亮光自窗外探了進來。

這人對日月的使用手法似乎比他更為精熟，甚至可以利用日月來探詢屋內的動靜，捲起風聲之後，隨即從日月的橫斜飛舞中判斷到了室內所有的擺設與動靜，即使黑暗中空無一物，他也已經憑藉著日月的飛舞弧度而探查到了裡面的情況，知道了哪裡有障礙，哪裡是通道，隨即，一個閃身便躍了進來。

這人身材瘦削修長，清矯如老松，朱聿恆不覺眉頭微皺，感到有些熟悉。

就在進屋的瞬間，他的手一抖，手中的日月瀰漫張飛，如同天女手中飛散的花朵，籠罩住了後方的席臥處。

他的日月，比之朱聿恆的更顯燦爛，每片玉石都驚人薄透，在夜風中幾乎消沒了形狀，通透得只如一縷風般，若沒有後方的天蠶絲，只如斑斑光暈絢爛閃動。

朱聿恆不動聲色，屏息等待對方的動靜。

對方的日月已兵分兩路，一部分勾住上方被子，將其迅速扯飛，另一部分則如利爪般直射向下方。

如果朱聿恆此時睡在被窩內，怕是已經被日月絞割得血肉模糊，不成人形。

刺客一抓之下落了空，立即察覺到不對，正要轉身回護之際，耳後風聲響起，無數縷光華在室內升起，將他整個人籠罩其中。

是朱聿恆手中的日月出手，襲擊他整個背心。

刺客反應十分迅速，右手後撤，日月反射護住自己的後背，隨即整個人轉了過來。

黑暗的屋內，日月與日月輝光相映相奪，一時華光璀璨。

朱聿恆手中六十四片日月倏地穿梭，或直擊刺客、或於旁斜飛，攪起重重氣流，組成一個如雲如霧但又沒有任何間隙的攻擊範圍，將對方的攻勢牢牢包裹住。

對方手中日月雖然更為精良，但顯然心智比不上朱聿恆，掌控六十多枚玉片力不從心，更無法像朱聿恆一般操控每一片穿插自如，縱橫交錯又絕不纏繞。

而朱聿恆的日月激起氣流，徹底封鎖住了對方的攻勢，隨即，便在他這邊日月的反震下，那六十餘片薄透異常的玉片隨著朱聿恆的絢爛日月倒轉旋轉，反而為他所控，彷彿他這邊日光驟然熾熱，將對方的光華全部吸收盡為己用。

對方見無法自如操控自己的武器，頓時急怒交加，拚著玉片無法再用，也要硬生生牽扯天蠶絲，毀掉朱聿恆的日月。

朱聿恆自然不捨損毀阿南給他製作的武器，迅疾掌控日月回收，而對方趁此機會，躍上窗口向後一仰，頓時沒入了黑暗中。

遇到同樣手持日月的人，朱聿恆豈能放過，一腳踏上窗臺，隨即追了上去。

見皇太孫的屋內居然竄出一個蒙面人，值夜的侍衛們頓時大驚，紛紛追了上去。

但他們又豈能趕上朱聿恆，只聽得沙沙聲響，前面兩條身影已經掠過小徑，撲入了密林。

刺客的身形並不快，但他對這邊山林似乎十分熟悉，始終在朱聿恆面前，追不上也丟不掉，東轉西拐間，朱聿恆已遠離了寨子。

朱聿恆停下了腳步，明白這可能是誘敵深入之計，當即轉身折返。

他記性極好，這山林之中也未見岔道，可這麼簡單的追擊路線，他沿著原路回轉之際，卻覺景象陌生。

他的心口沉了一沉，想起了那日在榆木川上，莫名其妙的迷失。

埋藏於他身上的天雷無妄之陣，難道竟在這一刻，再度發作了？

面前是無星無月的黑暗山林，整個世界沉沉如墨，他被淹沒其中，分不清東西南北，上下左右。

他竭力讓自己冷靜下來，按照對寨子方向的記憶，以日月的夜明珠為光，照亮面前朦朧的小道。

小道在樹後拐了個彎，朱聿恆記得來時見過，這棵大樹長在拐彎之處，暗暗鬆了口氣，向著樹後拐去。

下一刻，他的身體陡然失重，失足前撲，整個人跌了下去。

他立即抓住身旁樹杈，想要穩住身體。

然而腳下一空，他竟然已經懸掛在了樹枝之上。原來小道的盡頭竟是個懸崖。

他來的時候，並未發現過任何山崖，這棵樹的旁邊，也確實是拐彎山道，可黑暗之中的唯一一條小道上，為什麼突然會出現了一個懸崖？

是因為，面前的山道，消失了嗎……

未容他仔細思索，耳邊風聲忽起，一縷勁風向著他突襲而來。

朱聿恆下意識地一偏手，日月忽散，身體借力向上躍起。

在空中踩住樹枝的一瞬間，他雙手立即操控天蠶絲，散開夜明珠所製的「日」，依稀照亮來襲的敵人。

暗林之中，對方一身白衣，翩然如朝嵐雲霧，飄忽的身影藉著樹枝的反彈之力，早已穿出了日月的攻擊，向著他襲來。

他手中的春風，在夜明珠的光華下，淡淡生輝，如彗星襲月，迅疾倏地向他而來。

竺星河。

周圍枝葉繁盛，不可能有日月施展空間。朱聿恆足尖在樹枝上一蕩，迅疾向下撲去，脫開了春風的攻擊範圍，倉促落地。

黑暗中，瞬息間，遲疑是世間最危險的事情。電光石火間他立即回身，在他來襲之際，瞬間發出致命還攻。

驟然開放的日月光芒如萬千星光，照亮樹下僅有的空地。

而春風的破空聲如笛如簫，穿透夜空，隨著竺星河白色的身影襲來。

春風揮舞，攪動氣流。通透鏤空的不規則狀小孔就如天籟洞穴，氣流從中貫入，嗚咽聲帶動薄刃驟然偏斜，原本應聲而動的日月失去了互相震動、互為依憑的力量。

如上次在榆木川一般，朱聿恆的控制頓時亂了，無法再通過操控氣旋而讓利刃迭遞進擊。

控不住，便乾脆不控了。

那次失利之後，他痛定思痛，曾在心中將那場交鋒重演了千次、百次。

如今日月再度錯亂，他乾脆以亂打亂，收攏最周邊的薄刃，急遽飛旋著，向著竺星河聚攏，來勢混亂且極為凶猛。

竺星河全身籠罩於日月光華下，身形雖然飄忽不定，可這混亂進擊連朱聿恆都無法掌控，他又如何能脫出攻擊範圍。

無論他的身形如何變化，日月的追擊總是混亂交織於他的面前，迫使他不得不中途改變身形避開攻擊，那原本瀟灑飄忽的身影，也顯左支右絀。

而朱聿恆的日月，封住了他所有的去路，只給他留了唯一一條可以脫出的道路。

他再怎麼閃避，最終依舊被迫落在了朱聿恆最初所落的那棵樹上。

只是，朱聿恆的日月因為混亂穿插，所有天蠶絲也纏繞在了一起，已經失去了分散攻擊的能力。

眼看他日月已廢，竺星河一聲冷笑，春風斜刺，居高臨下迅猛揮向了朱聿恆。

就在豔麗六瓣血花即將綻放之際，卻聽得叮一聲輕響，雪亮的刀尖已經遞上了春風的尖端，將其牢牢抵住。

日月無用，朱聿恆早已決定放棄，轉而拔出了鳳翥對敵。

雖然失了武器，但他以棋九步之力，對一切事物的軌跡與走向都計算得清楚無比。

憑藉著竺星河手肘的揮動幅度、來襲的速度與身形的變化，他以分毫不差的距離，抵住了他那幾乎必中的一刺，二者堪堪相對，竟然不差分毫。

只一瞬間，他們的手腕便立即一抖，兩柄利器交叉而過，兩人擦肩而過，躍出兩、三丈的距離，在幽暗的月下林中，回頭遙遙對峙。

最終，是朱聿恆先開了口：「上次一別，我一直在想，五行決到底是什麼，是令數萬人迷失於熟悉的路徑，還是令荒野山脊改變，抑或是，你真的挪移了駐軍數萬的宣府鎮？」

竺星河立於林下，冷冷看著逼近的他，一言不發。

「從榆木川再到這裡，消失的路徑與迷失的方向，都是你所為吧？」朱聿恆逼視著他，凜然開口：「你是如何藉助當年陣法，在我身邊布設天雷無妄之陣，令一切消亡的？」

竺星河的白衣在月下迎風微動，與他臉上神情一般冷肅：「等你死了，在地底下便知道了。」

「五行決之力，確是驚世駭俗。可你有這般能力，卻不為百姓謀福，只想著引動災禍、戕害黎民，難怪阿南會義無反顧地離開你，不願再與你在一起！」

竺星河並不反駁，只冷冷道：「鹿死誰手，尚未可知。」

朱聿恆厲聲道：「阿南不是鹿、天下百姓也不是鹿！天下萬民即將生靈塗炭，可你，心裡卻只有二十年前的仇恨，只想著攪動亂世，讓你獲得謀奪天下的機會！」

「謀奪天下的，是你祖父！若不是他大逆不道，篡奪皇位，我父皇母后怎會鬱鬱終老於海上，我的幼弟幼妹怎會死於變亂，我何需攪動天下大亂，為我父母家人報仇雪恨！」竺星河一揮手中春風，身子如鷹隼般撲擊向他，厲聲道：「朱聿恆，今日不是你死，便是我亡，我們之間只有死一個，才能了卻這段仇怨！」

春風疾厲，銀光在林中一掠而過，角度詭魅已極。

迎著他的來勢，朱聿恆在他近身的一瞬間，憑藉自己驚人的計算能力，算準了他來襲的角度與力道，側身疾退。

細碎的血花在暗夜中濺起，是朱聿恆及時地避開了要害，但春風還是擦過了他的胳膊，擦破了他的皮肉。

但，朱聿恆的手中還有日月。

就在春風擦過的剎那，朱聿恆手中糾結飛舞的日月已再度綻放。

天蠶絲糾纏導致它們無法飛散攻擊，幽微夜光下只如一條夭矯靈蛇，向著竺星河的身軀纏縛。

竺星河面前所有的去路，都被六十四條天蠶絲纏成的亂網罩住，而身後又被逼到崖底，抵在黑暗之中。

就在這絕無退路的一刻，眼看日月便要將他捆縛，竺星河卻任憑面前日月亂轉，足尖在樹身上借力，身軀向後一撞，竟硬生生穿進了懸崖之中。

這遁地消失的一幕出現在朱聿恆的面前，讓他頓時錯愕。

傳說中能排山倒海的五行決，居然還能飛天遁地？

他下意識急速向前，想要追擊竺星河。

卻聽得轟然聲響起，面前的懸崖忽然坍塌下來，連同折斷的樹木與荊棘草木，向著他重重壓了下來。

朱聿恆立即撤身回退，但懸崖塌陷的轟鳴聲中，有極為尖銳的風聲驟然響起，他的周身萬箭齊發，無數利劍形成巨大的桎梏，密密匝匝將他周身困住。

萬箭即將穿心的瞬間，朱聿恆的脊背之上，大片冷汗頓時冒出。

他的思維從未如這一刻般，運轉得如此快速。

與他前後腳進入黑暗的竺星河，既然設下了這個機關，那麼他必定留下了一條供自己逃出去的安全路線。

眼前如電光般，迅速閃過竺星河撲進此處的身影。

他轉身的幅度、身體的傾斜角度、微側的發力角度……剎那間在他的腦海中重演一遍。

不假思索，他的身體下意識地硬生生改變角度，以竺星河一模一樣的角度與姿勢，衝向那萬箭之中唯一的死角。

雨點般密集的箭矢，從他的身旁以毫釐之差迅疾穿過，射穿密林黑暗。

距離死亡只在瞬息之間，但他畢竟在這瞬息之間避開了密集交錯的那一波致命攻擊。

與此同時，面前的懸崖連同高大樹木，一起轟然坍塌。

他顧不得砸在身上的斷木，抓住旁邊樹梢飛彈，竭力脫離險境。

直到劇震過去，坍塌聲停息，他在起伏晃蕩的樹梢上看向面前一片狼藉，才發現懸崖已經徹底消失。

而在亂埋堆積的林木之中，早已徹底消失了竺星河的身影。

他抬頭看到，密林的羊腸小徑上，遠遠出現了燈火。夜風將聲音遠遠送到他的耳邊，他聽到他們在呼叫「殿下」。

是諸葛嘉率領侍衛在林中搜索他，並在聽到坍塌的聲音之後，率眾往這邊而來。

他躍上羊腸道，向著他們而去。

竺星河設下的迷陣已破，黑暗之中，有人提著氣死風燈向著他奔來。是阿南。她顯然是睡夢中被驚動，只草草挽了一下頭髮，便帶著眾人一起到山中尋找了。

燈火明亮，映照著她乍然望見他的驚喜笑容，也映照著他腳下的路。

而她撲向他，將他緊緊抱住。

溫熱的身軀，明亮的雙眼，燦爛的笑顏。剛剛黑暗中那場生死之戰彷彿只是噩夢，轉眼醒來，不留任何蹤跡。

他拉著阿南，在那坍塌之處駐足。

阿南蹲下來，查看那些斷裂的樹木，壓低聲音若有所思地問：「是他……」

朱聿恆點了一下頭：「差點置我於死地。」

「目前看來，這裡並無其他東西，只有斷裂的樹木與藤蘿荊棘……」阿南舉著燈照亮四下，微皺眉頭。「山林之中，出現這些東西，本不奇怪。但奇怪的是，為什麼在榆木川的荒野之上，也留下了斷木。是他為了以備後手嗎？所以在每一次的路徑消失之時，伴隨而來的，都會是一個陷阱？」

「原本存在的東西消失了，而隨之出現了原本不存在的東西……」朱聿恆沉吟道，查看這些新近斷裂的樹木，與她探討著。「一隱一現，是要痛下殺手呢，還是因為布置陣法需要維持平衡的規則？抑或是，這是設置天雷無妄之陣的必然？」

「說到天雷無妄之陣……」阿南看了看身後還在搜索刺客的眾人，蹲在他身旁，壓低聲音：「你說，傅准的猜測，為何會與竺星河的布陣相符一致？是他們兩人早已勾結合作，還是……因為傅靈焰這個陣法的操作本就如此，只是他們的陣法相隔六十年卻不謀而合？」

火光照耀在他們之間，也隱約照出周圍幢幢黑影。世間一切彷彿都蒙上了一層迷霧陰影，無法看清。

「可我認為，這些消失的陣法，並不是竺星河可以一力布置的。」朱聿恆提過阿南手中的燈籠，緩緩舉高照亮周身，道：「畢竟，菩提子中的天雷無妄之陣，早在二十年前便已被標記。那時候他正值年幼，逃亡出海，怕是沒有時間、也沒有能力與我的山河社稷圖扯上關係。」

而，就算竺星河無法與天雷無妄之陣扯上關係，但這詭異無比的天雷無妄之陣，消亡了方向路徑、重要人物後，卻依舊靜靜蟄伏在他的體內——

而他們，卻一無所知。

在這彷彿消融了一切的黑夜中，他們滿懷疑慮行走於彷彿消失了方向的濃黑，只有手中一盞幽暗的孤燈，依稀照亮腳下崎嶇的道路。

在一片死寂中，朱聿恆忽然低低地，聲音微顫地問：「若一切都可以消亡，那麼，我身上的血線，會不會也……消失了？」

阿南心下一怔，一把握住了他的手。

夜風陣陣，山巒回轉，無星無月的暗夜中，他們都是呼吸急促。

是。既然世間萬物都能消失，那麼，大如荒原密林，小到經脈骨血，又有什麼不可能。

所以，菩提子上的應天陣法，二十年前便被標記。

而他的親人們，都知道他只剩下了最後一條血脈，兩個月時間。

可若答案真的如此，這天雷無妄之陣也因此而埋線深遠，牽扯到的人，可能更令他們不敢想，不願想，不能想。

回到居處，阿南幫他將肩上的傷口包紮好，起身查看屋內情況。

「深更半夜，又初來乍到，你怎能孤身出去追擊？」

「我剛要睡下，有刺客來襲，他用的武器……」朱聿恆頓了頓，壓低聲音：「是日月。」

正在查看打鬥痕跡的阿南霍然抬頭，錯愕地看向他，見他目光肯定，低頭再看地板與四壁的日月劃痕，頓時想起了司鷲所受的傷。

這麼說，這世上確實存在著，另一個使用日月的、隱藏在暗處的凶手。

朱聿恆拆解著糾纏的日月天蠶絲，將剛剛發生的一切對阿南講了一遍。

兩人就潛入的刺客身分以及武器探討了一番，但終究沒有頭緒。

「不過，既然對方使用的也是日月，而且你說比我做得更為精良，那麼他與九玄門、或者說與傅靈焰，肯定有莫大的關係。」阿南說著，又不服氣地看看自己的手，憤憤地緊握成拳。「要不是傅准那個混蛋，我做的日月……不至於比不上任何人的！」

朱聿恆撫慰著她，她卻問起了對方操控日月探索屋內動靜的用法。

「這個用法倒是可以學一學，日月為探、棋九步為引，你分析的能力肯定遠勝於他。」阿南說著，又走到窗邊細細查看起窗口的情形來。

「咦……」她看到窗邊一點微黑的粉跡，便抬手在窗邊輕擦了一下，然後將手指湊到鼻下嗅了嗅。

朱聿恆走到她身旁，問：「什麼東西？」

阿南將手指遞到他的鼻下，朝他微微一笑：「你聞聞。」

朱聿恆聞到了她手指上的淡淡氣息，一時分辨不出那是什麼，遲疑問：

「是……火炮燃放後的氣味？」

「你沒聞過吧，但這東西，我在海島密林中可經常用到。」阿南十分確定道：「這是硫磺焚燒後的餘燼，應該是薰蒸時沾染到了對方的身上。你猜猜，在這種深山之中，為什麼要燒硫磺並且薰蒸呢？」

朱聿恆看向面前黑暗的叢林，聽著林中似乎永不止息的蟲鳴聲，脫口而出：「山間蛇蟲鼠蟻太多，而硫磺可以驅蟲。」

「對，而且一般來說，如果是蛇蠍之類的，熏的都會是雄黃。而用硫磺的話，看來對付的是馬蜂之類。」阿南提起水壺將手沖洗乾淨，朝他一笑道：「看來，咱們可以憑藉這個線索，順藤摸瓜把那個人揪出來！」

第七章　樹猶如此

鳥鳴聲將阿南從睡夢中喚醒。

她醒來後看見窗外瓦藍瓦藍的天，西南的天空比江南江北的都更為高遠，藍得比琉璃還深邃。

吊腳樓下方已經傳來了聲響，她披衣起身，走到窗前向下一看。

寨子裡空地上，男人們正圍著昨夜聚宴剩下的牛骨架，削刮上面的碎肉。

她立即朝下面叫了一聲「給我留點生肉」，然後匆匆梳洗，跑了下去。

用芭蕉葉包了一堆碎肉末，她興匆匆地起身，身後傳來朱聿恆的詢問聲：

「阿南，妳要這些幹什麼？」

「當然是要派上大用場啦。」阿南笑著示意他跟自己來。

翻過一座山嶺，順著彎彎曲曲的羊腸小徑，他們上到了高處向陽的地方。

西南地勢高，日頭滾燙。阿南將碎肉或鋪或掛在地上樹上，很快，那些肉的氣息便被日光催發，順著風四處飄散。

幾隻馬蜂很快聞到肉香而來，落在肉片上大快朵頤起來。

朱聿恆這才知道，原來她是要引馬蜂到來。

而阿南按手在脣邊，示意他們別出聲，她拔下一根頭髮，綁上一根手指長的紅綢，然後將頭髮打了個活結，輕手輕腳地將它套上馬蜂的窄腰，一拉頭髮，立即便繫緊了。

專心吃肉的馬蜂毫無察覺，顧自大嚼肉末。

朱聿恆如法炮製，給其他幾隻馬蜂也繫了標誌，靜待它們回去。

不多久，小小的肉碎被吃完，一群蜂各自飛回巢中。

寨子裡幾個身手最好的獵人立即跟了上去。小小的紅綢在青翠山野中格外醒目，他們可以輕鬆循著那抹紅色向著深山尋去。

阿南笑著朝朱聿恆一揮手：「走吧，我們回去等著消息就行。」

兩人帶著侍從，沿著羊腸小徑往下走，很快接近了寨子邊緣。

錯落而建的寨子除了吊腳樓外，大部分是土掌屋，夯黃土為牆，捶茅茨混土為瓦，男女老幼在其間忙碌。

在人群之中，阿南一眼便看到了正在與婦人們一起製作漆器的土司夫人。

彝寨的漆器色彩明麗，在西南地區遠近聞名。寨中割漆、製胎、髹飾分工合作，人人都是好手，就連土司夫人也不在話下。

她熟練地蘸漆在杜鵑木盆上繪畫紋樣，朵朵茶花躍然而上，古樸雅致，令阿南不由叫絕：「夫人畫的茶花可真美！」

「我們寨子又叫茶花寨，我們姑娘的銀飾啊，繡的花樣啊，繪的漆畫啊，都愛茶花紋樣。畢竟，我們寨子有一株遠近聞名的百年茶花王呢。」土司夫人說著，見阿南頗有興趣的樣子，便解下圍裙，笑道：「就在不遠的溪邊，正是開花時節，走，我帶妳去瞧瞧。」

她帶著阿南出了寨子聚落，正向溪邊走去時，卻有個婦人紅腫著眼睛，急急忙忙地衝過來對土司夫人啞聲說了什麼。

雖然聽不懂這邊的土話，但阿南一下便可以看出，那婦人焦急恐懼已極。

土司夫人也是臉色大變，忙對阿南道了歉，指明了茶花的方向，便立即跟著那婦人去了。

阿南是個愛管閒事的人，看見寨子裡或許是出事了，哪還有心思去看花，當即一拉朱聿恆的手，給他使了個眼色。

朱聿恆心領神會，與阿南一起悄悄跟著那幾人，往寨子後方的林中走去。

只見林中有兩個男人正在土坑中架設柴火，坐在坑旁的一個女人悲痛欲絕放聲大哭，要不是旁邊人將她死死拉住，她差點便要跳入坑中。

阿南悄悄站到旁邊的石頭上，朝坑裡面一看。

裡面柴火堆上放置的，赫然是一具屍體。

她「咦」了一聲，跳下石頭朝她們走去，開口問：「原來你們寨子的人故去了，是要焚燒掩埋的嗎？」

土司夫人回頭看見她，不由得苦笑：「是啊，南姑娘，我們這邊的人，確是火葬習俗。」

阿南朝坑中被柴火堆疊的屍身看了看，又問：「那怎麼不曾舉哀，就這麼倉促燒掉了？」

土司夫人顯然不願多提及，只搖搖頭道：「貴客遠來，何必觀看這種不吉利的事情呢？請趕緊離開吧。」

阿南卻抬眼看向林子後方，看見那邊一座廢棄的土掌屋內，似乎有人在裡面探頭探腦，便幾步走到屋前，見門上了鎖，又想去看窗口。

土司夫人立即將她拉回，示意她不要接近。

但阿南已經瞥到了裡面那幾人的模樣，見他們臉上手上全都潰爛發黑，這下哪還有不知道的，立即退離了窗口，側過頭又看了看那坑內的死者，問：「這是……染疫病了？」

「唉，也不知道是病，還是造了孽，被鬼怪給纏上了！」土司夫人見他們已經察覺，便也不再遮掩了，乾脆帶他們到那個痛哭的女人身邊，說道：「村裡第一個出現異樣的，就是她的男人，如今不過十來日，也是第一個死掉的。」

說著，她又用寨中的土話詢問，那女人含著淚，掩面一邊哭一邊訴說。

土司夫人逐句翻譯，道：「她男人十天前進山採藥，在接近神女山的地方，發現了一處山崖滑坡，沖出了一堆骷髏白骨，上面還戴著些白銀首飾。他就把那些東西從骨頭上扒下來，洗洗乾淨帶回家了……誰知道，回家當晚他就全身腫痛，抓破的地方潰爛流膿。很快，他回寨後湊在一起吃飯談天的人也犯病了，那些人的家裡人也全身都爛了……」

說著，那個女人抬起手，拉下粗布衣袖，展示手上的一個銀鐲子。

阿南見那上面的花紋古拙，看著像是挺久之前流行的紋飾了，正想湊上前研究一番，卻在看到女人手腕的同時，硬生生止住了腳步。

女人戴著鐲子的手臂上，已經顯露出細微的黑色潰爛痕跡。

土司夫人及其他女人顯然也注意到了這一點，所有人都下意識地往後急退。

那女人舉著自己的手臂，看到大家的反應，遲疑了一下，忙查看自己的手腕背部。

土司夫人掩鼻抬手，身後兩個身材粗壯的婆子立即將那女人連推帶擠，拉到了旁邊另一座關閉女人的廢棄屋內。

那女人嗓子嘶啞，絕望地哭喊著，撞著門，卻沒有任何人敢理會她。

與她接近過的眾人都奔到河邊，急急忙忙地洗手洗臉，恨不得跳下去把全身都清洗乾淨。

阿南問：「寨子裡出了這怪病，大夫怎麼說？」

土司夫人抹著臉上水珠，嘆了口氣，朝著那屋內一抬下巴：「寨子裡兩個大夫都染上了。前幾日聽說朝廷的人要來，是以我們趕緊將發病的人都關在這邊廢棄屋內，免得他們全身潰爛的模樣驚擾了貴客。誰知……誰知剛剛聽說有人死了，我過來一看，才知道她男人竟死得如此之慘！」

就在此時，關押男人們的屋內又傳來一陣捶門與號叫聲，騷動混亂。

阿南取出帕子將自己的面蒙起來，靠近窗口朝內一看，屋內一個人扭曲地躺在地上，顯然已經斷了氣。只是死者那腐潰的面容上眼睛圓睜，顯然死得極為痛苦，死不瞑目。

土司夫人驚惶喃喃：「這……這豈不就是冤鬼索命麼？好好的大活人，幹麼要貪圖死人的東西！」

阿南道：「依我看，鬼怪之說不太可信，採藥人應當是撿到了多年前染疫身亡死者的首飾，上面尚帶著病疫，才傳染開的。」

土司夫人慌了手足：「這可如何是好？」

「與病患死者接觸過的人，都要單獨隔離起來，送飯時最好也要蒙上布巾，捂住口鼻。」阿南說著，又猛然想起什麼，趕緊問土司夫人：「不知道那戴著首飾的屍身是在哪裡發現的？」

「這可說不好，採藥的人往往要翻許多座山，去懸崖峭壁和人跡罕至的地方，才能採到最好的草藥。」

阿南提示道：「剛剛他女人不是說，是在接近神女山的地方嗎？神女山在哪裡？」

「那是我們觸目所及最高的山峰，往西再行百餘里便可看見了。」土司夫人立即朝著西方一指，道：「神女山傳說是天上的神女所化，常年積雪不化，沒人能爬得去。」

「天上神女……」阿南向著西面看去，若有所思。

朱聿恆與她心意相通，拉著她去溪邊洗手，壓低聲音問：「或許，神女山就是我們要找的那座山，而壓在雪山上的那團猙獰黑氣，就是疫病？」

「嗯，其實我之前一直在想，西南山區閉塞，又並沒有什麼能影響中原的地勢，就算發生了什麼動亂，也不可能影響到大局。那麼，為什麼傅靈焰在設置顛覆北元政權的大陣時，會選址於此處呢？」

朱聿恆緩緩道：「因為，常年不化的冰雪，可以讓封存於其中的疫病永遠存在，只需要開啟陣法，便能融於汩汩雪水中，流經下方所有叢林……」

六條奔騰如怒的江河，會將這可怕的疫病帶到下游所有的聚居地，再從聚居地向四周而擴散，一傳十，十傳百，從人煙稀疏的茶馬古道到都市繁盛的雲南府，屆時再南到廣州府，中至應天城，北上順天、西往江城，只要有人、甚至有活物的地方，便能將瘟疫帶往九州各地。

屆時，這可怕的疫病將迅速蔓延。此病發作如此迅速，又只要接觸便能置人於死地，死相又如此恐怖，大夫也必將束手無策，怕是會成為滅絕大禍。

「難怪……」阿南望著面前奔流的江水，想起昨夜她去探望司鷲之時，竺星河對她所說的話。

他說，這次的陣法，就算來億萬人，也只能是來得越多，局面越可怕。越多的人，便能攜帶越多的疫病，傳染的範圍將會越大。

朱聿恆顯然也與她一樣想到了此事，兩人的目光交會，都從彼此眼中看到了恐懼。

畢竟，這與以往面對的危機都不同。以前他們面對的，是具體的、肉眼可見的後果，可這一次他們要面對的，卻是虛無飄渺、看不見也抓不住的病魔。

無從著力、無法下手。

但，阿南望向西面，蒼莽的叢林擋住了她的視線，卻擋不住她一往無前的目光：「既然這疫病是在滑坡後出現的，我懷疑，是不是因為地動滑坡，所以讓陣法中存在的東西提前洩漏了。」

朱聿恆贊同，又道：「此病發作如此迅猛、傳染如此厲害，看來，我們必須要盡快行動，趕在陣法發作之前，將其徹底摧毀！」

兩人在溪邊洗淨了手，正要回身上岸時，忽有一陣風吹過，阿南見水面上大片嬌豔的紅色花瓣浮動著，就如大片晚霞在水面湧動而來。

她驚訝地一抬頭，看見了前方溪邊一棵灼灼盛開的茶花。

那棵茶花斜斜長在溪水邊，枝幹粗大橫斜，上面開出千萬朵燦爛的殷紅花朵，在日光與波光的相映下如一樹紅瑪瑙，光彩照人，嬌豔欲滴。

茶花枝幹遒勁，主幹上遍布蛀蟲痕跡，而分支則多有膨脹，顯然是一棵百年老山茶了。幸好下方有三根巨大的杉木搭成架子支撐著它，它才不至於被身上太過巨大的花量壓倒。

見她打量著這棵茶花樹，土司夫人便從岸上向她招手示意，道：「南姑娘，這便是我們寨子的百年茶花王了。」

這茶花如此美豔，卻襯著寨子中詭異的疫病，令阿南心情也有些沉重，難以投入欣賞。

阿南與朱聿恆正回身往岸上走時，卻見土司夫人的目光落在身後一個男人的身上。

這男人就是剛剛掘墓的人之一，此時他正在嗤啦嗤啦地抓著自己的手掌，就連眾人的目光落在他的身上都顧不上了，只拚命地抓撓著，手掌眼看便血痕淋漓。

身後土司聞訊，正帶人匆匆趕來，一過來便看到了這人的異樣，立即喝問：「你的手怎麼了？」

那男人如夢初醒，看看自己的手掌，又看看那具屍體，頓時體若篩糠，明白自己也將面臨被扭塞到廢屋內的命運，嚇得步步後退。

土司一揮手，眾人便要上去將他抓住，誰知他忽然往旁邊一竄，抓過土司夫人擋在面前，狠命一推。

土司夫人猝不及防，被他推得向前摔倒，頓時臉頰擦得紅腫一片。而那人跑了兩步便到了岸邊，眼看前頭無路，不管下方是湍急滂沱的江水，縱身便跳了下去。

橫斷山中，山巒如聚，波濤如怒，轉眼便將他捲走，失去了蹤跡。

看到病人逃跑，眾人忙將土司夫人扶起，她捂著臉頰傷處氣憤不已。阿南立即對土司道：「趕緊向下方寨子發警告，不要接觸陌生人，不要撈屍體，這段時間人畜都要注意！」

土司自然知道事態嚴重，那人明顯已經染疫，無論跳下去後是死是活，這病情都將擴散開去，影響到下游所有寨子。

寨中幾個漢子匆匆騎馬出發，沿著河流向下游奔去，緊急向各個寨子發警告去了。

朱聿恆也抽撥了身邊侍衛，讓他們立即返回雲南府求助，並提醒及時防護，控制疫病。

下游的寨子聽說此事，都是大驚。不到半日，隔壁寨紛紛派人到來，查看情況。

土司夫人此時終於緩過一口氣來，與土司一起接待了他們，將來龍去脈詳細說了，又說如今寨子中的大夫也都染上了，請他們帶來的郎中小心查看廢屋中的人，以免再出事。

正說著，土司轉頭看向夫人，正要商量什麼，卻見她一直在抓撓著自己在地上摔腫的面頰。

旁邊人都感覺異樣，連土司夫人自己也知道不對勁，但她奇癢難耐，實在難以控制，一時越抓越重，臉上頓時撓出道道血痕。

正在眾人錯愕之際，阿南一個箭步上前，將她的雙手緊緊抓住，讓她無法動彈。

雖然制止住了她，可土司夫人的臉已被抓破了，臉上的皮膚比手上更薄，紅紫腫脹，顯得格外可怖。

事到如今，她自然知道自己也染疫了，饒是半生風雨心志堅定，此時身子也不由癱軟了下來。

朱聿恆急忙走到阿南身邊，見她的手上戴著軟皮手套，顯然是做好了防護才去碰觸對方，略微鬆了口氣。

土司夫人下意識地掙扎了一下，但見無法脫出阿南的桎梏，神志才清明過來。

她苦笑對阿南道：「沒事的，姑娘，你們先把我手綁上，我……我若真的發病了，可以自行了斷。」

她病發已經是確鑿無疑的事情，雖然眾人都不忍，但總算她自己比較坦然，讓他們將她綁在廢屋內，免得自己把臉抓撓潰爛。

如今情勢危急，自然無法再拖延下去，寨中立即撒石灰、蒸衣物、燎房屋，以免疫情擴散。

土司夫人被綁在屋內柱子上，雖知自己慘死在即，但她畢竟是五十多歲知天命的人，心境也算平和，此時正怔怔隔著窗戶看著外面小溪。

阿南去探望她，在窗外順著她的視線看去，原來夫人正在看著的，就是那棵開得氣勢非凡的百年茶花樹。

她心下微動，轉頭看向土司夫人，卻聽她低低開了口，啞聲道：「這棵百年茶花樹，聽我阿姥說，她當小姑娘的時候，便已經開得這麼好了……」

阿姥就是奶奶，阿南算了算，心想，土司夫人的奶奶若是還在，應當也是百來歲的人了。

「阿姥跟我說，她當年送阿公去神女山挖冰川時，就是在這棵茶花樹下告別的。阿公給她折了一朵茶花戴上，說，等賺了錢回來，給妳買一支絹花，不會枯萎不會謝，永遠在妳鬢邊紅豔豔……」

阿南詫異問：「神女山？夫人的爺爺去那邊挖冰川？」

「是，六十多年前，外頭來了一群人，說是奉朝廷之命，要去冰川上挖東西。因為他們出的酬勞高，雖然不知道挖什麼，但村裡大部分男人都心動了。阿姥和其他女人一樣，送別了自己的丈夫……可再也沒有等到他們回來。」

阿南立即追問：「夫人，您能詳細說說嗎？當年他們在雪山上做什麼，那邊情況如何，這對我們而言很重要！」

土司夫人恍惚回憶著，說道：「阿公去了不久，便死在了那裡，只有骨灰送了回來……聽說，他是在雪山上幹活時染病了。同去的寨裡人醫治及時活了下來，可他卻沒了，連隨身的東西都被燒了。對方雖然給了一筆安家費，但阿姥靠一個人要拉扯大我阿媽我舅幾個孩子，生活自然會十分艱難，於是她帶上我阿媽，去了雪山腳下，找那群人的頭頭……」

阿南不由得脫口而出：「這麼說，她見到傅靈焰了？」

「傅靈焰？」土司夫人麻木的臉上露出一絲詫異。「原來那位女頭領是叫傅靈焰？」

阿南見領頭的果然是個女子，忙道：「可能是。您繼續說，夫人的奶奶當時去了那邊，情形如何？」

「當時為了趕工，所有人都住在雪山上臨時開鑿的冰洞中。阿姥辛辛苦苦爬上去，卻被人阻攔在外，我阿媽更摔倒在泥濘的雪中，放聲大哭。正在此時，我阿媽看見上方的雪峰中，有一個穿著黑狐裘的小孩子手腳靈便地爬了下來……」

那男孩清俊可愛，年紀不過六、七歲，卻一個人在雪峰上來去自如，周圍的人看見了也並不在意。

他走到摔倒的小姑娘面前，見她哭得難看，便抬手刮了刮自己的臉，笑嘻嘻地道：「羞羞，好大的人了還這麼哭！」

土司夫人的娘親當時不過十來歲，見一個比自己還小的孩子過來嘲笑自己，想起自己的爹，不由得更加傷心，放聲號啕。

後面有人抬手輕拍小男孩，斥道：「別鬧，小姊姊的爹沒了，她一家人以後沒法生活，咱們得給想想法子。」

那聲音有些疲憊，但入耳十分溫柔。

娘倆抬頭一看，才發現這群人的頭領居然是個女人，而且長得極為美貌，跟傳說中的雪山天女似的，光豔無匹。

不過橫斷山脈中零零散散的寨子頗多，她們也不是沒見過女人當家的寨子，因此趕緊上來，磕磕巴巴地將自己一家人的境況說了。

那女子仔細聽了，說道：「阿姊，不是我不體恤妳的情況。只是如今病情傳開，死傷的兄弟也不只妳家男人一個。若每個人找上門來，我們都要額外體恤補貼，一則是對不住家中無人鬧事的，二來定會延誤進程，開支也會劇增。這樣吧，我過幾天去看看妳家的情況，可以嗎？」

聽到此處，阿南「啊」了出來，追問：「這麼說，因為病而死了不少人？」

夫人點點頭，確定道：「阿姥與阿媽都跟我說過，我阿公就是染病而死的人之一，沒錯的。」

「這麼說，這是會傳染的病，而且，夫人妳說妳爺爺的東西都燒毀了，」阿南的目光，落在她已經開始潰爛的臉頰上。「而如今寨子裡這場病，又是神女山不遠處滑坡的地方蔓延出來的……」

土司夫人「啊」了一聲，想到了什麼，又更顯絕望：「這麼說，我與阿公命中註定，祖孫兩人都要死在這種詭異的病上？」

「未必。妳不是說，當時也有許多人治好了嗎？」阿南忙示意她繼續說下去，以便找到更多線索。

沒過幾日，那女子——應該便是傅靈焰，果然帶著那個小男孩，到寨子裡來了。

夫人母親帶著他們往家中走，沿著小溪來到山茶樹下時，小男孩看見茶花開得如此繁盛，歡呼一聲跑到樹下，說：「阿娘，我給妳採一朵最漂亮的！」

傅靈焰微微而笑，站在小徑上等待著他。但此時茶花已經開到盡頭了，一朵朵不是墜落了，就是花瓣有些枯萎捲翹。

小男孩踮腳去摘高處樹梢的花，不料領口被樹枝勾住，腳下又一打滑，雖然及時抱住了樹幹沒摔到河裡去，但衣襟已被扯開，整個人晃晃悠悠地掛在了樹上。

站在花樹下的夫人母親眼尖，一下子便看到了他身上的痕跡，好奇地叫了出來：「咦，青龍！」

原來，那小男孩的身上，纏繞著好幾條青色痕跡，在他的周身盤繞，和寨子裡男人們身上紋的青龍看起來有點像，只不過細細長長的，也沒有龍爪痕跡。

聽她這般說，小男孩倒不急著穿衣服了，他一挺胸膛，說：「對呀，有八條哦！」

小女孩不由得問：「這麼多啊，疼不疼？」

「我從小就有，不怕疼的！」小男孩一副勇敢的模樣。

看著自己孩子那驕傲的神情，傅靈焰卻是神情黯淡。她默然轉開了頭，甚至那臉上，還湧起了一股悲哀絕望的難過神情。

站在屋外聽著土司夫人講述的阿南與朱聿恆，聽到這裡時，不由得互相對望了一眼。

淡淡的青龍，八條……

朱聿恆垂眼看向自己的身上。而阿南的手，則隔著他的衣服，觸了觸他的身軀。

可，他身上的山河社稷圖是赤紅色的，魏先生講述記憶中傅靈焰的孩子時，身上也是血線糾纏，怎麼後來變成了青色呢？

按照常理，那小男孩既然在當時當地出現在傅靈焰的身邊，那麼必定該是傅靈焰與韓凌兒的兒子韓廣霆無疑。

阿南忍不住問：「那幾條青龍刺青，都是什麼模樣？盤繞在一起，還是分散開的？」

「這個，我可真不知道了，我阿媽也只是看了一眼，沒跟我詳細說過，只提到跟寨子裡男人們的青龍紋身相似，但其實顏色很淡，跟青筋似的，看著有橫有豎，其他的……我阿媽生前都未提過了。」土司夫人不知內情，也並未詳細詢問過母親，只繼續道：「後來，他們到家中看了一圈，可女首領只看看那幾個光屁股的孩子，什麼也沒說。小男孩見家裡沒什麼好玩的，便讓我阿媽帶他出去玩。」

兩人在屋外轉了一圈，又走到茶花樹下時，那個小男孩忽然停下腳步，指了指茶花樹根，低聲叫了出來：「妳看，那是什麼？」

女孩定睛一看，茶花樹下有一塊白白亮亮的東西。

寨子裡的小孩，從沒見過這東西，她撿起來看了看，也不知道是什麼。

小男孩對她眨了眨眼，說：「我娘說，好孩子撿到東西要交給大人哦。」

「嗯。」她也認真地點頭，把東西握在手裡。

傅靈焰此時已從屋內出來，揉了揉她的頭髮後，便抱著男孩上了馬。

母子兩人騎著馬向神女山的方向馳去，再也沒有回頭。

而他們一家人靠著那塊茶花下撿來的銀子，熬過了最艱難的年月。女孩順利長大，嫁了人，還生下了十里八鄉最漂亮的女孩子，便是如今的土司夫人。

最漂亮的姑娘嫁給了寨子裡最強壯的後生，過了幾年，寨子裡的人因為取水與鄰寨起了衝突，她的丈夫將水田一力護住，得到了寨子裡的人一致擁戴，接任了寨主。

又過了些年，他們聽聞外面換了皇帝，如今的皇帝推行改土歸流，原來的土司因為不服管制而喪生。在她的丈夫被推舉為新的土司之後，她勸解他接受朝廷官職，夫妻兩人一起學漢話，帶著族人與外界交流，最終統領了橫斷山脈中的大小彝寨，讓這一片安定了下來。

「我這一輩子，過得很好了，就算如今死了，也沒什麼遺憾。」土司夫人嘆道：「哪有人不死的呢，就連那株茶花，前些年樹根底下生了一窩螞蟻，把樹幹都蛀爛了，我還以為它會死了呢……」

阿南低頭一看，果然，這棵茶花原來的根已經爛得差不多了。

但，腐爛的地方已經被截去，橋接上了一根新的樹幹，這棵茶花樹竟因此奇蹟般地生還了，重新開出了燦爛的花朵。

「這橋接手藝，很好啊……」阿南蹲下來查看，嘖嘖讚嘆。「是寨子裡哪位老手藝人弄的嗎？」

土司夫人搖頭：「不是，我們寨子的人不懂這手法。這茶花長在這兒，逐漸衰敗，本該是自生自滅的，不知怎麼卻有人將它照料了起來，這兩年越長越旺了。」

一甲子風雲巨變，人事已非，樹猶如此。而茶花依舊一年年開得如此繁盛，最是無情。

阿南撫摸那條新接的樹根，正在感嘆之時，指尖忽然觸到了幾道細細的刻痕。

她摸著這痕跡，感覺似乎是個標記，但因為有標記的地方朝向根杈內側，因此若不伸手去摸，就絕不可能有人發覺。

朱聿恆問她：「怎麼了？」

她撫摸著裡面的痕跡，抬眼看他：「這裡，刻著一隻鳥，展翅飛翔，尾羽長捲……是青鸞。」

青鸞。

照料這株茶花的人，與傅靈焰定有關係。

可是，傅靈焰已經在海外仙去了，那麼……這個在近年還回陣法看過的人，或者說，那個手持當年傅靈焰的日月，重新出現在九州天下的人，又是誰？

他們兩人心中不由都升起了一個名字。

會是誰呢？

「難怪……」朱聿恆回憶昨晚那條矯如蒼松的身影，低聲道：「難怪傅准會將拙巧閣交予他手中，難怪他對拙巧閣的機關布置，會比任何人都熟悉。」

當年與母親來過這裡的孩子，韓廣霆，他回來了。

回到寨子，這裡又迎來了一批僻遠村寨的當家人。數十年老夫老妻，夫人染病對土司的打擊顯然相當之大，在解釋病情時，他那一向硬朗的身板也顯出了傴僂。

阿南請土司幫他們詢問眾人，道：「請各位回去幫忙打聽一下，各家寨子裡有沒有六十年前去神女山挖過冰川的老人，朝廷有急事要詢問。」

不等土司把話轉給他們，一個精神矍鑠的老人開口：「我當年就去過，而且，你們寨子這個病，我也見過。」

老人年輕時去外面闖蕩過，懂一些漢話，當下便道：「當年我十三歲，已經長得挺高了，因為對方給錢多，所以謊稱自己十六，與我爹一起被僱傭上山幹活。有一次往冰川內抬條石時，我爹一個不留神，在冰川上摔了一跤，直接滑到了洞底。幾個同寨子的人趕緊和我一起爬下去，將我爹從洞底救上來……」

上來後他們還慶幸沒有缺胳膊斷腿，誰知當夜父子倆便全身腫癢難耐，抓得皮膚潰爛，下去救人的寨民也全都是如此。不多久，其他寨子的人也染上了，有幾個嚴重的甚至嚥了氣，死狀極慘。

那個領隊的女子外出回來，聽說了此事後，立即將染病的人全部轉移到一個大冰洞內，並給所有人分發藥物，讓他們煎了外敷內服。那藥有奇效，過不了幾天，疫病就消失了，就連冰洞中皮膚潰爛的他們也都逐漸好轉，病症痊癒。

說到這裡，老人將自己的手臂伸出，捋起衣袖展示給他們看。

只見老人黧黑的手臂上，有一塊塊因為年深日久已經不易察覺的斑紋，但仔細看來，那斑紋與如今染疫寨民身上的痕跡，幾乎一模一樣。

顯然，當時他的病雖被治好了，但身上留下了這些傷疤，至今未曾褪去。

「這麼說，當時她給你們的藥方，確是藥到病除？」阿南立即問。

「對，那藥，靈得很！」老頭點頭，但隨即又皺眉道：「不過，我們都不知道那些是啥藥，更沒見過藥方。」

剛現了一絲曙光，又迅速被烏雲吞沒。

聽著廢屋內寨民們的哀號聲，眾人都是陷入沉默。

唯有阿南的臉上，現出了一絲笑意。

她問老人：「那麼，當時你們被分隔在大冰洞內，拿到的藥熬完喝完後，藥渣丟棄在何處？」

老頭聽到她的話，呆了一呆後，重重一拍大腿，道：「自然是倒在冰洞中了！大家痊癒後，隨身東西上怕沾了病氣，就都沒帶走，他們在洞口塞了些稻草，直接放了一把火，冰洞燒融又重新封凍上，就再也進不去了。那些藥渣，肯定還凍在冰洞裡面，原封不動！」

而，只要找到藥渣，讓精通藥理的大夫查看重配，便能大致復原藥方，挽救寨子中這些染疫的病人，絕對不在話下。

阿南見自己所料不錯，便對土司一點頭，說道：「看來，只要盡快上山，寨中病人未必沒有希望。」

土司眼中也燃起了希望，當即下令：「清點人手，上神女山，把當年的冰洞挖開！」

橫斷山脈太過廣闊，寨子裡已經鬧得沸沸揚揚，可派出去追蹤馬蜂的人，卻直到第二天才回轉，報告馬蜂的消息。

在神女山不遠的山谷中，他們追蹤到巨大的馬蜂窩，而山谷中一個隱蔽的洞窟裡，也發現了有人最近臨時居住的痕跡。

追蹤探查對方的路線，他已經前往神女山。

若昨夜手持日月入侵的人確是韓廣霆的話，看來，他應該也要故地重遊，前往母親當年設下的陣法。

事不宜遲，附近寨子中經驗豐富的老獵人、身手最好的年輕人被挑選出來，加入他們的佇列，一隊人立即收拾行裝，向西面進發。

出寨之時，焚燒屍身的火光再度亮起，又一個寨民染疫暴亡。

風送來嗚咽哀歌。這是寨子裡的人唱起了歌曲，送親人離去。

前日圍著篝火的歡歌，轉眼化成了悲聲，在四周的山谷深壑之中遠遠迴響，催人淚下。

頭。
　　西南大山，草木遮天蔽日，鋪陳在大地上的茫茫蒼綠彷彿沒有起點也沒有盡頭。

彷彿沒有任何辨認方向的標誌。
　　幽暗林下，他們劈開及胸的草叢荊棘，艱難穿行。除了盤曲湍急的河流外，彷彿沒有任何辨認方向的標誌。

　　快到黃昏時，重重密林漸轉稀疏，他們開始進入廣袤的高山草甸。

　　老嚮導手指前方，示意他們抬頭遠望。

　　逶迤草原的盡頭，是一座積雪覆蓋的高大雪山。此時四野俱已昏黃，唯有最高的雪山頂上被日光照徹，鍍上一層耀眼奪目的金色，照耀四方。

　　昏黑的天色之中，這座雪山彷彿傳說中的神山，莊嚴神聖地放射光芒，覆照萬民。

　　望著這神跡一般的景象，眾人都是心靈震顫。寨民們跪伏於地，向著金山深深叩首，五體投地。

　　朱聿恆也向著金山凝望了許久，才從懷中取出傅靈焰的手劄，看著那上面的地圖，對照面前的雪山。

　　阿南撥馬貼近，與他一起看著上面的圖樣。

　　只見雄渾壯闊的山脈之中，六條自北向南的怒濤切開七座大山，山峰橫阻，水勢豎劈，在一片激湍衝撞中，上方巍然不動的，赫然便是黑氣盤繞的巍峨雪山。

「那是傳靈焰所設陣法之處，應屬無誤了。」阿南掰著手指，數了數離開雲南府後一路行走過的河流山川，道：「第三和第四條河流之間，高山上千年積雪的冰頂，黑氣盤踞之地。」

「嗯，萬年冰封之處，深藏著吞噬萬物的邪靈……」朱聿恆說著，轉頭看著她，輕聲道：「這般高山險峰，上面必定全都是雪風呼嘯。咱們避開了崑崙山闕，終究避不開這裡的亙古冰雪。」

阿南仰頭朝他一笑：「說起來，我自小在南海長大，還從未見過這般雄渾的雪山。不知這冰川雪頂要如何才能攀爬上去，我這特別怕冷的人，對這嚴寒又有沒有辦法呢。」

朱聿恆輕聲道：「別擔心，我還不太怕冷。」

阿南尚未明白他的意思，驀的手掌一暖，是朱聿恆握住了她的手。

他的手，確實比她要暖和許多，足以熱燙入心。

他們緊握著彼此的手，仰望夕陽返照中粲然生輝的雪山之巔，彷彿被那亙古以來便矗立於天穹之下的神女山震懾了心神，久久無法出聲。

在連綿險峻的橫斷大山之前，中原所有號稱陡峭的山勢都難企及。而在這些險之又險的山巒之中，他們要進發的神女山，又是最為艱難的那一座。

雪山看起來明明就在眼前，但他們翻越了無數峽谷，又繞過了無數林地，它依舊遙遙在望，難以接近。

又行了一日，眼看暮色四合，已近黃昏。到達山腰一塊平地後，嚮導說這裡地勢平緩且上臨絕壁、下臨溪谷，獵人們常在此休息過夜，是駐營的好地方。

諸葛嘉到河谷看了一圈地勢，認為這邊只要兩堆篝火便能對抗落單的野獸，但若有群獸包抄，則會陷入絕境。

「不過橫斷山脈中沒聽說有成群結隊的狼群猛獸，更何況，後方山壁還有一處凹陷山洞，雖然潮溼積水，但發生危險時可臨時退避。」

周圍的確沒有更好的駐紮地點了，於是眾人選擇在此安營紮寨。

安排好輪崗守夜的人手後，整日的跋涉奔波讓眾人紛紛進入夢鄉。

就在半夜沉睡之時，耳邊忽然傳來震天的聲音。

值夜的士兵慌忙抬頭朝聲音來處看去，但黑暗中難以辨認，只能依稀感覺是有巨木滾落，挾萬鈞之勢向下方的營帳壓下來。

急促的呼警聲立即響起，暗夜中周邊營帳已被壓塌。

朱聿恆自小經歷戰陣，雖然事起倉促，但他瞬間反應，帶著廖素亭衝出營帳，向著後方山壁疾退。

山頂木石滾落時有彈跳之力，所以緊貼山壁是最安全的避險方法。混亂的黑暗中，他大聲疾呼：「阿南！」

「在這兒，我跑得比你快。」阿南的聲音在他不遠處傳來，隨即，一個溫熱身軀向他貼來，與他緊靠在一起。

「敵暗我明，又遭突襲，如今無法對敵應戰，所有人先撤到山洞去。」

命令下達，眾人立即回應，隊伍撤向洞內。

山洞不算太大，但上方便是山崖突起處，即使站在洞口，也足可保證沒有斷木落石之虞。

諸葛嘉帶人護在山洞之外，警戒周圍。

上頭墜落聲停止，洞外傳來喊殺聲。在一波落木墜石後，躲在暗處的敵人趁他們慌亂之際，現身來襲了。

月黑風高，凌晨的山林中只見隱約晃動的人影。

諸葛嘉冷靜地下令開弓，不辨方向不認身分。畢竟，這般莽莽大山之中，對方肯定無法組織起比朝廷軍人數更多、裝備更精良的隊伍。

亂射聲中，對面慘呼聲響起，口音混雜，聽來並非西南人。

阿南抱臂抵在洞壁上，低聲對朱聿恆道：「青蓮宗的人。」

朱聿恆點了一下頭，側耳傾聽後方呼喝著調配攻勢的聲音，分辨領頭的人是誰：「唐月娘和梁輝。」

看來，他們從西北沙漠遁逃，也是南下來此，要藉助這邊的疫病陣法，再度興風作浪。

青蓮宗殘部從山東撤退到西北，又從西北零散潰逃，能在此處集結的人數雖然不多，但各個都是悍不畏死的狂熱教眾。朝廷軍雖然箭如飛蝗，但倉促應戰，又受限於山林地形阻礙，一時也無法反敗為勝。

見難以突破箭矢，為減免傷害，對方停歇了一陣。隨即，洞外有火光青煙冒起，藉著風勢，向洞中灌來。

山林溼柴煙霧濃重，洞中眾人頓時嗆咳一片。

「來得正好！」阿南捂住口鼻，轉向楚元知狠狠道：「楚先生，咱們之前弄的東西，可以拿出來了。」

楚元知劇烈咳嗽著，示意身旁的神機營士卒將幾袋東西遞給她。

諸葛嘉這個神機營提督在旁邊看著，鬱悶問：「你們又瞞著我搗鼓什麼東西？」

「待會兒你就知道了。」阿南說著，頂著煙出了洞口，打開袋子抓起裡面一個東西，在地上抓起幾把碎石塞在裡面，便朝著面前黑暗的山林扔了過去。

第八章　春水碧天

昏暗山林中，唐月娘站在避風處看著整座山被火勢蔓延，回頭問竺星河：「縱火的方向與角度，公子可都算好了？確定四面的火勢能同時圍攏於他們所躲藏的那個崖下？」

竺星河沒有回答，身旁方碧眠抿嘴笑道：「宗主放心，天下山川走勢竺公子無不精熟於胸，那群人定然插翅難逃。」

「好，弓箭手準備好了嗎？」

梁輝道：「萬事俱備，都埋伏於高處了，現下所有箭頭都已對準洞口，只要逃出一個，他們就射一個；逃出一對，他們就殺一雙！」

唐月娘滿意道：「甚好，就看他們是願意熏死在濃煙裡，還是我們的箭下了！」

話音未落，崖下山洞前方，忽有火光噴射而出。

「怎麼了？」梁輝立即趕上兩步，查看那邊情形。「是神機營攜帶的火藥，被山火點燃了？」

「不像，大團火藥爆炸絕不是這般情況。」唐月娘正說著，抬眼看見那火藥之中又飛出無數道黑影，向著四面散去。

正當他們猜測那是什麼東西之時，後方竺星河已是臉色大變，一把將方碧眠拉倒，自己也撲倒於地：「趴下！」

轉眼間，黑影已到了他們面前，眾人剛看清那是幾團正在嗤嗤燃燒的東西，無數碎石已在火藥的催動下猛然迸射，向著四面八方炸開。

眾人倉促趴倒，但還是不免被石子如刀劃過，個個都是血痕淋漓，遍體鱗傷。

等到爆炸過去，眾人還將整個身子緊緊貼伏在地上，不敢抬頭。

方碧眠驚駭地問竺星河：「這是……什麼？」

「這是阿南研製的一種藥雷，名為『散花』。是將銳物以火藥送入空中，再一舉炸開，半空中四射亂炸，攻擊敵人。」竺星河望著抱著傷處倒地呻吟的傷者們，心有餘悸道：「幸好如今在山林中，她手頭只有碎石，沒有其他的尖銳物品，不然的話，裡面放的若是鋼釘、鐵蒺藜之類的，咱們怕是全都逃不過。」

方碧眠道：「還好它是在半空中炸開的，只要咱們立即貼地上藏好，我看殺傷力也不至於太過可怕……」

竺星河卻一言不發，只將目光移向旁邊樹冠之上。

唐月娘心口掠過一陣不祥的預感，急道：「不好！咱們持弓弩的兄弟們，還在樹上……」

話音未落，只聽得又是砰砰幾陣炸響，從煙火縈繞的山崖下又拋出幾個「散花」來。

這一次，彈藥升得更高了些，在半空猛然炸開。

周圍樹上頓時全是慘叫聲，隨即，樹上的幾個弓箭手重重墜地。

碎石在火藥催趁之下極為勁疾強悍，弓弩手在樹上無法躲避，各個筋骨折斷，而從高樹上墜落，更是非死即傷。

見兄弟們傷殘，唐月娘頓時急了，問竺星河：「竺公子，你應是這世上最瞭解司南之人，不知如果遇到被圍困之時，司南會如何應對？」

竺星河略一思索，道：「『散花』過後，便可試探前衝了。下一刻要小心他們突圍，衝破防線。」

「好，刀出鞘，弓上弦，該給他們點顏色瞧瞧了。」唐月娘一揮手，示意後面的人跟上。

天色近黎明，天邊已顯出魚肚白。

青蓮宗眾踩踏著尚在冒著青煙的大地，謹慎地手持武器，向著崖下包圍。

將摔傷的同伴救出火圈，其餘的精銳則踏著山火餘燼，步步向前。

方碧眠望著冒火前進，不顧頭髮眉毛被燒掉的教眾，心下忽然閃過一個念頭——

公子他，真的會願意與青蓮宗聯手，將司南絞殺於火海之中嗎？

她的目光不覺瞥向後方的竺星河，卻見他靜靜地站在山火之前，目光一瞬不瞬地盯著山崖下方，不知道在想些什麼，又似乎什麼都沒想。

一瞬間，方碧眠忽然覺得心口堵得極為難受。

她緩緩退了一步，幫助同伴將退下來的傷患扶住，將傷口沖洗後抹藥包紮。

正在忙碌之際，耳邊又聽得數聲火藥的尖銳聲響。

方碧眠倉皇抬頭看去，只見「散花」再度出現，這一次裡面散出的，卻不僅僅只是碎石了，裡面有廢鐵釘、爛構件、缺榫卯、殘扣鈕……全部一股腦兒噴射出來，直射向包圍而來的青蓮宗眾與樹上的弓箭手。

只聽得慘叫聲連連，哀鳴聲中，弓箭手們幾乎全部落地，而青蓮宗眾也個個捂著傷口倒下，哀叫不已。剛包紮好的傷患更是再度受擊，更為悽慘。

就連跟在竺星河身邊的海客們，也難免受了波及，魏樂安因為年邁反應慢，大腿上被扎了一根鐵釘，頓時血流如注。

他忍痛拔出鐵釘，手法俐落地給自己上藥。

而竺星河看著那些鐵釘榫卯，臉色大變：「這些，似乎是軍帳的構件？」

被落木壓垮軍帳後，朝廷軍立即便撤入了山洞，哪有時間帶走這些東西來利用？

除非……他們已經反敗為勝，控住了山崖平地。

尚未等他們反應，只聽得喊殺聲震天，身後衝出了一彪人馬，為首的正是廖素亭。

他最會藉助地勢，此時山林中縱馬衝殺，勢不可擋，青蓮宗的包圍頓時潰不成軍。

山洞外，阿南滿意地聽著山林中交戰的聲音，示意楚元知將「散花」收好：「不能再丟了，廖素亭他們已經反包圍了，別誤傷自己人。」

諸葛嘉冷哼一聲，道：「年輕人還是不牢靠，殿下說這個地勢只怕包抄，讓他昨夜早早去山頂巡邏了，他居然還讓對方的木石滾落了！」

墨長澤用手扇著面前煙霧，道：「無妨，無妨，反正外面被壓的營帳都是空的，我們並無死傷。」

「可是糧草輜重難免受到了損失，如今被壓在了雜亂的土木下面，清理起來肯定麻煩！」諸葛嘉最心疼神機營財產，一身戾氣，越想越氣，帶著一群人便趕了出去。「先殺幾個亂賊出出氣！」

廝殺聲立刻響起又很快結束。早已被「散花」弄得非死即殘的青蓮宗眾，前有廖素亭堵截，後有諸葛嘉來襲，當即被殺得落花流水，四下退散。

唐月娘見勢不妙，只能咬牙率眾撤退，等候下一波戰機。

這一役青蓮宗死傷慘重，等逃過河谷清點殘兵，死的死散的散，只剩了百十來人，其中還有一部分受了重傷，喪失了戰鬥力。

唐月娘痛悔不已，見魏樂安過來查看傷殘情況，便問：「你們不是對司南瞭若指掌，認為今日此戰萬無一失嗎？」

「世事如棋，誰勝誰負都不好說。」魏樂安自己也有傷在身，無心勸慰他們，口氣冷淡：「而且，阿南的手段宗主難道不知？她一貫神機妙算，智計百出，我們雖然瞭解她，但究竟她會用什麼手段，我們亦難以具體測算。」

唐月娘遷怒道：「這樣的人才，你們當家的不好好拘束收攏，怎麼叫她跑去了朝廷那邊？」

魏樂安一聲嘆息，而方碧眠默然張了張脣，未能出聲。

唐月娘回看寥落兄弟們，不覺悲愴難抑。她示意方碧眠與自己走到一旁，低聲問：「碧眠，今日局勢如此，妳覺得……咱們青蓮宗，可還有東山再起的機會？」

方碧眠眼圈微紅，卻堅定道：「宗主，您是我們的主心骨，頂梁柱，只要有您支撐著，我們青蓮宗便不會散！」

唐月娘搖了搖頭，道：「咱們只剩了這點殘餘之力，如今又被擊潰，困於這個河谷，絕難逃脫，不如……妳先帶著兄弟們撤走，好歹，一定要保住青蓮宗的根，將青蓮老母的光輝遍灑四方！」

方碧眠大驚，從她的懷中抬起頭，撲通一聲重重跪下：「阿娘，我娘去世後，您就是我的引路明燈，您……何苦說這般話！我們定能殺出一個天地，重振青蓮宗！」

「傻孩子，那也得能突破出去啊。」唐月娘輕撫她的面容，低聲囑咐道：「兄弟們危在旦夕，但，我知道海客們定有能力出去。」

她面容沉靜，山間陰雨乍過，這一刻晦暗陰霾中，她面容如雕刻般冷硬，直面死亡不帶任何畏懼。

「碧眠，我會帶一小股兵力，率人向反方向突圍，而妳，一定要帶領主力，跟著海客們逃出去。若有機會，咱們在牯牛寨重逢，若再難重逢的話……青蓮宗，就交託妳了！」

唐月娘率二、三十眾向南突擊。河谷南岸亂石嶙峋，山火未燒到這裡，對方也不曾重視，正是薄弱點之一。

方碧眠擦乾眼淚，吩咐主力集結，等唐月娘撕開包圍口子後，主力藉機突圍。

然而，他們已經察覺到的薄弱處，朝廷軍怎會察覺不到。就在她突圍之時，前方人馬湧動，阿南早已率眾攔住了去路。

明知自己絕非阿南的對手，甚至上次因為阿南而受的傷至今未曾調理好，但唐月娘還是迎著對方衝了上去，以必死的決心，要為青蓮宗眾闖出一條生路。

望著她決絕堅定的身影，方碧眠喃喃地叫了一聲「阿娘」，憤恨咬牙，死死盯著阿南。

阿南的流光無比迅疾，只一照面之際，便要在唐月娘的咽喉上開一個血口子。

極險之刻，身後梁輝將唐月娘一把撞開，她才得以堪堪避過流光利刃，但下巴上早已被割出了一道深深口子，眼看著血流了半個脖子，看著極為可怖。

而將她撞開的梁輝則被流光削過眼睛，無法視物，頓時撲倒在地。

眼看阿南的下一擊便要來臨，唐月娘卻不退反進，連捨身救她的丈夫都顧不上，只為豁命牽引住敵人。

方碧眠知道，自己該帶著教眾立即與海客會合，破圍逃離。

但，就在這至關重要的一刻，方碧眠卻不顧一切地衝了上去，將唐月娘緊緊拉住，往後疾退。

她死死墜在唐月娘身上，令她根本無法再自尋死路般撲上去與阿南拚命。

地上的梁輝也捂著流血的左眼爬起來，拉住唐月娘就往回急奔。

方碧眠向梁輝打了個手勢，示意他帶著唐月娘快走，自己則直衝向了崖邊河谷。

那裡，正是海客們駐紮之處。

橫斷山脈峰高谷深，下方是滾滾波濤，激流飛湍。劈開大山的激流就在眼前，道路被分成東西兩條，相背而行。

山高林密，雜草叢生，隨時會迷失的深山中，即使對方只剩散兵游勇，朝廷軍亦無把握分頭追擊。

阿南瞥了方碧眠與海客們方向一眼，指示眾人向西追擊唐月娘及一眾青蓮宗殘兵。

而在東路之上，倉促撲入海客中的方碧眠被司霖一把扶住，他急問：「方姑娘，妳沒事吧？」

方碧眠搖頭，回頭看向唐月娘處。

西路追擊更急，青蓮宗沿著峽谷撤退，可前方無路可逃，只能仗著荒草叢生遮蔽行蹤，使後方追兵一時難以搜捕。

可一旦朝廷軍展開搜查，他們勢必會被堵在崖壁之上，全軍覆沒。

她含淚撲向竺星河，撲通一聲跪下，揪著他的衣襟嘶啞泣道：「公子，求您救救青蓮宗的兄弟們吧，我……只要有辦法救下阿娘，救下兄弟們，我願豁出性命，粉身碎骨在所不惜！」

「方姑娘，我知道妳的心情，但，如今局勢危急，我總得以這邊的安危為重。」竺星河聲音平淡得近乎冷漠：「如今朝廷主力放在那邊，我們這邊地勢隱蔽，他們一時難以追蹤，妳放心跟我們一路走吧，我會護妳性命周全。」

方碧眠怔怔望著他，模糊淚眼中，他依舊淡定從容，翩翩公子溫潤如玉。他許諾保全她，那便一定能保全，因為她知道，他有這樣的能力。

她只要接受，就可以苟全性命，從這必死的絕境中安全脫身。

可……海客們從容逃離的代價，是青蓮宗殘存力量全部覆滅，是待她如師如母的唐月娘必死無疑。

她抬起顫抖的手，捂著自己的臉，無聲的嗚咽從她的唇間逃逸出，模糊而短促，卻很快便將她的眼淚堵了回去。

她抬起頭擦乾眼淚，看見竺星河向她微微點頭，問：「走吧？」

方碧眠凝望著他，眼中盡是不捨，卻又微不可見地搖頭，說道：「不，公子，碧眠……告辭了。」

竺星河微微挑眉，而司霖則急問：「方姑娘，妳要跟著青蓮宗走？」

「是，青蓮宗養我育我，救我於水火之中。若是沒有宗主，當年我怕是早已死在了教坊中……」方碧眠眼中含淚，滿是不捨與絕望。「公子，人活在這世上，不能不知恩圖報，我……對不住您！」

見她如此，竺星河也不阻攔，只道：「一路相隨亦是緣分，妳一向對我們照顧周到，沒有什麼對不住我們的地方。」

方碧眠默然跪在荒草中，向著他端端正正磕了三個響頭。

見她如此鄭重決絕，竺星河略覺詫異，正要扶起她，卻見她已迅速站起身。

她縱身衝出海客們隱蔽之處，向著山崖奔去，手中忽然炸開巨大的響聲，隨即青煙嫋嫋，直衝天際。

她手中所持的煙火，在莽莽大山之中成為了最鮮明的指引，如今海客們聚集隱藏之處頓時暴露。

幾聲呼哨在林間久久迴盪，指引著大部分兵力向著海客們聚集而來。

坐在周邊警戒的莊叔大怒，氣得鬍子亂顫：「方姑娘！妳這是……為了掩護青蓮宗，要禍水東引，將朝廷軍引到我們這邊來？」

方碧眠揚手站在斷崖邊，手中濃煙烈焰的煙火，照亮了她決絕又悲愴的面容。

竺星河已經率人追出林地，眾人的目光都逼視著她。

畢竟，自她與竺星河相伴以來，她對眾人一貫體貼有加，溫言軟語，而且心細如髮，妥貼地照顧每個人的生活起居。

北上的冬衣是她準備的、行路的渴水是她熬製的、傷風感冒是她在噓寒問暖，甚至莊叔孫子的襁褓都是她幫忙縫的……她體貼入微，將他們的生活打點得妥妥貼貼。

海客們早已將她當作了自己人，沒想到這個自己人，在關鍵時刻，卻親手出賣了他們。

而方碧眠一動不動，就連手被煙火灼傷，似乎也毫無感覺。她只是含淚望著竺星河，啞聲道：「抱歉，公子，兄弟們……碧眠沒有辦法，只能出此下策。」

司霖不敢相信，瞪著她目眥欲裂：「妳怎可如此？」

方碧眠慘然一笑：「別擔心，南姑娘是個念舊的人，她對我們青蓮宗必定會趕盡殺絕；可是對你們，她一定會手下留情，她會放過你們的！」

「妳！」司霖撲上去就要和她拚命。

竺星河卻攔住了他，冷冷看了方碧眠一眼，道：「事已至此，別浪費時間了，走吧。」

朝廷軍訓練有素，早已捨了分散的青蓮宗，以煙火為標識，敲擊梆子，在深山之中遠遠迴盪。

周圍士兵迅速回應，以此處為圓心，如潮水向中間奔湧而來。

海客們此時儼然已是籠中之鳥，無法逃脫。

竺星河臉色難看地審視地形，捕捉山勢中對方兵力被割裂之處，對眾人分派突圍任務，約定好破網後的相會路徑。

五行決的威力，在崇山峻嶺之中顯露無遺。他選擇的薄弱處，對方兵力果然一擊即潰。

山間地勢複雜，左繞右轉，就在他們突圍之際，忽然前方山頭有一彪人馬從山澗突出，如自天而降般出現在他們面前。

正是朱聿恆與諸葛嘉。

棋九步料敵機先，八陣圖依山設陣，還有個廖素亭專門鑽空子，五行決縱然藉助山海之勢天下無匹，可遇上他們也依舊被圍堵於山坳，難以突破。

朱聿恆率先進擊，日月齊放，向著竺星河抓去。

竺星河春風出手，絞向日月的天蠶絲，似乎要將它們全部絞纏於春風之上，利用它們自身的利刃使其相互碰撞割裂。

兩人上次交手後，都對彼此的能力心下有數，也都曾在心裡無數次推敲與對方再度交手時如何應對及取勝。

山林風聲繚亂呼嘯，日月空靈的撞擊聲在風中如鐘如磬，春風的呼嘯聲卻如琴如笛，一時連風聲都被鎮壓了下來。

就在竺星河的春風要借應聲之力反控日月之際，猛聽得周圍梆子聲催促，節奏既急又亂，徹底蓋過了春風的嗚咽。

在混亂的聲響中，春風的應聲之力頓時微弱到幾可忽視。

薄刃劃過空中，在朱聿恆手指的操控下，嚶嚶錚錚間如靈蛇吐信，乍吐還收，極為迅捷，六十四點光輝照得山林間如升起日暈輝光。

梆子聲中，竺星河的春風每每與日月擦過，想要抓緊它的軌跡卻無從分析，反而是朱聿恆精準地能測算出他的每一步後路與動作，毫不留情將他徹底截斷，不讓他有絲毫變招的可能。

日月照臨之下，春風軌跡散亂，竺星河顯然已經落了下風。

況。

阿南沒有上前，她心頭微亂，只站在山間凸起的大石塊上，靜觀這邊的戰況。

耳邊忽傳來火銃聲，阿南心下咯噔一聲，舉起手中千里望，目光轉向旁邊山林。

突圍而出的海客們，有幾個人誤入了諸葛嘉的八陣圖。以樹木為憑、以山嶺為勢，諸葛嘉藉著地勢設下的陣法難尋紕漏，手下的神機營士兵們火銃連開，毫不留情。

她的手略略一顫，趕緊調整千里望，仔細觀察。

一般的火銃準頭很差，因此海客們會在對方射完一輪後迎上去，藉著對方裝填彈藥的機會，阻斷其攻勢。

可神機營訓練有素，與海上那些烏合之眾完全不同，一批人射完後，清理槍膛，裝填彈藥，後方接續上，立即開始另一批輪射。海客們在一輪後趕上，相當於正好撞到了他們的槍眼上，頓時死傷無數，後方的人個個都震驚地停下了腳步。

眼看昔日的兄弟死於非命，阿南心下絞痛，她將手中千里望一丟，跳下石頭向著那邊飛奔而去。

但未到戰陣，她便看到前方不遠處，一條人影在包圍中一腳踩空，眼看就要掉下懸崖。

是魏樂安，他年紀大了，又腿上有傷，眼看要遭遇不測。

危急中，他揪住了崖邊一棵荊棘，即使手掌被刺得血肉模糊也不敢放開。

但荊棘畢竟根淺枝細，哪能承受得住一個人的體重，眼看被魏樂安下墜的力量連根拔起。

他下意識緊閉起雙眼，沒想到自己在海上縱橫多年，最終居然要在這深山老林中跌個粉身碎骨。

就在此時，一隻手忽然伸來，緊緊抓住了他的手臂，將他下墜的身子撈住。

魏樂安抬眼一看，千鈞一髮之際抓住他的人，正是阿南。

「妳……」他不知如何說才好。

而阿南已經伸出另一隻手，拚盡全力將他拉了上來，帶著他跌坐在懸崖邊。

原本正在發號施令的諸葛嘉，看見阿南不僅衝入了戰陣邊緣，還救起了一個海客，不禁大為皺眉。但為了防止誤傷阿南，也只能無奈示意士兵們將槍口移開，不要對準她。

海客們面面相覷之際，也抓住機會立即轉身，在槍彈稀疏之際，立即逃出射程圈。

魏樂安喘息未定，望著阿南神情複雜：「南姑娘，妳……妳現在已經是那邊的人了，我不妨礙妳的前程，妳何必為我……」

「別說了，我做事從來只顧自己的喜好。」阿南毫不遲疑地拉起他，示意他和自己站在一起，免得被誤傷。

剛一起身，魏樂安發出一聲痛苦呻吟。阿南低頭一看，他之前的腿傷迸裂，殷紅鮮血狂湧出來，溼了半邊衣物。

「別動，我給你包紮一下。」

前方海客已經退散，山路崎嶇，魏樂安的傷勢如此之重，顯然已經無法趕上他們，更不可能在這個密林之中存活。

阿南略一猶豫，俯身道：「上來，我背你走！」

「不，南姑娘，妳別管我了……」魏樂安正在遲疑之際，阿南不由分說，已經將他扛在了背上。

魏樂安伏在她的肩上，拍著她的背感慨萬千：「南姑娘……妳十四歲時忽然降落到我們船頭，說自己來報答當年公子的恩情了，那時候妳還沒有司鷲高呢，這幾年來……我們眼看著妳風裡來雨裡去，一天天長大……」

說到這，魏樂安不由苦笑。

其實海客們還開過玩笑，說阿南長得這麼高，可能一般的男人都不會喜歡吧。

畢竟誰都知道，公子喜歡的江南佳麗，是方碧眠那種小鳥依人的模樣。而阿南卻顯得太硬朗了，一般的男人，誰能接受呢……

他這樣想著，目光不自覺地越過樹林，越過人群，落在那邊朱聿恆的身上。

寬闊的肩膀，頎長的身軀，堅定的身影與手中一往無前的日月——這樣的人，可能才是阿南真正的歸宿，才是能夠與她一起在這天下縱橫的鷹隼吧。

他的目光又轉向崖邊的方碧眠。

她手上的煙火已經熄滅，此時正呆呆地站在懸崖邊，抓緊她被燙傷的手。

旁邊的士兵衝上來，火銃對準了她，有人大喊：「她是青蓮宗的餘孽，絕不可放過！」

阿南沒有理會方碧眠，見朱聿恆與竺星河纏鬥，海客們已經散入山林，便朝著諸葛嘉一揮手，問：「還追得上青蓮宗嗎？」

諸葛嘉抬頭向對面山上看去。山高林密，但青蓮宗傷殘甚多，依稀可見奔逃痕跡，比海客們可好追捕多了。

當下他向著神機營士卒們一揮手，示意他們分列隊伍，準備搜山。

「南姑娘！」崖邊的方碧眠忽然開口，狠狠地叫了阿南一聲。

阿南沒理她，安頓好魏樂安，逕自指揮士卒分路包抄的路徑。

方碧眠見她看都不看自己一眼，又大聲吼了出來，破音淒厲：「司南，妳這個不忠不孝不仁不義的女人，有什麼資格對我們青蓮宗動手！」

阿南冷冷一笑，頭也不回：「妳今天才知道我不忠不孝不仁不義？我司南本來就是女海匪出身，天下人盡皆知！」

「哼，可妳、妳不僅出身土匪窩，還犯下了天理難容之罪！」方碧眠冷笑一聲，抬起焚得焦黑的手指著她，厲聲道：「司南，妳想不到吧，妳娘騙了妳！」

阿南皺起眉，終於回頭瞥了她一眼。

面前是神機營士兵黑洞洞的銃口，方碧眠卻視若無睹，她轉過目光看向阿南，臉上現出凶狠笑意，嘶啞的聲音又帶著一絲詭異：「南姑娘，妳別急著去追青蓮宗啊，我今日難逃一死，但臨死前，我最後替妳做一件善事吧。」

阿南聽她聲音古怪，心下忽然有種怪異的恐懼升起。

她想起當初朱聿恆調查她的父母，最終卻隱瞞了事實，反而拉了另一對夫妻來替代。

那時他告訴她說，是因為那對假夫妻還有親人在世，可以便於控制她。

也因此，她與阿琰的心結，至今未曾打開。

可……阿琰真是這樣的人嗎？

願意與她生死同命的阿琰，需要那點淡薄的血緣來牽絆她嗎？

而方碧眠已經伸手入懷，掏出一份東西向她丟去：「這個，是我偷偷從公子那邊謄抄的，本想留作他用，如今，就送給妳吧！」

阿南見她丟過來的似是一封書信，伸出手指夾住，卻不拆開看，只冷冷問：「什麼東西？」

方碧眠微微一笑，用滿是燎泡與灰燼的手撩開額前的亂髮，站在懸崖上的身軀搖搖欲墜：「南姑娘，妳娘騙了妳。她騙妳說妳是遺腹子，可其實……妳是在她被擄之後才懷上的。」

阿南如遭雷殛，眼前的世界彷彿瞬間黑了下來，她連呼吸也透不過來，整個人似乎沉入了冰冷的深海。

「別找妳爹了，妳娘應該也不知道。一個年輕女人，被抓到海盜窩裡，妳猜猜她知不知道妳是誰的種？」

阿南撲了上來，狠狠抓向方碧眠的肩膀：「妳胡說！無憑無據，妳誣蔑我娘，誣蔑我爹，我要殺了妳！」

「妳殺了我，也掩蓋不了事實！」方碧眠毫無懼色，高亢嘶啞的聲音透著瘋狂。「司南，妳看看我抄的文檔啊！看妳娘出海後多久才生下妳！那時候距離水華大發都三年了！」

二十年來斬釘截鐵、她從未想過有其他可能的身世，如今卻被一朝掀翻，讓阿南握著信封的手劇烈顫抖起來。

見此情狀，方碧眠脣角揚起得意的獰笑，她甚至向著阿南逼近，如同惡魔般湊近了她：「司南，妳放心，雖然不知道妳爹是誰，可妳飽含血淚苦練多年，殺回島上為妳娘報仇時，被妳殺掉的海盜裡，肯定有一個是妳爹！」

她一向是溫婉柔弱的模樣，可此時的笑聲中卻充滿了淒厲扭曲之感，令人毛骨悚然。

「妳娘是海匪窩的娼妓，妳親手殺了自己爹，這就是縱橫四海無人能敵的司南，哈哈哈哈……」

周圍所有人都聽到了她聲嘶力竭的叫喊，被她這歇斯底里的瘋狂震驚，也被她揭露的內幕所震懾，都是驚駭遲疑。

廖素亭瞪大了眼睛不敢置信，楚元知面色慘白張惶無措，就連諸葛嘉這種一貫清冷淡漠的人，落在阿南身上的目光也變得莫可名狀，複雜難言。

阿南緊緊抓著那封信，不敢撕開看證據，在眾人異樣的逼視目光下，她唯餘全身冰涼，微微顫抖。

「妳看啊！看看皇太孫殿下親手給妳調查的真相啊！」方碧眠直視著她慘白的面容，瘋狂進逼。

「妳不敢，因為妳知道罪證確鑿，是麼？」

胸口的冰涼與灼熱交織，直衝她的大腦，讓阿南再也忍耐不住，不顧一切地撕開了手中的信封。

山風獵獵橫捲，信封只開了一個口子，便冒出了劇烈白煙，向她迎面噴來。

終日打雁的阿南，卻因為此時神志大亂，中了詭計。

「小心！」一道天蠶絲纏上她的手腕，將她持信的手迅速扯開。

隨即，周圍日月光華如織，密集氣流捲起白煙，在空中直轉，硬生生地製造出一個白色氣旋，讓即將撲向她面部的劇毒煙霧飄離。

正是朱聿恆。

他不顧與竺星河正在激烈纏鬥中，轉身撲向了阿南。

春風在他的背上割開一道深深口子，他沒有理會，而竺星河也沒有追擊，只回頭倉促望向懸崖邊的阿南。

朱聿恆已一把抱住茫然的阿南，將她埋入自己的胸膛，側身避開那瀰漫的毒煙。

白煙從他的背上一捲而過，他背後劃開的口子上，裸露的皮膚傳來乾灼的燒痛。

見朱聿恆將阿南緊護於懷，避開了自己的毒煙，方碧眠氣急之下如同癲狂，直指著她大吼道：「司南，妳還有臉苟活於世？妳這海盜與妓女所生、罪大惡極的弒父之人，還是趕緊自殺以謝天下吧，哈哈哈……」

就在她肆意釋放心底的恨意之時，瘋狂的笑聲卻忽然卡在了喉嚨之中。

她的嗓子被腥甜的血液堵住，在無法控制的呵呵聲中，看見自己的心口，開出了一朵絢爛奪目的六瓣花朵。

竺星河的春風，已經刺入了她的胸中，將她一切瘋狂的話語，全都堵在了瀕死的喘息中。

她抬眼看著竺星河，看著這副向來溫柔的熟悉眉眼中，遍布的肅殺狠戾。

春風再也遮掩不住深埋的凜寒。

她張了張嘴，艱難地，最後叫了一聲：「公子……」

他一向是光風霽月的，雲淡風輕的模樣，原來是因為……

因為他不在意她，她不值得他。

能牽動他心底那最深處、最隱祕地方的，只有那一個人。

方碧眠的身體向懸崖下墜去，大睜的眼睛一直死死盯著上方的竺星河，直至冰冷的河水將她徹底淹沒。

水上泛起幾朵淡薄的血色漣漪，隨即被激流迅速吞沒——

竺星河回過頭，目光在阿南的身上一掃而過，看到朱聿恆將她緊擁在懷的姿勢，他握緊了手中的春風。

暴怒嗜血的慾望已經衝垮理智，讓他幾乎要不顧一切衝過去，與朱聿恆分個你死我活。

但，他如今已經不占上風，四散的兄弟們正在等待他，而他終於脫出戰陣，已經沒有可供浪費的時間。

他轉身向後方撤去，飄忽的身形與凌厲的氣質，讓面前百人辟易，無人能擋。

春風上的血珠滴落，旋轉著收回他的扳指，一如既往安靜蟄伏於溫潤銀白扳指中，誰也看不出裡面藏著駭人的殺機。

唯有他臨去時掃向朱聿恆的一眼，帶著淋漓的血腥意味，彷彿春風即將開在朱聿恆的胸口，將他所有一切全部奪走。

朱聿恆彷彿沒看到竺星河與海客們的離去，只用力地抱緊了懷中的阿南，控制她絕望的掙扎。

「阿南，別動，冷靜下來！」

他低頭看向懷中的阿南，卻見她全身冰冷，面色慘白，只用手死死揪住了他的衣襟。

一向堅定無比、暴風驟雨中都能放聲而歌的阿南，從未曾出現過這般絕望的神情。

他只覺得心口劇烈顫抖起來，顫聲道：「別聽她胡說八道，妳是阿南，是福建閩江中國塔下的我朝百姓！」

「真的嗎？告訴我，我娘是被冤枉的，我沒有、沒有……殺了……」她喘息沉重，語不成句，死死抓著他，彷彿溺水的人抓住了最後一根稻草。

但她心底其實也知道，這根稻草，自己抓住了也沒用。

命運如滔天洪水，已經將她捲入其中。她唯一能做的，只能是眼睜睜看著黑暗將她滅頂。

「難怪你騙我，難怪你不肯告訴我父母的情況……」阿南喃喃著，臉上的神情比死還可怕，目光中盡是一片死灰。「因為，阿琰，你也發現了，是嗎……」

發現了她十四歲那年一戰成名、威震四海的壯舉，其實是，她犯下的血罪。

「不是，方碧眠在誣蔑妳！」朱聿恆抱緊了她，厲聲駁斥道：「妳與妳娘都是受害者，妳沒有任何錯！」

「那麼……你為什麼要替我假造出身與籍貫，為什麼這般……死死瞞著我？」阿南絕望盯著他，喘息急促。

朱聿恆咬了一咬牙，終於大聲的，對著她也對著旁邊眾人吼道：「事已至此，阿南，我就把真相原原本本告訴妳！妳的父母，確實是普通的漁民！」

他的聲音那麼響亮，在蒼莽山谷中隱隱迴盪，可阿南沉在恍惚中，彷彿還聽不清楚。

她茫然睜大眼睛望著他，帶著隱約的恐懼，又充滿了絕望的希冀。

「妳十四歲那年，清剿了海匪窩點後，有幾個被妳救出來的婦人回到我朝疆域。其中有一個是福州府人，為了尋訪妳的身世，朝廷已經找到了她！」他斬釘截鐵道：「那婦人還記得與她一起被擄的妳娘。她記得，島上有個年輕海匪對她十分關照，後來妳娘便有了妳。但，因那個年輕人也是被綁來被迫從匪的漁民，因此並無地位也救不了妳娘，五、六年後，更是在島上一場火併中死於非命——阿南，我本來不願告訴妳這些，免得妳徒增傷痛。但方碧眠藉此含血噴人，逼妳走上絕路，我只能將真相告訴妳了！」

阿南握緊了自己的五指，指甲掐著她的手心，尖銳的痛讓她終於回復過來一點意識：「五、六年後，他死於那場火併……所以，我娘才拚死都要帶著我逃出去？」

「是，因為妳娘知道，妳們母女以後在匪窩中，連最微弱的保護力量都沒有了。」朱聿恆緊握著她的手，用自己熱燙的掌心，去熨貼她冰涼的手指。「所以阿南，妳的生父早已死在妳五歲那年，妳的母親也追隨他而去了！九年後，十四歲的妳白衣縞素，殺光了那座島上所有的匪盜，是親手為妳的父母報仇雪恨，沒有任何人可以藉此誣蔑妳，攻擊妳！」

他俯下頭，毫不顧忌身旁呆站震撼的眾人，熱燙的唇貼在她冰涼的額上，一字一頓道：「阿南，振作起來。等此間事了，我帶妳去閩江，去尋訪島上見過妳母親的那些人，讓他們親口告訴妳，妳爹娘當年的樣子，填補妳所有的遺憾！」

阿南呆呆地望著他，許久，她的喉間，終於發出一陣微顫的嗚咽。

她緊緊地抱著他，將臉埋在他寬厚熱燙的懷中，平生第一次，虛弱無力，泣不成聲。

朱聿恆示意諸葛嘉率人全力追擊青蓮宗，務必要將唐月娘等殘餘勢力徹底清剿。

等到一切布置完畢，眾人追擊而去，朱聿恆才將阿南擁住，帶她到避風安全處坐下。

「沒事，我……已經好多了。」阿南捂著流淚不止的眼睛，哽咽道：「阿琰，雖然真相不堪，可……畢竟不是方碧眠所說的那般殘忍，我……沒事的，只是我娘，真的太過可憐……」

朱聿恆沒說話，只輕輕攬住了她的肩，默然與她望著面前蒼蒼青山，在山風中坐了一會兒。

「其實，我爹被迫從匪也沒什麼，我自己還在海上劫掠過呢……東西商船上，所有精妙的工藝品和書籍，我都要搶過來看看的，這難道……」山風掠過她的耳畔，將所有灼熱的悲愴吹散，她從哀慟中艱難抽身，說話也恢復了些原來的語調：「就是所謂的家學淵源嗎？」

朱聿恆抬手輕撫她的鬢髮，而她將頭輕輕擱在他的肩上，兩人的呼吸都是輕輕慢慢的。

「阿南，其實我也曾想過很多次，為什麼妳會面臨這般命運……我很擔心妳發現了真相之後，會承受不住打擊，所以我不敢對任何人洩漏此事，企圖對妳、對所有人隱瞞此事……抱歉，阿南，是我行事不夠周密，也是我太過想當然了。我應該盡早與妳商量，不該擅自覺得妳會承受不住打擊，以至於讓妳在毫無準備之中，被人將此事拿來作為攻擊……」

「無論如何，我應該謝謝你，你為了保護我，在背地裡為我做了很多……我沒想到你竟會派人找到福州府去，更沒想到居然這麼快就找到了當年和我娘被擄到同一個海島上，還互相瞭解的人……」

說到這裡時，她的聲音忽然卡住了。

她的目光，艱難地一寸一寸上移，看向朱聿恆。

而他不敢與她對望，垂下眼，望向了幽谷深壑處。

阿南的呼吸，重又冰冷沉重起來。她緊緊地抓住了朱聿恆的手，發現他們的手掌，一樣冰涼。

「阿琰……」她顫聲叫他。

他閉上眼，將她緊緊抱在懷中，低聲說：「別想了，我說是如此，就是如此。」

他聲音堅定，毅然決然的口吻，彷彿在駁斥所有其他可能，斷然否決不該存在的一切：「阿南，十四年，刀口上舐血的海盜，其間又有激戰、火併、剿匪、疾病、事故，能活到妳去復仇的，肯定寥寥無幾。而妳母親為何要在大火併後選擇帶著五歲的妳逃跑，極大可能也是我猜測的那個原因。所以，信我，這個事情，只有這樣的唯一可能。」

是，如今一切已經再無追尋的可能，也沒有追尋的必要。

畢竟，往事已矣，無論誰都不可能重新再來一次。

阿南長長地深吸一口氣，仰頭看他，哽咽道：「所以，你又對我說謊了……」

他默然垂眼，尚不知如何回答，卻聽她又道：「可是阿琰，這次我知道了，有時候，你的謊言是在保護我。讓我，可以在這世上，好好地活下去。」

是真實，還是謊言，一切都已不重要。

所有目睹耳聞的人，都已經承認了那個結局，信了他判定的來龍去脈。

阿南，也擁有了在世間立足生存的機會。

一切，便已經足夠了。

司南 天命卷 上

作　　者／側側輕寒
執 行 長／陳君平
榮譽發行人／黃鎮隆
協　　理／洪琇菁
總 編 輯／陳昭燕
執行編輯／陳宣彤
美術監製／沙雲佩
美術編輯／陳聖義
國際版權／高子甯、賴瑜妗
內文校對／施亞蒨
內文排版／謝青秀

國家圖書館出版品預行編目資料

司南．天命卷 / 側側輕寒作 . -- 1 版 . -- 臺北市：城邦文化事業股份有限公司尖端出版：英屬蓋曼群島商家庭傳媒股份有限公司城邦分公司尖端出版發行，2024.06
冊；　公分
ISBN 978-626-377-877-1（上冊：平裝）

857.7　　113005290

出版／城邦文化事業股份有限公司　尖端出版
臺北市南港區昆陽街 16 號 8 樓
電話：（02）2500-7600　傳真：（02）2500-2683
讀者服務信箱：7novels@mail2.spp.com.tw
發行／英屬蓋曼群島商家庭傳媒股份有限公司城邦分公司　尖端出版
臺北市南港區昆陽街 16 號 8 樓
電話：（02）2500-7600　傳真：（02）2500-1979
劃撥專線：（03）312-4212
戶名：英屬蓋曼群島商家庭傳媒（股）公司城邦分公司
劃撥帳號：50003021
※ 劃撥金額未滿 500 元，請加付掛號郵資 50 元
法律顧問／王子文律師　元禾法律事務所　台北市羅斯福路三段 37 號 15 樓

台灣地區總經銷／中彰投以北（含宜花東）　楨彥有限公司
電話：（02）8919-3369　傳真：（02）8914-5524
雲嘉以南　威信圖書有限公司
（嘉義公司）電話：（05）233-3852　傳真：（05）233-3863
（高雄公司）電話：（07）373-0079　傳真：（07）373-0087
馬新地區總經銷／城邦（馬新）出版集團 Cite（M）Sdn Bhd
電話：603-9057-8822　傳真：603-9057-6622
E-mail：cite@cite.com.my
香港地區總經銷／城邦（香港）出版集團 Cite（H.K.）Publishing Group Limited
電話：852-2508-6231　傳真：852-2578-9337
E-mail：hkcite@biznetvigator.com

版　次／2024 年 6 月 1 版 1 刷

司南
天命卷